I0832546

НИКОЛАЙ БРЕДИХИН

БАГИРА

ТОМ 2

ePressario Publishing
Монреаль, 2016 г.

БАГИРА

том 2

БАГИРА, роман

НОЧИ С ПАНТЕРОЙ, повесть

Николай Бредихин

© 2016 Николай Бредихин

Web: http://www.bredikhin.net/

© 2016 Кирилл Бредихин, обложка

© 2016 ePressario Publishing, издание

Монреаль, Канада

E-mail: info@epressario.com

Web: http://www.epressario.com/

ISBN: 978-1-988228-00-6

Все права защищены.

БАГИРА

роман (продолжение)

ЧАСТЬ ПЯТАЯ. ГЕРМАН

Monster-to-monster: из чудовища в чудовище

ГЛАВА 1

Ирина со вздохом вернулась к прерванному разговору с Яриком.

– Ладно, Ярило, давай сначала, боюсь, что самое важное я пропустила. Во-первых, сумма, ты ничего не сказал о гонораре, который твой «носитель» просит.

Ярик молча нарисовал на листке бумаги несколько цифр и протянул его Ирине. У той от удивления глаза на лоб вылезли.

– Это нереально, – сказала она, наконец, немного успокоившись. – Будем искать в России. Ты сбил меня с панталыку. У нас английский не знает только ленивый. В любом бюро переводов можно найти специалиста. «Носитель языка?» Да у нас полно сейчас людей, которые по десять-двадцать лет прожили в Америке, Англии, английский знают лучше самих американцев и англичан. Бред, полный бред! Я даже не стану ставить этот вопрос на голосование.

Ярик не на шутку разозлился, что вообще-то было не в его характере.

– Что ты хочешь сказать? Что я зря мотался через океан, подмётки там, в Нью-Йорке, лизал этому педриле?

– Ну, по крайней мере, на Большое Яблоко посмотрел, по Бродвею прошвырнулся. Так что кто-кто, а уж ты точно в проигрыше не остался, – попыталась увернуться Ирина.

– Наклал я на это твоё Яблоко, – никак не мог успокоиться Ярослав, – хотя тебе тоже не мешало бы посмотреть своими глазами как там, на Броде, ребята вкалывают. То, что делаем мы – самодеятельность, не больше того. Ты прекрасно знаешь, как долго я искал подходящую кандидатуру через Интернет с нашими фанами, как потом сложно проходили переговоры, и вот теперь, когда я добился всего, о чём только можно мечтать, и Бейтс, сам Энтони Бейтс, дал согласие, и что же? Я должен позвонить ему и сказать: «Сорри, Энтони, я беру свои слова обратно, мы поиздержались в последнее время, совсем не осталось денег. Как-нибудь в другой раз попробуем поработать вместе. О’кэй?» Ты этого от меня хочешь? Да, конечно, то, что я накопал – товар не первой свежести, но можешь ли ты себе представить, сколько с нас запросила бы настоящая звезда? Пойми, Бейтс не просто «носитель», это имя в том мире, в который мы вознамерились ворваться и всех ошеломить.

Ирина молчала, она не знала, какое ей решение принять, знала точно только одно: денег нет ни гроша, а долгов выше крыши. Но ведь она же сама Ярика в Нью-Йорк посылала. На что она надеялась? Что этот Бейтс тоже, как все, согласится подождать?

– Ну что? Как со мной? Ты так и не решила?

– Ну, я же сказала тебе: «нема грошей». И таких денег нам найти вообще нереально. Будем искать какой-нибудь другой вариант.

– Я требую срочного собрания всех акционеров, – сухо ответил Ярослав. В последнее время некоторыми своими поступками он всё чаще Ирину удивлял, но таким она его ещё ни разу не видела.

– Зачем? Ты проиграешь. Все проголосуют против. Ты же знаешь, мы выложились до предела, все в долгах, как в шелках. Хочешь потребовать от нас невозможного, неужели ты настолько глуп, что не в силах отказаться от своих амбиций?

– Я должен отчитаться о своей поездке, – упрямо гнул своё Ярик.

Как это можно было остановить?

– Хорошо, – буквально рассвирепела Ирина. – Ты, я, Леонид – вот нас уже трое. Александра сейчас на репетиции, значит, там, в ДК, собрание и проведём. Самое сложное – уговорить Вадима отпроситься с работы. Но ведь тут и дела на пять минут, неужели заартачится, не согласится? В крайнем случае, нажмём через Сашу. Но ты же знаешь, каким будет соотношение голосов? 4 : 1. На большее не надейся.

– Посмотрим, – Ярослав был будто собран в комок. – Пока я никогда не проигрывал.

Ирина подошла к Леониду, объяснила

ему в двух словах ситуацию, однако тот не придал особого значения происходящему.

– Почему бы и нет? Мы ведь всё равно на репетицию едем. Ты должна понять правильно парня: такие деньжищи потрачены, ему хочется показать нам, что он сделал всё возможное. Я, во всяком случае, прекрасно его понимаю.

Ирина успокоилась. Действительно, с чего это вдруг она так завелась? Пока всё под контролем, вожжи в её руках. А у парня и в самом деле всего-навсего нервный срыв. Уже в пути она созвонилась с Александрой и Вадимом. Вадим поворчал, конечно, но деваться ему было некуда: дело прежде всего.

Ярик сидел бледный, обложившись бумагами, он всё тщательно обдумал, готовясь к предстоящему выступлению, но оратор из парня был никакой, да он и прекрасно сознавал это. Хотя особенно на таких вещах не зацикливался: невозможно обладать всеми исключительными дарованиями сразу. Однако тут случай был особый.

Ждать дальше было невозможно, и Вадим не выдержал, многозначительно кашлянул в ладошку, давая знак, что давно пора начинать.

– Как вы все знаете, я летал в Нью-Йорк…

Ну, эту фразу он мог бы и опустить.

– Да, да, конечно…

– Ну, как там Большое Яблоко?

– Был на Бродвее?

Звучало по-разному: где ирония, где зависть, где восторг, что их щупальца так далеко смогли протянуться.

Ярослав стиснул зубы, но всё его оружие

было – хладнокровие, и он заранее настраивался отнюдь не на благодушие своих партнёров. Тем более что у него было сегодня, чем их заставить понервничать и удивить. Он раздал всем маленькие бумажки с написанной на них суммой. Всем, кроме Ирины, у неё она уже была.

– Вот деньги, которые нам предстоит выложить за англоязычный вариант текста. Половину – аванс – нужно заплатить сразу, остальное – после. Сроки определены в полгода, но я надеюсь, насколько удастся, их сократить.

Ирина молчала, опустив голову, она как бы выпала из разговора.

– Это нереально, – выразил, наконец, общее мнение Вадим.

– Это реально, но нереально сейчас, – несколько подкорректировал его высказывание Леонид. – На сегодняшний день у нас полно куда более неотложных задач. Если ребята, которым мы и так уже столько месяцев пудрим мозги, не получат после первого же выступления деньги и не будут потом получать их регулярно, они разбегутся. Мы их уже ничем не сможем удержать. Так что забудем пока о дальнем зарубежье, будем окучивать СНГ-овию. Ну ещё Петербург, однако там мы долго не продержимся, народ суровый, возможны также ещё несколько городов из самых крупных. Но только в рамках экзотики, артхауса – массовости не получится. Гонорары, естественно, предполагаются мизерные. Нужна реклама, скандалы, справится ли с этим наш директор, не знаю. Я, конечно, тоже подключусь. От «творцов» ждать нечего, они свою часть работы выполнили на пять с плюсом, Вадиму же предстоит выжимать денежки по максимуму в тех местах, где нам предстоит выступать. Всё.

Александра промолчала, Ирина тоже предпочла подождать продолжение.

Ярик вздохнул, пошелестел немного бумагами, лежавшими перед ним, затем, наконец, ринулся в бой:

– Наше сегодняшнее положение знакомо мне ничуть не хуже, чем любому из вас. Ночные клубы, дни рождения, корпоративы; наша пятая колонна (фанаты) сделает всё, от неё зависящее, чтобы о нас хоть что-то узнали; можно ещё разочек потрясти издательство, в котором должна выйти книга Саши и Вадима, но это всё самодеятельность, путь в никуда. СНГ-овия? Куда конкретно вы собрались? В Грузию, Армению, Киргизию? Или, может, Белоруссию? Практически везде нас просто закопают. Если уж в Москве под нами земля горит, то, может, в Крыму нас ждут? Ситуация проще некуда: мы создали шедевр, но не можем его продать. Рынки сбыта ограничены до предела, но даже дотянуться до них нам нереально. Всё изменится лишь тогда, когда мы адаптируемся к загранице. Но тут сразу возникает практически неразрешимый вопрос: где взять деньги, чтобы заплатить не переводчику, подчеркиваю, переводчиков много, а именно автору англоязычной версии, а такие варианты просто наперечёт. Поэтому мы двое: я и Александра, каюсь, келейно, то бишь, тайно, приняли решение, которое никому из присутствующих здесь явно по нутру не придётся, но у нас просто не было другого выхода, надо было спасать наше детище любой ценой, вот почему мы и пошли на крайние меры.

Вот тебе и Малыш! Ирина, Леонид и

Вадим сидели все трое, разинув рот от изумления.

Ярик не стал испытывать дольше их терпение. Он выдвинул на середину стола одну из бумажек, которые перед ним лежали.

– Вот договор, по которому мы передаём все права на то, что мы создали, одному средненькому нью-йоркскому театральному агентству, с возможностью перепродажи их любому киту, который того пожелает. Срок – десять лет. Пространство – территория обеих Америк. Агентство порекомендовал нам Бейтс, при условии его участия в проекте. Вообще-то оно дышит на ладан, мы их последняя надежда. Так вот, оно берётся само решить все проблемы: новая, адаптированная под их условия, пьеса, англоязычный текст, больше нам продать нечего, режиссёрская версия будет с нуля, то есть, полностью такой, какой им захочется.

– Как такое могло произойти? – растерянно спросила Ирина. На сей раз она услышала что-то новенькое. Какие ещё сюрпризы приготовил им всем Мудрик? – Почему такой важный документ ты подготовил и подписал без нашего ведома, не то, что согласия? Насколько я помню, никто не наделял тебя такими полномочиями.

– Вы ошибаетесь, Ирина Алексеевна, – холодно ответил Ярослав. – Вот доверенность, в которой мне даётся право вести в Америке все переговоры касательно нашего детища. В ней не прописано ничего конкретного, но факт остаётся фактом: я ничего не нарушал.

– Да мы тебя просто засудим, щенок, ты не расплатишься с нами до конца дней своих, – вихрем ворвался в их разговор Вадим.

– Каким это, интересно, образом? – спокойно поинтересовался Ярик. – Вот устав нашего ЗАО, в нём ничего о каких-либо авторских правах не говорится. Промашка, ошибочка, но очень серьёзная. Так что мы с Александрой, только мы и никто больше, владеем и вправе распоряжаться ими по своему усмотрению.

– Да, – злорадно улыбнулся Вадим, – но Александра-то, к счастью, ещё с ума не сошла, хотя, может, ты и её обвёл вокруг пальца?

Все с надеждой взглянули на Кулемзину. Однако та и глазом не моргнула.

– Мне очень жаль, что пришлось что-то делать за вашими спинами, ребята, но я вынуждена подтвердить: все переговоры велись Ярославом с моего согласия, подпись под договором стоит моя подлинная – всё с соблюдением закона об авторском праве.

Деньги, которые мы получили, а сумма немаленькая, мы готовы отдать в общий котел. Но на особых условиях. То есть, придётся сделать небольшой перерасчёт по вкладу каждого из присутствующих здесь, в наш проект.

– И ты, Брута… – с горечью прошептал Вадим, но крыть ему было нечем.

Ирина в качестве последней надежды глянула на словно набравшего в рот воды Леонида.

– Ты-то что молчишь? Или ты заодно с этими… робеспьерами?

Леонид помялся немного, затем задумчиво проговорил:

– Ну, я думаю, ничего непоправимо страшного не произошло. Что мы продали пока? Воздух. В Америку самим нам всё равно нереально было бы прорваться. Там даже фильмы иностранные переснимают, прежде чем выпустить их на свой экран, а уж мюзикл… Скажите спасибо, что проскочил такой вариант. Но чтобы режиссёры или актёры не американцы – такому никогда не бывать. Ребята проявили самодеятельность, но ведь они нас не надули, не кинули. Мы по-прежнему команда, при условии, что этот серьёзный кризис переживём. А тут только наша общая воля. Устав, конечно, необходимо переписать, чтобы избежать подобных несуразиц в будущем, решить вопрос и с привезёнными деньгами, а в остальном… Даже в таком своём виде договор этот открывает перед нами все двери, а уж когда спектакль пойдёт на Бродвее, мы окажемся в состоянии решать любые проблемы. Что я могу ещё добавить? Наш собственный спектакль готов, премьеру можно назначать хоть на завтра. Сюрприз? Вы не ожидали этого? Но всё когда-нибудь приходит к завершению. Поздравляю всю команду. Два состава отточены до блеска, с третьим работы предстоит ещё много, но спешки тут я лично не вижу никакой.

Было столько поводов не просто для торжества, но даже ликования, однако настроения для этого не было никакого. Ирина сидела в зале, смотрела последний прогон, но мысли её путались, и она никак не могла набрести на что-то подходящее, с чего она могла бы начать их распутывать.

Леонид подошёл и молча сел рядом. Затем со вздохом констатировал:

– Никогда такой тебя не видел.

– Какой? – смиренно попросила уточнить Ирина.

– Ну, нототенией. Хотя, убей бог, не знаю, как она выглядит, эта рыба. Может быть, вполне на уровне? У меня для тебя две новости, с какой начать?

– В смысле, хорошая и плохая? Давай с плохой.

– Мы закончили дело нашей жизни. В теории. Осталось лишь явить его миру. Нужна реклама. Ещё лучше скандал, причём не бабочка-однодневка, а долгий, незатухающий скандал. Времени в обрез. Ты, случайно, не считала, сколько наших ребят и девчонок, в которых мы вложили кучу времени, денег, энергии, научили (порой с нуля) танцевать, петь, общаться с поклонниками, зрителями и много чему ещё, по ночным клубам, в подтанцовке, бэк-вокале у хороших продюсеров сейчас обретается? Сколько, как ты считаешь, мы сможем ещё сдерживать ту массу, что ещё не разочаровалась, не продалась, осталась, до того, как мы объявим конкретный день премьеры? Неделю? Больше?

– О нет, только не сегодня мне такие задачки решать, – в отчаянии схватилась за голову Ирина. – Ты что-то там говорил о хорошем. Порадуй старушку.

Леонид вздохнул, подождал немного, собираясь с духом.

– Может, тоже не сегодня? Мне хотелось бы, чтобы ты разобралась в ситуации, поняла меня правильно. Всё крайне сложно.

– Ясно, – истолковала его слова по-своему Ирина. – Бунт на корабле продолжается. И ты вслед за Яриком? Добивай. Зачем тянуть?

– Как ты знаешь, у меня нет своих денег. Слишком много потребностей. Вот почему я вынужден уйти из вашей компании. По уставу я должен предложить в первую очередь вам свои акции, если вы откажетесь, их заберёт человек, который давно уже поджидает своего часа и, не буду врать, с самого начала стоял за моей спиной.

Ирина даже закрыла глаза и опустила голову, удар был слишком неожиданным, она его полностью пропустила, не смогла даже чуть-чуть защититься, чтобы его смягчить.

– И это, по-твоему, хорошая новость? Ты так шутишь?

– Нет, не шучу. И ещё: я изменился. Мне было бы больно расставаться с вами. Если бы вы разрешили мне, я с удовольствием остался бы и дальше режиссёром проекта, готов хоть завтра подписать контракт и уйти из «Флоры» совсем. Но тут вам решать.

Ирина в этот раз замолчала надолго, но когда Леонид коснулся её плеча перед тем, как попрощаться, задержала его руку в своей.

– Лёнчик, ты остаёшься во всех случаях. Будет тебе контракт. Коней на переправе не меняют. Более того, я очень высоко ценю твой шаг: тебе ведь предстоит не только потерять прекрасную работу, но и расплеваться с кучей влиятельных, нужных людей. Будем считать, что остальное – моя забота.

Ярик, проклятый Ярик, и надо же было такому случиться, что как раз сегодня он ночует у неё, а не у Марины. С каким удовольствием она сейчас вышвырнула бы его из машины.

– Леонид вынужден продать свои акции, но хотел бы остаться в проекте. На договоре. Опять собираться. Господи, до чего мне эти посиделки надоели. Ты как: за или против?

– Против чего? – попытался протянуть, выиграть время на раздумье, Ярослав.

– Ну того, что вместо Лёнчика чужой дядя придёт?

– Не придёт. И Лёнчик останется: глупо было бы нас бросать перед самой премьерой, когда пришло, наконец, время пожинать лавры. И акционеры не станут в такой ответственный момент режиссёра менять.

– О, господи, не узнаю своего любимого. Ты так оптимистичен! И где же, по-твоему, мы деньги сейчас возьмём, чтобы выкупить долю Леонида?

– Моя квартира. Ирен, я очень благодарен тебе, ты сделала всё возможное и невозможное, чтобы сохранить моё родовое гнездо. Но час пробил. И у самой, наконец, деньги появятся. Ты сказала: «любимый», я дальше пойду: предлагаю тебе выйти за меня замуж. Только не смейся. Я очень гордый, хотя обычно тщательно скрываю этот свой недостаток от других людей. Если хочешь, можем посчитать плюсы. Заткнём финансовую дыру – раз; ты пропишешь меня у себя с гарантиями, что если когда-нибудь вдруг захочешь выставить меня за дверь, позаботишься о том, чтобы я не оказался на улице, и у меня остался бы хоть какой-никакой угол. Денежные моменты этого вопроса мы утрясём. Три – поскольку я творческий работник, я большей частью буду находиться дома, так что Павел всегда будет под присмотром. Мне бы очень хотелось также, чтобы у нас были ещё дети, это обязательное условие, но, думаю, ты в этом вопросе солидарна со мной. С твоими родителями я без труда найду общий язык, случится что, ухаживать буду, как за своими. Верность… Для меня самое главное – творчество, если у меня будут все условия, я многого смогу достичь. Так что бросить тебя я никогда не брошу.

Ирина судорожно сжала руль своего авто. Вот здесь, в личной жизни, ей раздумывать долго не надо было.

– Ладно, ты сказал: гордость пощадить, поэтому по полочкам раскладывать не стану. У меня только один вопрос: а как же любовь? В том, что ты сейчас расписал передо мной, одни только умствования. Которые в данном случае ничего не стоят. Так что, только честно, ты любишь меня?

Ярослав замялся:

– Ну, это придёт со временем, не может не прийти, ведь в остальном-то у нас полная гармония.

Ирина вздохнула:

– Ответ – нет. Я столько лет с Сашей потеряла, теперь вот в тебя вложусь, и что дальше? Просто отбыть срок на нашей грешной земле? А счастье? Где счастье? Моё, личное, только моё? Да, я могу пролететь, конечно, и не исключено, что когда-нибудь буду вспоминать с сожалением о нашем сегодняшнем разговоре: какая же, мол, я была дура, но пока…

Ярик при всём желании не мог скрыть своего разочарования:

– Зря ты, подумай.

– И думать нечего. Давай лучше о премьере поговорим.

– Понятно. И всё-таки, ты что, продолжаешь злиться на меня? За Америку?

– Да. Уж со мной-то ты мог бы посоветоваться. Леониду наплевать – деньги не его. Вадима ты знаешь – он всегда против, ему лишь бы палки в колёса лишний раз вставить. Но я… Я сейчас, по зрелому размышлению, полностью одобряю твой ход, даже восхищаюсь твоей сообразительностью, но как это будет выглядеть в новом тексте договора? Ты же понимаешь, без нас у вас с Сашей не получилось бы ничего.

– Вот это другой разговор, – оживился Ярослав. – Ируля, как было с самого начала, так и останется: деньги – не моя епархия, наши с Багирой вопросы – сугубо творческие. Ну что – мир?

– Мир, но не любовь, – подвела итог Ирина. – Слушай, мы такое дело провернули, надо бы его отпраздновать. Бог с ними, с остальными, вот только не мешало бы Марину пригласить, чтобы она наш стол сделала незабываемым. Если она, сможет, конечно – всё-таки к свадьбе готовится. У меня-то ведь больше и пригласить некого, разве что «Доктора Диму». Ты как?

Ярик вздохнул с облегчением:

– Ну, наконец-то пошёл конструктивный разговор. Кто был бы против, ты же знаешь, как я люблю вкусно поесть. Может, ты уже и главный вопрос решила – где я буду жить? Марина ведь уплывает.

– Пока у меня. Потом придумаем что-нибудь.

Ярик только и ждал, чтобы переложить на кого-нибудь свои проблемы, до самого Ирининого дома он болтал без умолку, рассказывая главным образом о Бродвее. В наблюдательности ему никак нельзя было отказать, да и информации, уникальной, неоценимо нужной, благодаря своей общительности, он смог накачать предостаточно.

– Эх, знать бы ещё получше английский! Всё само шло, даром, в руки. Если бы не этот проклятый языковой барьер, столько можно было бы дополнительно ещё узнать!

Марина откликнулась с радостью, «Доктор Дима» отказался, сославшись на занятость. Ирина с Яриком полностью ушли в подготовку к премьере. Даже Павел, сидя за компьютером, им помогал. Гордеева творила на кухне в одиночестве, но не очень переживала по этому поводу. Главное, что её творения были не просто по достоинству оценены, но даже и полностью сметены. Лишь в конце вечера, уже за мытьем посуды, она решилась вызвать Ирину на разговор.

– Ир, прости, так удачно получилось, что ты меня сегодня пригласила. Не хотелось обговаривать такие вещи по телефону… Не осуждай меня. Ты столько для меня сделала, а я… Не в коня корм, как говорится. Или, точнее, не в лошадь. Но… я не могу выйти замуж за Германа. Не стала даже советоваться с тобой, просто сказала ему, что у нас с ним ничего не получится. Объяснение было бурным, ему вообще в последнее время постоянно не везёт, да ещё я тут, но я упёрлась как ослица.

– Из-за чего? Из-за того, что он

практически разорён? – полюбопытствовала Ирина.

– Нет, для меня это не главное, да ты и не знаешь Германа. У него ещё достаточно денег осталось, а самое главное – есть способности их буквально из воздуха делать. В подворотне он не помрёт, можешь быть спокойна за него. Но просто ты так и не поняла, общаясь с ним, какой это мерзкий тип, насколько он прогнивший, для него вообще ничего святого нет. Я как-то сначала тоже оптимистично на это смотрела: с любым мужиком можно ужиться, лишь бы он нормально относился к тебе, но… в один прекрасный момент меня вдруг как током ударило: ведь придётся во всём ему уподобиться, и каким же гадким насекомым я тогда стану? Да, я не гнушалась ничем, когда боролась за Вадима, и всё-таки до крайностей дело не доходило, ты помнишь, надеюсь? А тут… представь, что у меня ещё дети будут такие. Нет, лучше уж так и прожить старой девой. Но я не о том совсем. Как мне расплатиться с тобой? Тебе ведь деньги сейчас как никогда нужны.

– Забудь! – решительно ответила Ирина. – Ты мне ничего не должна. Наоборот, это я виновата перед тобой – подсунула тебе не того «кавалера». Но ведь он ещё сравнительно недавно был совсем другой, только в последнее время словно рехнулся.

– Да ладно, – облегчённо вздохнула Марина. – Так мы подруги? По-прежнему?

– Конечно, – ответила Ирина. – Я так боялась тебя потерять. А ведь пришлось бы. Кстати, мы с тобой приблизительно в одном положении: я тоже сегодня предложение получила, и тоже отказалась.

Марина оживилась.

– Предложение? С ума сойти! От кого

же? Не от Вадима, случайно?

– Нет, Вадима я тебе оставляю. От Ярика.

– Понятно, у вас опять какие-то заморочки? Я что-то слышала.

– Слышала? – насторожилась Ирина. – От кого?

– Герман уже в курсе. От кого узнал, не знаю. И что вы решили?

– Продаём квартиру Ярослава, он теперь, наверное, навек поселится у меня. Так что кончилось твоё ярославское иго. Теперь можешь жениха домой пригласить.

– Жениха? Где же он?

– Ну, за Дмитрием долго не задержится. Так что с нарядиками-то свадебными расставаться не спеши.

– Да, уж вот с кем я, наверное, не расплачусь никогда, – со вздохом покачала головой Марина.

Даже спросонья Ирина голос узнала сразу, не было нужды смотреть на экран смартфона, что за номер высветился.

– Мне нужны деньги, пятьдесят тысяч долларов. Информацию продаю втёмную, то есть, кота в мешке, поэтому получается дёшево, почти задаром.

– Пятьдесят тысяч, да ещё зеленью, – ахнула Ирина. – Женя, ты с ума сошла? Может, тебе имеет смысл связаться с ЦРУ? Других мест я не знаю, где могли бы водиться такие деньги. И вообще – ты в своём уме, так поздно звонишь? Сейчас четвёртый час ночи.

– Ты хорошо подумала, Ируля? Это твоё последнее слово? – тихо спросила Евгения. – Ты ведь знаешь меня, я зря не стала бы тебя беспокоить.

– Я понимаю, прости, но у меня просто нет сейчас такой суммы. Долгами могу поделиться. Но у тебя этого добра и без меня, как я понимаю, выше крыши.

– Ладно, пока, приятных снов. Только не осуждай меня потом. Ты сама так решила.

ГЛАВА 2

Ирина не стала особо задумываться о звонке Евгении. Пятьдесят тысяч долларов! Мечтать не вредно. Конечно, если человека в угол загнать, он становится непредсказуемым и ожидать от него можно что угодно. Но ведь сама виновата – у них неплохо всё начиналось, если бы она не пошла на предательство, давно бы расплатилась со своим долгом. Не такой уж он и большой.

Она уже снова засыпала, когда раздался новый звонок. Ирина чертыхнулась, но всё-таки взяла в руки смартфон.

– Это я, Марина. Придумала что-нибудь с долей Леонида?

– Вариант единственный, откуда чему-то другому появиться?

– Я не один раз видела то, что вы хотите продать. Сказка, иначе назвать невозможно. Вам ведь всё равно, куда она уйдёт, что, если я попрошу оставить эту квартиру за мной?

– Как это?

– Ну ты ведь бывший риелтор, тебе и карты в руки. У меня есть своя квартира, квартира матери, плюс кое-какие сбережения. Не хватит, могу оформить кредит в банке.

– Зачем тебе это?

– Глупый вопрос. Когда-нибудь у меня будет большая семья. Я хочу, чтобы никто не страдал от тесноты, всем места хватало. А деньги… Заработаю ещё. Неволин увольнять меня пока не собирается, да я и без него, в случае чего, не пропаду. Так что, есть у меня шансы?

– Причём тут шансы? Вопрос один: есть ли у тебя деньги? Если да, то остаётся только чисто формальное согласие Ярослава и элементарный арифметический подсчёт. Деньги за комиссию я с тебя не возьму, а вот сэкономить помогу кое-какую сумму, тут ты по адресу обратилась.

– Ну так за чем дело стало? Нам ведь нужно спешить.

– А как мать? Она возражать не будет?

– Нет, не в том состоянии. Да и её квартира давно переведена на меня по дарственной.

– Тогда мне осталось решить лишь один вопрос, и дело будет в шляпе. По уставу мы вкладываемся в равных долях. Но мне очень хотелось сохранить квартиру за Яриком, так что фактически его квартира принадлежит мне, либо, если говорить точнее, его доля акций. Я получаю от тебя деньги, ты получаешь квартиру, Ярик как был, так и остаётся дольщиком, что дальше? Я отдаю деньги Леониду, и у меня уже не символически, а практически получаются две доли. То есть, нужно изменить устав, либо допустить хозяина Леонида, чужого дядю (точнее, медведя), в наш теремок. Ясно, что от теремка потом вряд ли что останется.

Марина подумала, затем неожиданно спросила:

– А меня, мышку-норушку, вы в свой теремок не хотите взять? Очень удачное решение, меня бы оно вполне устроило. А с тобой я, если не наскребу денег, потом потихоньку расплачусь.

Теперь настал черёд Ирине задуматься.

– Но ты ведь можешь всё потерять. Останешься в итоге на улице с больной матерью. Непростительное легкомыслие.

– За меня не беспокойся, я взрослая девочка. Могу даже от Ярика тебя освободить. Зачем мне пока такие хоромы? Пусть живёт в своей комнате. Жаль, ты не видела, что он с ней сотворил? Там сам чёрт голову сломит. Что с ним сделаешь – ребёнок.

– Ладно, по рукам.

В этот раз собрание прошло на редкость гладко. В рекордные сроки Гордеевой были собраны деньги, никто против её кандидатуры не возражал, к ней уже все успели привыкнуть. Даже вопрос с авторскими правами был утрясён довольно быстро: решили, что на десять лет они выкупаются акционерным обществом, затем возвращаются к их непосредственным правообладателям. Деньги, что добыл Ярик, тоже были поделены по справедливости.

– Осталось решить два вопроса: назначить дату премьеры и договориться насчёт гастролей, – с облегчением проговорила Ирина.

– Ну, о гастролях ещё пока рано думать, нужно сначала здесь, в Москве, раскрутиться, – как всегда возразил Вадим.

– Хорошая мысль, – устало ответила Ирина. – Если только не думать о пиратах. Вы прекрасно знаете, что в Интернете уже гуляют все наши хиты, а после премьеры будет выложено полноценное видео. Так что нужно спешить, мы и так балансируем, как на канате.

– Что ты предлагаешь конкретно? – поинтересовался Вадим.

– Ну, Ярика мы уже посылали в

командировку, думаю, пора и мне попутешествовать. Предлагаю Германию для начала. Во Франции и своих мюзиклов выше головы, а здесь у нас есть шансы раскрутиться.

– Ты знаешь немецкий? – не уставал ехидничать Вадим. – Или на пальцах будешь там объясняться?

– Возьму переводчицу отсюда, или там найду, смотря по тому, как выйдет дешевле, – Ирина уже начала раздражаться. – Это что, проблема из разряда неразрешимых?

– Нет, – вступила в разговор Марина. – Тем более что переводчица уже есть. Тебе ли не знать, Вадим, что в нашей фирме я как раз сижу на Германии. А вы что, кстати, считали меня дурой? Я из интеллигентной семьи, помимо немецкого, знаю ещё французский и английский языки. Хочу вот ещё испанский к ним присовокупить, да никак руки не доходят. Так берёшь меня с собой, Ируля, или одна справишься?

– О чём речь!

Единственное, что беспокоило Ирину – непонятное поведение Леонида. Точнее того человека, который стоял за ним. Непохоже было на то, что он утёрся, так легко расстался с тем, что уже, казалось, надёжно зажато было в его цепких когтях.

– Хорошо, мы согласны, – высказался, наконец, Вадим. – Только одно условие: дату премьеры необходимо определить сегодня. Ну а там уж развлекайтесь, сколько и как вам угодно.

ГЛАВА 3

Обратно они решили прокатиться на поезде. Чтобы было время подумать.

Казалось, всё было обговорено заранее с потенциальными работодателями через Интернет, но реальность оказалась совсем не похожа на виртуальность. Точнее, всё дело было в недостатке воображения, слишком многое не удалось предусмотреть. Хотя встретили их довольно радушно. Но бизнес есть бизнес.

Не хотелось вообще думать, разговаривать на эту тему. Просто выспаться, может во сне придёт в голову что-то стоящее?

– Что будем делать? – не выдержала всё-таки, нарушила негласное табу на разговоры об их полном провале, Ирина.

– Что делать? Работать.

Как хорошо быть неофиткой. Всё кажется легким и простым. По всей видимости, Гордеева не осознала ещё размеров постигшей их катастрофы.

– Ладно, работать, так работать, – вздохнула Кулемзина. – Начнём? Ну, не с самого главного, к нему будем подбираться постепенно, сначала предлагаю отмечать любые, даже самые мелкие, детали. Первый вопрос, который нам зададут на правлении: почему, зная, что до премьеры остались считанные дни, мы, тем не менее, выбрали поезд, а не самолёт?

– Ну, так дешевле.

– Дешевле? Это спальный-то вагон?

– Думали, что сможем поработать в купейном, оказалось нереально, слишком конфиденциальная информация.

– Нет, такой ответ уже не пройдёт. Ладно, пошли они все! Не будем предоставлять билеты, с отчётом можно подождать, а премьера всё спишет. Один вопрос загасили, что дальше?

– Есть публика. Мы использовали все

возможные каналы, чтобы установить контакты с неформалами. Есть помещения, отлаженная система рекламы. Мы правильно выбрали страну. То есть, достаточно глубоко, добросовестно исследовали рынок. Нашли даже агентство, готовое нас представлять…

– Записывай, записывай, нам ведь придётся объясняться. А тут один Вадим всю кровь выпьет!

– Я записываю. На одни СМС-ки уже целое состояние истратила. Леонид не подвёл, со своими обязанностями справляется прекрасно: билеты проданы на месяц вперёд, и это не предел. Ожидается много иностранцев, турфирмы отнеслись к нашей идее с воодушевлением. Охрана уже набрана, представлена на высшем уровне, аппаратура та же, обновить не удалось, но для старта вполне достаточная. Однако…

минус, который может всё перечеркнуть: зальчик маленький, так что миллионерами мы во всех случаях не станем. Особенно, если учесть тот «бродвейский» вариант, которым мы располагаем, то есть, с минимумом костюмов и декораций. Ты меня укоряла за целый чемодан литературы, который я везу, что он на немецком да на английском, но где взять на русском? Зато я теперь полностью владею вопросом.

Ирина не уставала удивляться Гордеевой. Вот тебе и дура! Порой трудно было определить, кто из них директор, а кто бухгалтер, но, наверное, это произошло не за те считанные дни после того, как Марина вошла в правление. А просто то время, которое она была бухгалтером, она даром не теряла.

– Ладно, – перейдём к главному, вскроем нарыв? – не выдержала Кулемзина.

– Вся загвоздка в «бродвейском» варианте. Мы и в Москве с ним долго не продержимся, ну а в Германии он вообще не прокатит. Разве что на каких-нибудь музыкальных фестивалях, «парадах любви» и тому подобных площадках, где заработки будут чисто символическими, если они вообще будут. Гюнтер, наш будущий царь и бог, правильно сказал: трансам нужно в первую очередь не содержание, а зрелище. Ты помнишь тот оценивающий взгляд, которым он нас встретил, как только мы появились в его офисе? К тебе вообще никаких претензий, ты давно уже трансвеститка, я, хоть и «джи-джи», но прикид у меня из тех же бутиков, что и у тебя. Так что мы свои в доску. А вот наши актёры – просто сброд, да и вообще, кто из них знает немецкий? Что остаётся? Выбрать тот же вариант, что и у Ярика, только европейский? Продать Гюнтеру права на десять лет, и на том успокоиться? Александру мы, конечно, ему не отдадим. То есть, те деньги, которые мы вложили, нам придётся возвращать в России, а стало быть, скорее всего, нам ничего не остаётся другого, как только забыть о них навсегда. Но, по крайней мере, будем утешаться тем, что сделали благородное дело. Ну а Гюнтер переведёт эту вещь на немецкий, да и не только эту, но и всё то, что Саша с Яриком ещё накропают, вот только мы-то тут при чём? Что я предлагаю? Самое мудрое в данной ситуации для нас с тобой: продать свои акции. Либо этому загадочному «хозяину», который стоит за спиной Леонида, либо Ярику с Александрой и Вадимом, если они упрутся. Сделать это надо на взлете, то есть, сразу после премьеры. Возможно, нам даже удастся вернуть все свои деньги, но надо заранее смириться с тем, что такое вряд ли возможно. Что ещё? Поискать какого-нибудь другого толстосума? Боюсь, итог будет ещё хуже.

Ирина надолго задумалась. Времени, чтобы прожевать полученную информацию, было предостаточно.

– Ну я-то ладно, – сказала она, наконец, – но тебя-то как угораздило влипнуть в столь безнадёжное мероприятие? С твоими познаниями…

– К сожалению, на тот момент у меня подобных познаний не было, – сухо ответила Марина. – Только те же радужные сны, что и у тебя. Я думала, самое главное – написать хорошую вещицу, однако сейчас этим занимаются все, кому не лень. Оказалось, куда важнее – её поставить, разрекламировать, найти, привлечь зрителя.

– Так, ну а другие варианты? Не такие мрачные, может, найдутся у тебя?

– Дитя родилось, всем злым силам, алчным идиотам, блюстителям нравственности, просто завистникам и бесталанным посредственностям вопреки. И с ним уже ничего нельзя сделать. Что нам в таких условиях можно ещё предпринять? Выжать всё из грядущей премьеры, а затем всё-таки торжественно удалиться. Саша с Яриком от этого станут лишь богаче и сильнее, ну а Вадим… пусть поступает, как хочет.

– Понятно, – в притворной скорби понурила голову Ирина. – Но мы ещё повеселимся, я надеюсь?

– Ну это сколько угодно! – в тон ей ответила Марина.

– Так что, поездка оказалась неудачной?

– Герман остерёгся решать такой важный для него вопрос по телефону, предложил Ирине тряхнуть стариной – встретиться в кафе.

Ирина не стала отказываться: такого важного игрока в столь ответственный момент никак нельзя было сбрасывать со счетов.

– Откуда такие сведения? – холодно поинтересовалась она.

– Да ты не думай, никто тебя не предавал, – расхохотался Сурдоленко. – Просто элементарные вычисления. С самого начала было ясно, что ваша мечта вам не по карману, и, в конце концов, придёт кто-то с туго набитым кошельком, чтобы прибрать к рукам не только все ваши деньги, но и вас самих в придачу, вместе с потрохами.

Ирина поёжилась, уж больно мрачную перспективу ей нарисовали.

– Это наши проблемы. Не понимаю,

какой у тебя-то здесь интерес?

– Очень простой. Я был в ослеплении, в частности, переоценил излишне свои способности. Залез в чужой бизнес, потерял кучу денег, но сейчас я определился, жизнь заставила мыслить реально: я хочу купить ваш спектакль.

Да, час от часу не легче. Только таких кроссвордов Ирине и не хватало в день премьеры.

– И на какие же шиши, интересно? Все знают, что ты разорён.

– Брехня, – холодно усмехнулся Сурдоленко. – У меня достаточно денег. Банкроты вы сами. Не думаю, чтобы вам удалось расплатиться с долгами, не говоря уже о ваших личных сбережениях. Ирен, давай не будем пудрить друг другу мозги.

– Я и не пудрю, – стараясь казаться спокойной, ответила Ирина. – Да, нам, действительно, остро нужны дополнительные вливания, и есть люди, которые могут и хотят нам помочь. Вопрос, на каких условиях. Но такие задачки я одна решать не вправе. Есть несколько вариантов, какой из них мои компаньоны выберут, такой и победит.

– А не могла бы ты меня включить в этот забег? Ну а самое лучшее: представить единственным кандидатом? Естественно, к обоюдной нашей с тобой выгоде?

Ирина не выдержала, вспылила, хотя знала, что уже через пять минут будет о своём порыве сожалеть.

– Нет, это исключено совершенно. Слишком много зла ты причинил людям, которые ничего плохого тебе не сделали. Мы просто не можем тебе доверять. Не говоря уже о твоей репутации, она сильно подмочена. Зачем ты столько времени угробил на то, чтобы устранить Александру? Ведь даже Фаиль оказался тебе не по зубам. Ты захотел соревнование устроить? И что в итоге? Тебя теперь кунают мордой в дерьмо каждый вечер. Да над тобой просто вся Москва смеётся. И всё равно ты рвёшься на сцену, не мытьем, так катаньем. Мой ответ – нет, наш ответ – тоже.

– Ну, это мы ещё посмотрим! – зло прошипел Сурдоленко. – Я привык всегда добиваться того, чего хочу.

– Где-то я уже это слышала, – усмехнулась Ирина. – Ага, кажется, Ярик так недавно говорил.

Герман бросил деньги на стол, расплачиваясь по счёту, развернулся и вышел из кафе, полыхая злостью.

Ирина не стала проводить совещание, вообще отказывалась давать хоть какую-то информацию о поездке, стыдила своих компаньонов, умоляла их сосредоточиться на грядущей премьере. Больше всех удивил её Павел. Он подошёл к ней за день до торжественного события и попросил:

– Мама, я надеюсь, ты возьмёшь меня на спектакль? Я хочу посмотреть, как папа танцует. И именно в этот день.

– Господи, откуда ты знаешь такие подробности? Мы с тобой никогда на эту тему не разговаривали.

– Конечно, только со мной у тебя этой темы не возникало, а так вокруг только об одном все и толкуют. Даже в школе знают. Ну так как? Возьмёшь?

Разумеется, что ей ещё оставалось делать? Даже родителям своим Ирина не смогла отказать, хотя понимала, каким ударом будет для них подобное зрелище. Лишь на Сурдоленко она позволила себе сорвать гнев:

– Да, да, конечно, только ты и Женя… Но вынуждена вас отшить. Ни контрамарок, ни билетов у меня уже нет в наличии. Купите у спекулянтов.

Прилетел из Берлина Гюнтер.

Герман прорвался, конечно. Леонид сидел с каким-то незнакомым ей человеком, по всей видимости, загадочным своим хозяином. По другую руку от него красовался Фаиль.

Люди стояли перед сценой, в проходах. Для фанатов в фойе и прочей публике, запрудившей все подступы к ДК, шла трансляция на видео.

Стоит ли говорить, что Саша выложилась по полной программе, никогда на репетициях она не позволяла себе такого, пробовала разные варианты, никак не решаясь закрепиться на чём-то одном, изрядно раздражая тем своих партнёров. Сегодня всё было по-другому, они были единое целое.

Ирина поставила на кон последние деньги, которые у неё были, выложившись на спецэффекты, в костюмах спасла обнажёнка: поменьше затрат, но эффект был потрясающий.

И, конечно, Багира, Багира, Багира. Она была поистине вездесущей.

«Ты хотела понять? – сказала себе Ирина. – Вот оно, откровение, озарение, заодно и Павел рядом: ни сегодня, ни завтра, никогда уже ему не придётся ничего разжёвывать, объяснять. Совершенно необъяснимым путём человек вырвался из своих внутренних тенет, прорвался к собственной сущности, преодолев все препоны, и ничто не смогло его остановить».

ГЛАВА 4

Ирина лежала в темноте, не в силах пошевельнуться. Ясно было, что уснуть ей больше не удастся, но и встать она не могла. Хотя безумно хотелось действовать: обзванивать друзей, знакомых, бегать по офисам и конторам, оформлять документы.

Всё началось с того, что среди ночи раздался звонок от Леонида. Сейчас он повторился вновь.

– Ну как ты, пришла в себя хоть немного?

Ирина промолчала, она ещё не находила в себе сил.

– Дольше медлить нельзя, – вздохнул Леонид. – Нужно ехать на опознание в морг. Я мог бы, но не уполномочен.

– А как же Вадим? – хрипло спросила

Ирина.

Леонид еле сдержался от того, чтобы не вспылить, помолчал с минуту, затем продолжил дальше свои увещевания:

– Вадим? Ирен, я очень прошу тебя, забудь на время это имя. И дело не в том, что господин Скорочкин, которому я позвонил первому о случившемся, до сих пор валяется в соплях и слезах, не в силах совладать с собой, отдавшись полностью своей вселенской скорби. Дело в том, что до меня не дошло вначале, но потом я осознал достаточно глубоко – Вадим теперь никто. Просто бывший гражданский муж, а ты мать сына Багиры. Тьфу, Александры, прости, до сих пор не могу определиться, как мне воспринимать его (её), как мужчину или как женщину. Так что давай собирайся. Павла не дёргай, чем позже он узнает о случившемся, тем лучше. Встречаемся на месте, то есть, в морге.

Ирине, наконец, удалось взять себя в руки, она одевалась практически в темноте, стараясь не разбудить спавшего сына. Теперь самое главное – благополучно дорулить до места назначения. Не хватало Павлу вдобавок к отцу ещё и мать потерять.

Несмотря на позднее время, на месте оказались не только патологоанатом, но даже и какой-то опер. Так что протокол опознания был составлен быстро, без особых хлопот. Статус Ирины тоже не вызвал никаких сомнений, хотя паспорт Александры заставил опера поломать голову. Ему пришлось даже позвонить куда-то.

– Привыкай, – поддержал за руку Ирину Леонид, – задал нам твой бывший муженёк задачку, будем разбираться теперь всем миром.

– Как ты узнал? – удивилась Ирина, когда

они выходили обратно.

– Очень просто. Во-первых, машина не взорвалась, так что идентификации особой не потребовалось. Во-вторых, у Саши были при себе все документы. В-третьих, опер мой знакомый, так что «обзвон по смартфону покойного» он начал с меня.

– Удалось узнать что-нибудь дополнительно?

– Ничего. Типичное самоубийство. Столб освещения строго по курсу – всё было задумано, чтобы своей блажью не причинить никому вреда. Кроме того, сценарий практически тот же, что и с его сестрой, я попросил пробить по базе данных. Столб только другой.

На выходе их ожидал Ваганов. Ирина не стала посвящать его в произошедшее, хотя «Доктор Дима» явно не прочь был бы на эту тему поговорить, подробности сильно его интересовали. Впрочем, Дмитрий довольно быстро перестроился и сосредоточился на том, что называется: «психологическая поддержка». Он посадил Ирину к себе в машину, довёз до Центра скорой помощи, где у него были свои ребята, там ей быстренько сделали необходимое обследование, вкололи какие-то лекарства и буквально через полчаса она полностью пришла в себя.

Она повернулась было к Дмитрию, но тот строго погрозил ей пальцем:

– Не разгоняйся. Никаких вопросов по поводу как, почему и что произошло. Никаких мыслей о том, что тебя, да и не только тебя, впереди ожидает. Леонид и я постоянно будем рядом, все вопросы на сей счёт от прессы, от коллектива, от поклонников и недоброжелателей будем безжалостно отсекать. Время есть, может, сгоняем к твоим родителям? Не хотелось бы преподносить им эту новость по телефону.

Ирина молча кивнула. Она отрешённо наблюдала, как Ваганов разговаривал с её родителями, и лишь когда мать подошла и обняла её, не выдержала, разрыдалась. Отец выстоял, а вот матери пришлось всё-таки вызывать скорую помощь. Когда она приехала, врач и отца взял в оборот.

– Всё может быть, – тихо ответил на немой вопрос Ирины Дмитрий. – Запоздалая реакция ещё опаснее, чем первая эмоциональная вспышка.

Позвонил Леонид:

– Ещё несколько часов, и всё будет готово: глубокая заморозка, косметическая подготовка. Вам надо решить с Вадимом, в каком костюме Саша будет похоронена: официально – в строгом платье, или в чём-то сценическом. Всё равно доводка дома. Не сомневаюсь, очень многие захотят с Багирой проститься. Насчёт некролога, упоминаний в новостях я уже договорился. Встречаемся у Вадима, Марину и Ярика я уже известил.

«Что же теперь будет?»… «Забудь! Умолкни! Тебе же сказали: об этом потом»…

Ирина подошла к Вадиму:

– Нужно срочно решить один вопрос…

– Да, я знаю, – кивнул Вадим, – Леонид уже говорил мне. Конечно, сценический образ, обойдёмся без официоза. Саша была прежде всего артисткой, пусть и останется ею на смертном одре. Хочешь, выберем вместе, в каком костюме мы отправим её в последний путь?

– Да нет, – покачала головой Ирина, – сам думай, ты лучше знаешь её гардероб.

Вадим благодарно улыбнулся.

– Я полагаю, всё время похорон нам

лучше быть вместе. Предлагаю забыть на время наши разногласия, обиды. Признаю, я был во многом несправедлив к тебе, Ирен. Ничего не поделаешь – ревность. Естественно, совершенно необоснованная. Никак не могу простить себе, что не уследил за Сашей после спектакля. Успех был ошеломительный, ей захотелось эмоциональной разгрузки, и вот результат. Ручаюсь, если бы я был рядом, ничего подобного бы не произошло. Хотя, конечно, сейчас совсем о другом надо думать. Злопыхатели уже твердят: самоубийство. Как у них только язык поворачивается? О каком самоубийстве можно говорить после такого взлёта? Саша могла бы покорить весь мир. Но кто может понять артиста? Только не эти плебеи!

Что ж, вместе так вместе, несчастный

случай, значит, несчастный случай – версия самоубийства потребует ответов на бесчисленное количество вопросов и всё равно так навсегда и останется недоказанной. Как можно задним числом проникнуть в душу человека, решившего уйти из жизни, едва достигнув вершин славы, к которым он так долго и упорно стремился? Но может быть, он давно этого момента ждал, из последних сил сдерживался? Или вдруг спала пелена с глаз, и мужское начало вернулось на круги своя? Предположения можно строить до бесконечности. Ясно одно: версия самоубийства невыгодна не только Вадиму, она невыгодна никому, поскольку утопит мюзикл и пустит по миру всех, кто в нём участвовал, деньги вкладывал. Как могла Александра пойти на такое: стольких людей подвести? И могла ли она пойти на это? Как-то не верилось. Что же всё-таки произошло на самом деле?

Хотел было подойти Ваганов, но тут хлынул поток желающих проститься с покойной. Пришлось надолго встать у гроба, принимая бесчисленные соболезнования.

– Так у неё что здесь, совсем родственников нет? Были же на нашей свадьбе, куда вдруг все делись? – тихо спросила Ирина Вадима. – Я смотрю, одни ваши идут, причём сплошняком, выгляни в окно, там очередь у подъезда, прямо какой-то транс-парад.

– Родственники есть, но они все от Саши отказались, даже мачеха с отцом, – так же тихо ответил Вадим. – Не простили ей её поведения. Ну а касательно транс-парада ясное дело: было бы глупо упустить подобную возможность – лишний раз заявить о себе на совершенно законных основаниях. Да и Саша, уверен, не стала бы возражать, она уже при жизни была иконой, теперь стала знаменитой вдвойне.

– Я так устал, просто сил нет. Надо было, конечно, как положено в таких случаях, нанять какую-нибудь старушку, чтобы читала над гробом, но я перенасыщен, не могу видеть, слышать никого из посторонних. Завтра, пусть всё будет завтра. И послезавтра. Ты тоже иди, тебя Павел, наверное, заждался уже.

Ирина пожала плечами:

– Павел у бабушки. Родители меня вообще здорово выручают, а я совершенно бессовестная и бестолковая мать. Но мне хотелось бы побыть в последний раз с Александрой. Предлагаю разделиться: сначала я подежурю, потом ты.

– Ты знаешь молитвы?

– Да, тут есть Псалтирь, принёс уже кто-то. Я помню, как бабушку хоронили, хорошо отложилось в памяти.

Вадим благодарно кивнул и удалился в спальню, но уже через десять минут вернулся.

– Нет, не могу, совершенно. Господи, как же я жить-то теперь буду?

Ирина тоже была рада возможности выговориться, она обняла Скорочкина, сочувственно провела ладонью по его волосам.

– Ничего, Вадя, всё наладится. Жизнь продолжается. Ужасно, конечно, но ты не должен поддаваться отчаянию. На тебе лежит миссия. Ты должен постоянно поддерживать в людях память о Саше. Ёе не должны забывать. И… будь осторожен. Я потому и решила остаться с тобой сегодня, что видела, какими глазами на тебя смотрели некоторые из людей, которые сюда приходили. Раньше я во многом не понимала вашу среду, даже в чём-то относилась к ней пренебрежительно, но сегодня была совершенно потрясена. Нигде, ни в какой другой сфере, нет, и не может быть такого культа любви, преклонения перед великими примерами, такого желания встретить человека, который обожал бы тебя и сам был достоин обожания. И что самое интересное, в жажде этой нет ни капли корысти. Женщины не мечтают о принце, который бы изменил их жизнь, задарил подарками. Нет, они готовы жить в любых условиях, даже переменить облик, данный им природой, терпеть нищету, гонения, презрение со стороны окружающих, вообще даже замкнуться на одном только человеке и не смотреть ни на что вокруг, даже отказаться от себя, если понадобится и смотреть на весь мир именно ЕГО глазами. Я поняла теперь Александру и мне стыдно перед тобой: я считала тебя слизняком, человеком, недостойным такой любви, мужчиной, не способным подарить счастье любимой женщине, защитить её, отстоять её честь перед окружающими. А они, эти люди, вас во всём понимали, они учились у вас, они верили, благодаря вам, что их счастье не просто возможно, оно обязательно придёт. Господи, да ты сейчас самый завидный жених во всей Москве и, я прошу тебя, не жертвуй собой, не замыкайся в прошлом, не лишай себя и того человека, которого ты выберешь, того невероятного счастья, которое может быть у вас. Саша, уверена, вас бы благословила.

Вадим был потрясён монологом Ирины, многое, слишком многое не нравилось ему в её словах, но они неожиданно как бы расковали его душу, и то, что таилось там, в глубине, и не выпускалось никогда наружу, вдруг хлынуло неудержимым потоком, он не мог больше терпеть.

– Ты ничего не понимаешь в том, что у нас было, – с горечью, вперемешку с рыданиями, начал исповедоваться он. – Если бы мне рассказали раньше, куда меня заведёт судьба и кем я стану, я бы тоже ни за что не поверил. Я был всю жизнь самым обыкновенным человеком, и поначалу, особенно в школе, это меня очень угнетало, пока я вдруг не понял, какое это счастье – не терзаться глупыми амбициями, не витать в облаках, не проводить жизнь в бесплодных мечтаниях, умствованиях. Мои представления о счастье всегда были скромны, заурядны, но совершенно реальны. Именно три этих качества и давали мне полную уверенность в том, что ни любовь, ни счастье, ни семейные радости, ни при каких обстоятельствах не обойдут меня стороной. С некоторых пор я вдруг с удивлением обнаружил, что пользуюсь большим успехом у женщин, что многим из них тоже не нужны ни принцы, ни дворцы, а по сердцу именно такая вот букашка. И вдруг нежданно-негаданно всё это полетело к чертям.

Знаешь, как я с Сашей познакомился? Банальнейшая история. Друзья затащили в ночной клуб, там меня поразила одна танцовщица – Багира. Настолько, что я даже ждал её перед входом с букетом цветов после окончания представления в толпе поклонников. Постепенно все разошлись, удовлетворившись автографами, а я всё стоял, разинув рот, то краснел, то бледнел от смущения. Естественно, был пьян в стельку. Мы приехали ко мне домой, была потрясающая ночь, ничего подобного я и не представлял тогда себе. Я всё не решался позвонить, договориться о новой встрече, пока не узнал, с кем я был в ту ночь на самом деле. Мне бы забыть всё это как страшный сон, но я не мог справиться с наваждением. К тому времени целая стена у меня уже была завешана плакатами, фотографиями, я покупал их у фанатов за любые деньги. Однажды я всё-таки не выдержал, пришёл снова на представление и с удивлением обнаружил, что моё чувство взаимно. Саша поглядывала в мою сторону постоянно и танцевала в тот вечер только для меня.

Вадим надолго замолчал, затем попросил Ирину:

– Я не могу оставаться здесь. Давай перейдём куда-нибудь. Я понимаю, шок, который я испытываю до сих пор, настолько велик, что мне просто необходимо неважно перед кем, выговориться, и в то же время, меня не покидает ощущение, что Саша слышит нас и, по всей вероятности, осуждает.

Они перешли на кухню, Вадим заварил крепкий кофе в турке. Ирина не торопила его. Она боялась нарушить установившийся между ними контакт. Наконец Вадим продолжил:

– Не получилось, как в прошлый раз, меня не покидало чувство, что я занимаюсь «этим» с мужчиной. Я раздирал себе тело до крови мочалкой под душем, давал себе клятвы, что никогда, никогда больше… Но каждый раз всё повторялось снова и снова. Мне трудно было понять, что со мной происходит, до этого я не любил никогда и никого в своей жизни, а тут было… просто какое-то наваждение. Надо сказать, что Саша была очень терпелива, она ждала, не торопила меня. Когда наступил перелом? Наверное, в тот день, когда я был близок к самоубийству. Я залез на крышу, смотрел вниз на двор нашего дома и подыскивал место, где через несколько минут будет лежать мешком костей в луже крови моё тело. У меня не было ощущения, что я могу сделать это в любой другой день: только сейчас или никогда. Тогда я выбрал жизнь. Причём не просто жизнь, а жизнь с человеком, без которого отныне ничего вокруг для меня не существовало. Постепенно общение с людьми, в кругу которых Саша по роду своей работы вращался, литература, которую я выискивал повсюду, чтобы как ты – «понять», фильмы – сделали своё дело: я осознал и достаточно глубоко одну мысль – что ничего противоестественного я не совершаю. Я люблю женщину, а не мужчину, и она любит меня. Так пришло наше счастье. И всё шло по нарастающей. А однажды я обнаружил, что ореол Саши перешёл и на меня. В какой-то момент я окончательно и бесповоротно вдруг перестал быть обыкновенной, средненькой, ничем не примечательной серятинкой. Я был мужем Багиры, самой потрясающей TS-танцовщицы на Земле. Столько людей: мужчин, женщин, о ней мечтали, а её сердце принадлежало только мне. Потом пришла ревность: по роду своей профессии Саша должна была приносить прибыль клубу, и иногда ей приходилось в качестве «сумасшедшего приза» спать за большие деньги с теми, кто выигрывал это право на аукционе. Сашу тоже это безумно угнетало, но нужно было терпеть. Мы мечтали о том, что когда-нибудь у нас будет собственное шоу, не клуб, а именно шоу, и подобных вещей ей уже не придётся делать никогда.

Вадим устал, возбуждение понемногу спадало. На время, конечно, но, тем не менее, он уже сожалел о своей безудержной откровенности.

– А потом пришла я, – со вздохом констатировала Ирина, пытаясь подспудно оживить, подбросив новую тему, как дров в огонь, в их вот-вот готовый угаснуть разговор.

– Нет, – нежно взял её за руку Скорочкин. – Это было за полгода до тебя. Я так ничего и не понял, да и до сих пор не понимаю. Саша стала всё чаще как бы выпадать из реальности, делалась задумчивой, даже рассеянной. И… отдалялась от меня. Я грешным делом подумал тогда, что у неё появился другой мужчина, но по большому счёту не верил в такую тривиальность. Даже когда читал те письма, которые ты мне столь старательно подсовывала. Мне не к кому было Сашу ревновать, потому что никого не стояло между нами. Ты… ты была лишь досадной помехой, назойливой мухой, не более того. И уж тем более, при всём желании, я не мог поверить, что мой соперник – женщина, которой давно уже нет в живых. Ты… пожалуй, о тебе я недостаточно точно выразился, самое опасное оказалось в том, что с тобой было связано – у меня появился человек, на которого я мог свалить всё, что угодно. Как же я тебя тогда ненавидел! До сих пор не могу избавиться от этого чувства. Хотя довольно скоро я начал понимать, что как раз в тебе моё единственное спасение. Ты и представить себе не можешь, насколько всё переменилось, когда ты сказала это волшебное слово – «инвестор». Всё в наших с Сашей отношениях вернулось как по волшебству. Мы вновь стали с ней единым целым. Я снова, как когда-то, был теперь первым свидетелем каждого её нового «па», удачного припева в какой-нибудь песенке, я и сам заразился, качал откуда только мог запитку, пересматривал потом по многу раз отснятый материал, ругался с режиссёром, с массовкой. Я не вставлял тебе палки в колеса, когда ссорился с тобой по тем или иным вопросам, просто в такие моменты я искренне верил, что я прав. Никто ведь не понимает, что Саша была новатором в, казалось бы, давно изъезженной сфере. Как Шекспир в «Ромео и Джульетте», Карамзин в «Бедной Лизе», Достоевский сначала в «Униженных и оскорбленных», затем наново в «Мертвом доме» и уже полноправно, безоговорочно, на века, в «Преступлении и наказании». Не знаю, поймёшь ли ты такое сравнение, но даже как Солженицын в его

«Архипелаге ГУЛАГ».

Вадим разрыдался, и это уже было близко к истерике, Ирина при всём желании не могла его остановить.

– Нет, ты не знаешь. Самого главного, тебе даже представить такое себе невозможно. А я предатель, предатель, предатель. Тебе ведь известно про тот наш договор с издательством на вторую книгу? Ну и что? Мне дали целую команду ушлых ребят в помощь, и они пахали день и ночь, но ничего не получилось. Помнишь ту фразу из письма Саши: «поверить, что я – урод»? Так вот, в том, что мы сварганили, речь идёт всего только о двух уродах. Ни о какой великой любви, ни о каком Шекспире, Карамзине, Достоевском, Солженицыне там нет даже и речи. Просто гнусное смакование. И что я могу сделать сейчас? Забрать рукопись обратно? Но где достать деньги на ту колоссальную неустойку, которую издатели мне выставят? Нет, я, действительно, предатель. И… урод. Но, уверяю, я пойду на любые жертвы, пусть даже стану нищим, бомжем, но эта пачкотня никогда не увидит свет.

Ирина утешала, оправдывала, поддерживала Вадима и сама не поняла, как так получилось, что сначала их губы соприкоснулись в попытках высушить слёзы, потом переплелись тела, и дальше началось что-то невообразимое. С первых же минут их близости Ирина ощущала каждой клеточкой тела, что такое с ней до конца её жизни уже не повторится никогда. Та общность горя, близость душ, единство двух мужчин, даривших вместе ей неземное наслаждение, та отдача, которая рвалась и рвалась из неё самой, низвергаясь потоками, захлёбываясь в криках, стонах, страдании, и вновь и вновь возрождавшемся желании. Божественное чудо грешной плоти, перед которым всё казалось чепухой и никчёмностью. Отлетало, как шелуха…

ГЛАВА 5

Ирина уже примирилась с тем, что её оттеснили от активного участия в похоронах. К Вадиму вообще невозможно было протолкнуться, он был постоянно окружен плотной толпой. Как ни странно, вместо ненависти, которая наполняла раньше их отношения, пришло полное равнодушие. Может, зря она всё-таки пошла на контакт с ним? Ведь осталась-то она не за этим. Вадим никогда не узнает, что, пока он спал, она слила на флешку всё содержимое ноутбука своего бывшего мужа, а потом постирала больше половины из того, что там было. Нельзя было не согласиться с Леонидом: Вадим был никто, у Саши мог быть только один наследник – Павел, его сын. А стало быть, и наследство не могло в чужих руках находиться. Но… ей так давно хотелось этого… она до сих пор была под глубоким впечатлением от волшебной, незабываемой ночи… О чём можно жалеть в таком случае?

Тем более что у неё своих забот хватало. Вадим… за что было на него обижаться? Слизняк, он и есть слизняк. Саша просто разлюбила его, а опереться ей было больше не на кого. Виновата была она, но в чём именно? Нет, так нельзя. Обвинять себя во всех смертных грехах, бить кулаком в грудь, посыпать голову пеплом… За такой, непомерно раздутой, скорбью можно только прятаться. А нужно до истины докопаться. Ёе вина маленькая, но оттого ничуть не менее тяжкая. Не рана, которую можно до конца жизни растравлять и растравлять, не источник для бесконечного покаяния, а скорее – урок на будущее.

Ведь все наши беды от незнания. А ещё чаще от недостатка житейской мудрости, в основе которой лежит опыт, а не знание. И, стало быть, одним только знанием её никак нельзя заменить.

Ирина смотрела на Сурдоленко так, как будто увидела перед собой змею. Казалось бы, ничего экстраординарного: первое собрание акционеров после гибели Саши. Срочность тут не вызывала никаких сомнений. Нужны были дополнительные вливания, вот коршун и прилетел. И всё-таки что-то она, Ирина, упустила. Впрочем, не что-то, а нечто настолько важное, что весь их проект затрещал теперь по швам.

Герман едва заметно переглянулся с Вадимом. Тот быстро вскочил, чтобы не дать время Ирине опомниться.

– Друзья! Саша погибла, мы должны решить, что нам делать дальше. Как-то так получилось, что в последнее время на наших посиделках председательствовала по большей части Ирина Алексеевна, сейчас предлагаю избрать председателем Ярослава, а секретарём – Марину Гордееву. Кто за? Прошу поднять руки!

Никто не возражал.

Тогда Вадим продолжил:

– Первым вопросом в повестке дня прошу поставить мой выход из нашего объединения и хочу представить человека, которому я уступил свой пакет акций. Вы хорошо знаете, что согласно тем изменениям в уставе, на которые мы вынуждены были пойти после блистательного вояжа Ярослава в Америку и выхода Леонида Суханова, я имею право уступить их кому угодно, даже вправе не оглашать сумму, которую я за них получил.

Он обернулся к Герману Сурдоленко. Тот встал и скромно поклонился.

Полный нокаут. Однако не успела Ирина опомниться, как встал Леонид и преподнёс ещё один, свой, сюрприз:

– Господа, я долго думал, как в такой ситуации нам спасти наше детище, и понял, что сделать это в состоянии только один человек: Герман Геннадьевич. У меня нет уже в собственности никаких акций, но я призываю вас всех проголосовать за то, чтобы именно господин Сурдоленко стал отныне руководителем и продюсером нашего проекта.

Вадим продолжил:

– Хочу также проинформировать вас, что

Саша не оставила ни завещания, ни доверенности на управление своим пакетом, что лишний раз подтверждает версию несчастного случая в том, что с ней произошло. Но это уже не наши с Леонидом вопросы. Мы удаляемся совсем, так как не имеем больше права присутствовать при выработке ваших дальнейших решений.

Когда Вадим и Леонид ушли, Сурдоленко встал, как бы ещё раз представляясь присутствующим, и спросил главное, что его интересовало:

– Есть ещё желающие продать свои акции?

Ярик, которому так и не удалось до сих пор в возникшей перепалке вступить в свои права председательствующего, беспомощно оглянулся по сторонам. Ответом было полное молчание.

– Что ж, при таком раскладе, – сказал

Герман так, как будто он, а не Ярослав вёл собрание, – предлагаю встретиться вновь в том же составе завтра и, хорошенько обдумав сложившуюся весьма непростую ситуацию, окончательно всё решить.

Проголосовали единогласно.

Ирина долго не могла поднять взгляд на оставшихся с ней Марину и Ярослава, затем хрипло произнесла:

– Ну и что кто будет теперь делать?

Ярик хмыкнул:

– Ты, наверное, не знаешь ещё, что вся труппа в полном составе перебежала в известном тебе направлении. В том числе Леонид и Фаиль.

– Но они нарушили прежний контракт… – несмело попыталась возразить Ирина.

Тут уж Ярик откровенно расхохотался:

– Ирунчик, солнышко, ты хоть раз, хоть

копейку, им заплатила? А от Германа они уже получили неплохой аванс.

– Ну и что ты предлагаешь конкретно? – спросила Ирина.

– Продать акции.

– Столько, сколько Вадиму он нам уже не даст, мы не вернём даже свои деньги, не говоря о том, чтобы получить хоть какую-то прибыль за свой каторжный труд, – со вздохом проговорила Марина.

Ярика вдруг осенило:

– Хорошо, предлагаю несколько скорректированный вариант: я уже понял Германа – все 24 часа до завтрашнего собрания он будет долбить и долбить, как дятел, каждого из нас поодиночке, пока не пробьёт брешь в нашем союзе. Первому, кто сдастся, он заплатит не меньше, чем Вадиму, последнему – жалкие гроши. Будем торговаться до посинения, а получив деньги, сложим их все вместе в одну кучу, а затем поделим на троих в равных долях. Я думаю, это будет справедливо. Так пойдёт?

Гордеева с Ярославом выжидающе посмотрели на Ирину. Та долго сидела с опущенной головой, затем подняла её.

– Хорошее предложение. Но, по-настоящему, это тоже не выход. Я долго думала и пришла к выводу, что у Сурдоленко, после всех его трат и падений, просто не может быть достаточно денег, чтобы выкупить за полновесную стоимость наши акции…

Марина насторожилась:

– И что это означает?

Ярик хмыкнул:

– Только то, что за ним кто-то стоит.

– Верно, – кивнула Ирина. – Так почему же нам тогда не выйти на этого теневика напрямую? Зачем нам посредники?

– Ты знаешь, кто это? – недоверчиво спросил Ярослав.

– Конечно. Хозяин Леонида, – вмешалась в разговор Гордеева.

Ирина покачала головой:

– Нет, тут что-то не сходится. Зачем же он тогда заставил Леонида продать свой пакет?

– Из-за меня, – спокойно ответила Марина. – Я тоже долго ломала голову над этой загадкой, теперь озарило. Большой хищной акуле потребовались мои последние грошики. Но акуле тоже хочется кушать. Собственно, мы все с вами теперь в одном положении. Я не думаю, что это хорошее решение – попытавшись убежать от одной акулы, угодить прямо в пасть другой.

– Да, я видела этого человека на премьере рядом с Леонидом. Жалости какой-то ждать от него нам не приходится.

– Но зачем такому человеку наш пустячок-спектаклик? – недоумённо поинтересовалась Марина.

– Всё тот же отмыв денег, – со вздохом ответила Ирина. – Сурдоленко нужно восстановить свою репутацию и даже вознестись в своих кругах, хозяину Леонида – очередная стиральная машина. Так что на прибыль им по большому счёту наплевать. Потекут денежки – хорошо, не выгорит затея – тоже неплохо.

Они все трое надолго замолчали. Наконец, Ярослав не выдержал:

– Ладно, зачем нам вникать в чужие проблемы? Свой вариант я уже предложил. Вернём хоть что-то.

– Хорошо, – кивнула Ирина. – А Гюнтер? Подумай, Ярик, а не сможем ли мы повторить здесь американский вариант? В прошлый раз голова у тебя быстро сообразила. Ведь мы пока ещё в большинстве, если я не ошибаюсь?

– Но это не очень большие деньги, – Марина достала из сумочки планшет и приготовилась считать.

– Думаю, достаточные, чтобы залатать самые большие дыры, – воодушевилась Ирина. – Вернуть деньги за проданные билеты тем, кто их потребует, подыскать нового танцовщика, сбить кордебалет, бэк-вокал, на тех ребятах, что перебежали, свет белый клином не сошёлся. Думаю, во всех случаях, мы смогли бы в условиях пусть липовой, но всё же конкуренции получить гораздо большую и справедливую сумму.

Ярик задумался, затем кивнул головой в знак согласия:

– Почему бы и нет? Что мы теряем? Наверняка Сурдоленко это подхлестнёт. У меня только одно условие: я хочу присутствовать на переговорах. Так что в Германию нам придётся на этот раз ехать всем троим.

– Не думаю, что придётся куда-то ехать, – скептически возразила Ирина.

– Что ты предлагаешь? Вести разговоры по телефону? – насторожилась Марина. – Это не дело.

– Почему не дело? – возразил Ярик, моментально сориентировавшись. – Как раз, мысль очень интересная. Ты, надеюсь, не забыла, что мы завтра вновь встречаемся с Сурдоленко? И, правильно сказала Ириша, надо сделать так, чтобы нам самим не пришлось никуда ехать. Пусть Гюнтер, если он, действительно, заинтересовался нашим проектом, оторвёт ещё раз свой жирный зад от кресла и прилетит сюда лично.

– Да, было бы здорово, – восхитилась Марина. – Голова у тебя варит, Мудрик, хотя ты ещё и сущий пацан.

Ярослав без тени эмоций пропустил мимо ушей обидную реплику Гордеевой и с нетерпением воззрился на Ирину.

– Ну так как?

Ирина впервые за последние четыре дня ощутила, что эмоциональный раздрай её, наконец, в прошлом и пора проявить привычную деловитость.

– Не знаю точно, – задумчиво пробормотала она, – к сожалению, я очень мало общалась с этим человеком, но, думаю, хватка у него бульдожья. А коли так, никуда он не уезжал из Москвы, сидит себе преспокойненько в своём номере или в каком-нибудь баре и ждёт, когда наш спор разрешится. А уж у кого потом выкупать права: у нас или у Сурдоленко, ему всё равно. Его ведь ни Россия, ни Азия не интересуют, только Европа. А не повезёт, то хотя бы Германия. На нас он наверняка крест поставил, зачем ему лебедь, рак и щука? Да ещё в таком раздрае после смерти Александра? Сурдоленко – другое дело, тот мыслит реально. Я не удивлюсь даже, что у них уже есть предварительная договорённость.

Она посмотрела на своих пока ещё компаньонов и достала из сумочки телефон:

– Ну что, проверим?

Ответом ей были два широко разинутых рта. Ирине очень хотелось в полной мере насладиться этой картиной, которую можно было бы назвать по аналогии со знаменитым полотном кисти Ильи Ефимовича Репина – «Не ожидали», вместо – «Не ждали», но время поджимало, и она проворковала самым нежным голоском, на который только была способна.

– Алло, Гюнтер, ты, надеюсь, ещё в

Москве, не улетел в свой фатерланд?

– О да, – тут же отозвался насмешливый сочный голос. – А что, есть кто-то, кто сжалился над бедным толстым бошем и решил скрасить его одиночество? Две фрау или одна?

– Вообще-то нас трое, – довольно хохотнула Ирина. – Один юный мальчик, почти ребёнок, но о-чень талантливый. И мы по делу, насчёт одиночества, конечно, неплохо было бы, но, если ты не возражаешь, как-нибудь в другой раз.

ГЛАВА 6

Сурдоленко не выспался и был сильно раздражён. Он посматривал на умильно хлопавшую глазами троицу и ничего не мог понять в том, что произошло. Герман вроде бы всё предусмотрел в дальнейшем развитии событий, даже тот вариант, который пришёл в голову Ярику, и не сомневался в успехе. Но никто не пошёл на предательство, все трое по очереди отключали телефоны, говорили, что надо бы посоветоваться, потом вновь шли переговоры, но как бы то ни было, выспаться триумвирату всё-таки удалось, и выглядел он сейчас не в пример лучше своего противника.

С утра всё продолжилось. Герман явился строго в назначенное время, но его оппоненты были настроены на что угодно, только не на переговоры.

– Одну минуту! Всего лишь одну минуту. Мне надо узнать, как там с мамой (Марина).

– Извините! Ради бога извините! Я

быстро. Мама, как там Павел, ты проводила его в школу? Сам пошёл сегодня? Мама, ну как ты могла? Вокруг сплошные педофилы, а ты ребёнка одного отпустила. Да, я плохая мать, согласна, но где взять человека, который обеспечивал бы нас с Павлом материально? Думаешь, они на каждом шагу валяются? Господи, да кому я нужна в свои-то годы? Кто только ни прёт сейчас в Москву из провинции: малолетки, блондинки, супермодели, словно на заказ в какой-нибудь Пензе испечённые. Мама! Мама!! (Ирина).

– Нет, акции ещё не проданы, но та цена, которую вы предложили, не может устроить никого из нас троих ни в коем случае. Личная встреча? Что может дать личная встреча? Вот у нас как раз сейчас ещё одна такая очередная встреча, и что? Да, мы подумаем, мы хорошо подумаем. Я тут же вам перезвоню (Ярик).

Они почти полчаса так развлекались, но вовсе не для того, чтобы потрепать Герману нервы. Задача была гораздо серьёзней – нужно было любой ценой сбить Сурдоленко с толку. Наконец, открылась дверь и... вошёл Гюнтер. Причём не один. С ним была женщина-нотариус со своей секретаршей, адвокат, то ли специально нанятый здесь в России педантичным немцем, то ли его собственный из Берлина прилетел.

Сурдоленко не слишком удивился, увидев Гюнтера. Ирина уже точно знала, буквально из первых уст, что предварительная договорённость между ними была достигнута загодя, равным образом, как и то, что Тишбейну было нужно исключительно то, что не представляло никакого интереса для хозяина Леонида:

права на выступления в Европе, вот только о нотариусе речь не шла. Но дальше события стали развиваться совсем не по тому сценарию, который Герман ожидал.

Все вышли, остались только два правообладателя. Сурдоленко, хоть и ошарашен был уходом «грешной троицы», моментально сориентировался, поняв, что все акции уже проданы, и тоже пригласил адвоката.

«Троица» не стала уходить далеко, её вполне устроила кафешка за углом. Их всех буквально переполняла эйфория. Ай да Гюнтер! Он предложил свой вариант: он выкупает у них все их акции, а уже потом договаривается с Сурдоленко насчёт европейского варианта. Ну и как итог, Герман становится полным хозяином проекта. Случилось так, как они и хотели: они не только вернули все вложенные деньги, но и были за свои труды сторицей вознаграждены. Тишбейн тоже рассчитывал на неплохой приварок помимо европейского куска пирога.

Вот только Ирину не покидала грусть: так неожиданно всё закончилось. Конечно, она с самого начала знала, что кусок ей явно не по зубам, что она ввязывается в авантюру, и рано или поздно придёт настоящий хозяин, профессионал, и всё-таки было грустно, очень грустно. Ведь больше, чего греха таить, ничего подобного, экстраординарного, с ней уже никогда в жизни не произойдёт. Можно было, конечно, принять предложение Ярика и дальше болтаться по волнам музыкального мира, но как же любовь? Нет, всё произошедшее лишь убедило её в том, что мир – ничто без личного счастья в нём. Она вспомнила похороны Багиры, те слёзы, с которыми люди провожали в последний путь её бывшего мужа, те взгляды, которые они бросали в сторону Вадима, и осознала вдруг так глубоко, что аж в груди захолонуло: эти люди научили её уже очень многому, но главное она узнала от них именно в тот момент – никогда не сдаваться, бороться за своё счастье до конца.

– Ребята, мы так сдружились за последнее время, а теперь разбегаемся, – потерянно выразила общую мысль Марина. – Засосёт теперь текучка и не останется ничего, кроме вот этого, самого яркого, воспоминания в нашей жизни. Вы даже не представляете, как мне обидно! Давайте дадим друг другу обещание собираться вместе хотя бы раз в год.

– Я за, – охотно поддержала её предложение Ирина. – Ну, Ярослав – с ним всё ясно, он теперь будет нарасхват, поднимется в такие выси, что с него мы подобных обещаний брать не будем.

Ярослав вздохнул и наполнил вином бокалы:

– За Сашу!

Лучшего тоста нельзя было предположить.

– Стоп! Стоп! Стоп! – во всё горло закричал неизвестно откуда появившийся Гюнтер. – Без меня? Как можно? Я обижен до глубины души. Тем более, такой тост. Ярик, наливай! За Сашу! И не один, а четыре раза повторим этот тост. Пусть каждый из нас его произнесёт. Потому что каждый из нас этому человеку обязан, каждый незримыми узами с ним связан – пусть он никогда в нас не умрёт. Ну а вам всем я хочу выразить свою огромную благодарность. И мне так не хочется с вами расставаться, буквально до слёз. Так что я подумал: я ведь вполне могу предложить вам поработать со мной. Вы принёсете мне ещё столько славы, о деньгах я уже не говорю. Да, да, Гюнтер Тишбейн будет теперь знаменит на весь мир. А чтобы вас окончательно убедить – когда придёт время нам сегодня расходиться, мы как-нибудь, пусть на карачках, доползём до моего номера в отеле, и вы получите незабываемый сюрприз. И ещё вы должны знать: никаких проволочек – тот, кто надумает, завтра же улетит со мной в Берлин. Всё готово: билеты, визы, с Яриком я заранее всё обговорил, он мне особенно нужен, так что во всех случаях летит со мной. Что касается тебя, Ирина, я готов заключить с тобой контракт насчёт передачи авторских прав ещё хоть на пятьдесят лет вперёд. Ярославу я уже пообещал все условия, в том числе и материальные, для создания нового шедевра, и даже готов купить права у него на корню. Не надо нам расставаться! Я не хочу. За Сашу!

Они крепко набрались в тот вечер, но как только Гюнтер вставил флешку в планшет, весь хмель у Ирины тут же из головы выветрился.

– Кто эта девчонка? – спросила она, после того, как они вдоволь продемонстрировали Гюнтеру на сей раз три широко разинутых рта. – Или парень?

– Так, чепуха, не подумайте ничего серьёзного, пока только прикидки. Какая-то венгерка, мои ребята отыскали её в одном ночном клубе даже не Будапешта, а города с очень трудно произносимым названием: Секешфехервар.

– Ничего себе, чепуха, – выразил общее мнение Ярослав. Для него флешка оказалась таким же сюрпризом, как и для всех остальных. – Да эта «девчонка» – просто богиня сцены. И она профессионалка, смотрите, тут балетная школа, причём русской закваски. А какой голос, очуметь можно! Как так получилось, что никто не знает о ней? И где этот Секешфехервар? Гюнтер, надеюсь, у тебя хватило ума подписать с ней контракт?

– Да, конечно, – Гюнтер усмехнулся. – Не знают? Просто у девушки, в прошлом, действительно, парня, такая изломанная судьба. А смущает меня только одно – она настоящая транссексуалка, именно природная, а не так, как в мюзикле, как ваша Саша ею стала. И зовут её – Джола (в мужском периоде жизни – Дьюла). Джола Тордаи, прошу любить и жаловать. И попробуйте теперь усомниться в том, что нас с ней не ждёт ошеломительный успех.

Ирина добралась к родителям уже под утро, домой заходить она не стала.

Она долго мялась, не зная, как подступиться к матери, пока той не надоели её терзания.

– Ладно, выкладывай, что там у тебя. Смотреть не могу, как ты тут вокруг меня круги нарезаешь.

– Мамуля, меня приглашают поработать за границей, в Европе, с Сашиным мюзиклом. Как насчёт того, чтобы я взяла с собой Павла? Если он захочет, конечно.

– И не мечтай, – отрезала мать. – Сама уматывай хоть на все четыре стороны, а парню надо учиться.

– Это ненадолго, на год всего лишь, – жалобно промямлила Ирина.

Мать ничего не ответила, отвернулась.

– Я улетаю сегодня, – сообщила Ирина совсем уж ошеломляющую новость.

Ну что ей можно было на это ответить?

Как бы то ни было, провожать её в

Домодедово приехали всей семьей. Ирина не выпускала ладошку Павла из своей.

– Пашук, ну в каникулы, надеюсь, ты хоть будешь ко мне приезжать? Европа всё-таки, надо ведь мир посмотреть.

Павел лишь молча пожал плечами.

Уже в самолёте Ярик вздохнул и сказал тихо, из самой глубины сердца:

– Ребята, поздравляю вас всех. Вот только сейчас мы можем сказать: «The Show must go on» – «Шоу должно продолжаться».

Пустота… Для чего мы живём?

Покинутые места… Думаю, мы знаем, каков счёт.

Кто-нибудь знает, что мы так долго ищем?

Ещё один герой, ещё одно безрассудное преступление

За занавесом, в виде пантомимы.

Эй, кто-нибудь хочет, чтобы это продолжалось?

(Перевод Лингво-лаборатории «Амальгама» – англ.)

Гюнтер усмехнулся и подхватил на своём далеко не безупречном русском:

Что бы ни случилось, я всё оставлю на волю случая.

Ещё одна сердечная боль, ещё один неудавшийся роман.

Это длится бесконечно… Кто-нибудь знает, для чего мы живём?

Думаю, скоро я узнаю правду, я уже близок к истине –

Скоро я заверну за угол.

За окном светает.

Но, находясь в темноте, я страстно жажду

свободы.

(Перевод Лингво-лаборатории «Амальгама» – англ.)

Ирина не знала слов знаменитой песни группы Queen, тем более, какого-либо перевода её.

– Эх, Пашку бы сюда, – с сожалением вздохнула она, – он бы вам точно подпел. Ладно, я сама попробую.

Шоу должно продолжаться,
Шоу должно продолжаться,

Тоненьким голоском несмело попыталась поддержать компанию и Гордеева, не попадая в такт, импровизируя на ходу:

Моё сердце разлетается вдребезги,
Макияж плывёт по лицу, как река,

Но ничто не может смыть улыбку

С моего лица.

– Да, много переводов этого хита я знаю, но такого точно никогда не слыхивал, – сокрушённо покачал головой Ярослав, стараясь не смотреть в сторону Марины.

Но Ирина с Гордеевой переглянулись друг с другом счастливыми улыбками: что он может понимать в таких вещах, этот молокосос?

Никто из них двоих до самой последней минуты не мог поверить в происходившую с ними сказку.

ЧАСТЬ ШЕСТАЯ. ГЮНТЕР

Шоу должно продолжаться

ГЛАВА 1

– Я узнал, что ты беременна, – сказал Ярик, стараясь не встречаться с Ириной взглядом.

– Узнал? Откуда? – Ирина не собиралась отрицать ставший уже общеизвестным факт, но не могла всё-таки удержаться от соблазна подразнить Ярослава.

– Сказал один человек.

– Марина?

– Ну и что? Да, Марина. Ты хотела бы сохранить этот факт в тайне? Наверное, собралась сделать аборт?

– Отвечу сразу на два вопроса, чтобы не растягивать удовольствие, – жёстко ответила

Ирина, – ребёнок не от тебя, и никаких абортов я делать не собираюсь.

– Но от кого тогда? – зло усмехнулся Мудрик. – От господа бога?

Ирина поколебалась немного, ей не хотелось без лишней надобности злить Марину, но и врать у неё никакого желания не было.

– От Скорочкина. Тебя устраивает такой вариант? Надеюсь, будет девочка, унаследует его красоту.

– Когда же это произошло? – Ярик никак не хотел верить очевидному.

– В ночь перед похоронами Саши. Мы с Вадимом настолько обезумели от горя, что ничего не соображали в тот момент.

Ярослав едва удержался от того, чтобы не сказать вслух: «Сука!» Предпочёл выразиться более обтекаемо:

– Оправдать можно, что угодно.

Ирина пожала плечами, глаза её сузились.

– Не собираюсь ни перед кем оправдываться. Я взрослая женщина. Я так хотела и счастлива до безумия, что не только добилась, в итоге, своего, но даже получила небольшой бонус.

– Ах вот как это теперь называется! «Бонус»! – Ярослав был зол до предела, и в то же время чувствовал себя настолько беспомощным, что едва удерживался от того, чтобы не разреветься.

– Ты что, совсем шуток не понимаешь? – удивилась Ирина. Таким Ярослава она ещё не видела.

– Ещё одно удачное название: «шутка», – кивнул в запальчивости Ярослав.

Ирина почувствовала, что тоже начинает закипать.

– Слушай, тебе-то что? Какого бога ты ко

мне привязался? Да, шутка, замечательная шутка, подарок судьбы. Мне сейчас, как любит выражаться одна моя бывшая подруга, суперски здоровско. Так что – свободен. На все твои вопросы я, надеюсь, ответила?

Ярослав упрямо покачал коротко остриженной головой.

– Нет, остался ещё один, последний. Я хочу повторить тебе своё предложение выйти за меня замуж.

Ну сколько можно было ещё сдерживаться? Ирина почувствовала, что дошла до точки, и теперь её уже было не остановить.

– Это что? Благородство такое? Девочка согрешила, нагуляла бастарда, и вот он, рыцарь, тут как тут? Да кто ты такой, Ярило? Ты хоть посмотри на себя со стороны! Мало мне двоих детей, так ещё третий на ручки просится. «Мама, мама, а как же я?» Да, вот так, «мальчик резвый», «влюблённый»! «Не пора ли мужчиною быть?» А уж если Бомарше тебе не указ, то, может, сгодится наш вездесущий Пушкин: «Как мысли чёрные к тебе придут/ Откупори шампанского бутылку/ Иль перечти «Женитьбу Фигаро»!

Ярослав понял, что либо момент он выбрал неудачный, либо с самого начала не было у него ни единого шанса на успех. Тем не менее, ссориться с Ириной ему не хотелось.

– Ну и как Вадим? Рад? Или ты пока не ставила его в известность?

Ирина тоже не прочь была помириться.

– А что Вадим? Сказал, что я сама всё решила, вот пусть и выпутываюсь, как хочу. А ребёнок у него будет от Жени, как они и намечали с Александрой. Вот только отстал он немного от жизни, Евгеша тут мне ролик один о-чень интересный прислала, не хочешь посмотреть?

– Почему бы и нет? – Ярослав, наконец, совершенно успокоился.

Да, свадебка была, что надо. Белый лимузин, шикарное белое платье, хотя, если как следует приглядеться, чувствовалось, что невеста уже на сносях. Но во всех случаях Германа распирало от гордости. Что ж, как говорят в таких случаях: каждый находит своё счастье там, где он его находит.

– А как Марина, видела? – с усмешкой поинтересовался Ярослав.

– Ей отдельное послание, ещё подробнее этого. Смотри, мол, дурёха, что ты упустила.

– Жалеет дурёха?

– Ещё бы! – ухмыльнулась Ирина. – Просто на седьмом небе от счастья! Что подобная честь её миновала. Ты, Мудрик, за

Марину не переживай, Доктор Дима такого ей красна молодца сыскал, глаз оторвать невозможно.

– Что ж, я рад за всех вас, – сухо ответил Ярослав.

Оставшись одна, Ирина разыскала в электронной почте свои письма к Вадиму и его ответы, и несколько раз внимательно их перечитала. Не в первый раз, но сегодня нужно было закрыть тему. Начать с того, что она должна была поставить в известность будущего отца ребёнка, что он скоро станет папой. Ответом сначала была грубая брань, и даже прозвучало слово «шлюха», которое Ирина впервые в жизни слышала в свой адрес. Да, доигралась. Разумеется, полный отказ от отцовства, от ребёнка. «Об алиментах размечталась? Умерь аппетит!» Постепенно тон становился спокойнее, однако суть не менялась. Что и требовалось доказать. Алименты? Зачем они? При таком отношении никаких прав, ни в настоящем, ни в будущем «счастливому папаше» не видать. Муж? Да какой из такого слизняка может получиться муж? Это надо уж совсем опуститься. Нет, она типичная разведёнка, была ею и останется, вот только детишек прибавится. Как там Ваганов ей сказал при первой встрече? «Вот только не увлекитесь: с двумя детьми замуж выйти уже очень сложно, практически невозможно – придётся такие скидки делать будущему «женишку», что небо в овчинку может потом показаться».

Скидки, это, к примеру, Ярик? Она будет его холить, лелеять, сделает из него звезду, а он потом найдёт себе кого-нибудь помоложе и... ноги в руки? Что останется? Только руками развести: природа, физиология, кризис среднего возраста – против таких вещей не попрёшь. Но дело даже не в этом. Опять вернёмся к Ваганову. Принц, принц, принц… «я не скажу вам ничего необыкновенного: только два критерия – этот человек не должен подавлять вас собой ни при каких обстоятельствах, и в то же время быть личностью, до которой вам нужно будет тянуться и тянуться практически всю вашу жизнь». Тянуться до Ярика? Вадима? Будем считать, что вопрос отпал сам собой.

Ирина подвигала мышкой, нашла письма от родителей. Приблизительно то же самое в начале, только без «шлюхи». Затем тон постепенно смягчился, а в итоге сплошной восторг. Тут можно было и главную мысль провести: никаких мужей не предвидится, алиментов тоже, а детишек надо поднимать. Остаётся только вариант бизнес-леди, как, потянем втроём? Ну какие могли быть сомнения?

Ладно, вопрос закрыт. Действительно, что ещё можно было придумать?

Ирина не жалела, что так жёстко поговорила с Ярославом. Нужно было, чтобы у мальчишки не осталось никаких иллюзий. Хотя парень он, конечно, злопамятный, и теперь на любых их отношениях, как в настоящем, так и в будущем, смело можно ставить крест.

Гордеева... Марина, при её неугомонности, в девках долго не засидится. Дружба с ней? Это как раз то, что любой ценой надо бы сохранить.

Работа? Осталось максимум полгода, и она распрощается с Гюнтером навсегда. Бонус, ещё один бонус. Который, естественно, она приняла с благодарностью. Возможность заработать кое-какие деньги, прийти в себя, внутренне перестроиться для неё сейчас было неизмеримо важно.

Окна. А чем ещё она может заняться? Не возвращаться же обратно в риелторы?

Ну а теперь самое главное. Так, небольшой должок. Ирина ещё раз прокрутила ролик со свадьбой Германа и Жени. Пятьдесят тысяч долларов – цена жизни одного, далеко не безразличного ей, человека. Но у неё не было в тот момент таких денег. Хотя можно было бы договориться о рассрочке. Могла Женя её подвести? Нет, исключается. Сколько, интересно, они проживут вместе? Наверное, всю жизнь. Эти два чудовища стоят друг друга.

Ирина набрала СМС-ку и послала её на хорошо знакомый номер.

«Есть что-нибудь новенькое?»

Ответ не заставил себя долго ждать:

«Сейчас очень занят. Предлагаю связаться по Скайпу ближе к утру. Подтверди».

«Хорошо. Подтверждаю».

ГЛАВА 2

– Сюрприз!

Ирина была очень рада, что Ваганов явился лично, и не пришлось общаться с ним через Интернет.

– Сколько же мы не виделись в реалии?

– Почти полгода. Однако когда я употребил слово «сюрприз», я имел в виду совсем другое. Совершенно не понимаю, зачем тебе потребовалось от меня подобное скрывать?

Ирина расхохоталась:

– Наверное, потому что ты один из

немногих моих знакомых, кто точно может считать себя к сему факту непричастным. От «папули-снайпера» я уже услышала замечательный комплимент: «Шлюха!», второй, «мазила из мазил», чуть было не назвал меня «сукой», но вовремя удержался на букве «с». И ещё я, быть может, впервые в жизни, не нуждаюсь в услугах психотерапевта.

– Как знаешь, – улыбнулся Дмитрий, – и всё-таки кто же он, «сверхточный попадальщик»? Или тоже секрет?

– Нет, конечно. В принципе, «попала» я. Ну а вообще-то, Вадим. Чему удивляться? Я столько времени его добивалась. Как видишь, не просто получилось, но даже с довеском, подарочком. Бонус. Хотя одному человеку ужасно не понравилось это слово! Но что поделаешь, я сейчас совсем расхристанная стала, могу ляпнуть что угодно. Кстати, ты был неправ, когда говорил, что с двумя детьми выйти замуж невозможно. Мне уже сделали предложение по всей форме. Буквально сегодня. Один очень обаятельный молодой человек.

Доктор Дима даже покачал головой от изумления:

– Да, с тобой надо быть предельно осторожным. Ты такая злопамятная! Помнишь всё, что я тебе говорил когда-то. Разве можно так безоговорочно верить психотерапевтам? Я иногда такую околесицу несу пациентам, что когда вспоминаю потом, буквально вываливаюсь из кресла от смеха. Ну, знаешь, бывают такие тупиковые ситуации, которые совершенно невозможно разрулить – а чаще не ситуации даже, а просто умопомрачительно упёртые люди. По ним психиатричка плачет, а они во мне какого-то мага, волшебника ищут, через любые препоны прорываются, лишь бы со мной просто потрепаться.

– Можно, – лукаво улыбнулась Ирина. – Тебе можно верить. Ты моё солнышко – избавил меня от многих иллюзий. Теперь я точно знаю, что так на всю жизнь и останусь одиночкой, поэтому уже начала вживаться в образ занудной бизнес-леди.

– Что ж, может быть, ты и права, – поспешил Дмитрий перевести разговор на другую тему. – Ты тоже для меня как талисман. Вот только ни от чего не избавляешь, а наоборот, прибавляешь и прибавляешь впечатлений. Во-первых, хочу поблагодарить тебя за то, что ты подарила мне совершенно уникальную работу. Буквально перетащила из грязи в князи. Мне даже странно представить себе сейчас, сколько лет я бездарно, в полной безнадёге, прозябал на своей Ленинской слободе. А теперь вот знаменитость, разъезжаю с лекциями по всей Европе, даю консультации: и публично, и в Интернете. Даже мелькаю иногда по телевизору. Пишу докторскую. У меня очень благодарные слушатели, вообще клиентура отменная: «голубые», «розовые», трансы всех мастей. Вопросы вступления в брак, разводы, семейные ссоры, исповеди – чего только я не насмотрелся и не наслушался за это время. Даже выпустил пару книг, правда, ни одной на русском. Я только об одном мечтал: чтобы мы после стольких месяцев смогли, наконец, встретиться и спокойно поговорить. Как у тебя со временем сегодня? Я полностью разгрузился, но завтра после обеда уже улетаю. В Антверпен.

Ирина задумалась.

– Знаешь, я, конечно, могла бы у Гюнтера отпроситься, хотя бы на вторую половину дня, но, если возможно, предпочла бы не делать этого. Моё расписание предельно простое. Позади кастинги, перевод текстов на немецкий, читки, репетиции, прогоны, предварительные переговоры. Сейчас, к счастью, всё утряслось, мы перешли к гастролям. Начинаем, как видишь, не с Берлина, а по американскому образцу – с провинции. Хотя трудно назвать, скажем, Гамбург провинцией. Если что-то застопорит, продолжим подгонку. Так что, приглашаю. Сегодня очередной спектакль. Думаю, начальство не будет возражать. Потом мы обычно организовываем посиделки в какой-нибудь нон-стоп кафешке, чтобы разобрать прошедшее шоу и хоть немного успокоить взвинченные до предела нервы, иначе всё равно сразу не уснёшь. Вот тут как раз твоё присутствие оказалось бы обоюдно полезным. И нам реклама, да и тебе тоже. Причём не только добавка к паблисити, но ещё и куча самых разнообразных наблюдений. Так что предлагаю следующий вариант: о деле пока будем разговаривать урывками, утром же сядем, восполним то, о чём не договорили, затем подведём итог. В общих чертах, насколько я поняла – сюрприз второй, на этот раз от тебя: письма написаны кем-то другим, не сестрой Саши?

Дмитрий мрачно кивнул в знак согласия.

Ирина не сочла его объяснение исчерпывающим.

– Ты точно в этом уверен?

– К сожалению. Типичный фальсификат. Я подключал к этому вопросу достаточное количество знакомых специалистов. Ни у кого из них не возникло ни малейших сомнений.

– Да, но как же Саша могла купиться на

такую дешёвку?

– Это не дешёвка. Человек, который их изготовил, сам через многое в жизни прошёл. Такие чувства просто нереально сконструировать. Нужно быть достаточно глубоко в них погруженным. И если уж писать потом, то только одним способом: пропуская их через собственное сердце.

– И что же? Есть такой человек?

– Должен быть. Но я пока его не знаю.

Как они ни пытались, им не удалось перекинуться даже парой фраз в течение вечера. Сначала Ирина готовила актёров и рабочих сцены к спектаклю, утрясала мельчайшие вопросы. Ваганов в это время с удовольствием разгуливал за кулисами, совершенно очарованный новой, открывшейся для него, атмосферой. Потом был спектакль, во время которого Ирина отслеживала каждую деталь, переживая малейшие, совершенно неприметные стороннему взгляду, промахи, а Дмитрий, буквально разинув рот от изумления, наблюдал за «примой», Джолой Тордаи, талант которой совершенно потряс его. Ну а дальше они все вместе сидели в кафе, ужинали, выпивали, заново переживали то, что уже ушло со сцены, но никак не желало выветриваться из памяти.

– Представь себе, вот такая моя жизнь. И что я здесь делаю? Просто присутствую, создаю видимость кипучей деятельности, рисую бодрый, оптимистический фон, так и называю себя: «эмоциональный задник», – посетовала Ирина, когда уже под утро они остались наедине вдвоём. Совершенно измочаленные, опустошённые. В преддверии такого важного для них обоих разговора. –

Умираю, спать хочу. Подождёшь, я кофе заварю покрепче?

Ваганов молча кивнул.

Уселись прямо на кухне.

– Пожалуй, я была неправа, когда говорила, что единственное, в чём я сейчас не нуждаюсь – это услуги психотерапевта, – со вздохом проговорила Ирина. – Беременность переношу, и в самом деле, на удивление легко, на работе тоже особенно не выкладываюсь, да и понимаю, что меня здесь просто терпят, толку от меня ни на грош. Но вот что постоянно гложет мою душу: зачем я вошла в этот мир? Для чего встряла в отношения между Сашей и Вадимом? Да и вообще: вся запутанная донельзя история с нашим мюзиклом, странный мир «нетрадиционных сексуальных отношений» – это ведь совсем не моё. Я просто наломала здесь дров, вела себя, как слон в посудной лавке. С какой, собственно, стати? Эмоции обиженной дурочки? Ревность? Попытки понять то, в чём я до сих пор не смыслю ни уха ни рыла? Но самое страшное, что меня угнетает: абсолютная, не одной бессонной ночью выверенная, уверенность, что если бы не я, Саша была бы сейчас жива.

Ваганов задумался.

– Что-то новенькое, – сказал он, наконец. – Вот уж не предполагал, что у тебя такое о себе мнение. На мой взгляд, ты – единственный человек во всей этой истории, который оказался к Саше неравнодушен. Не обладая специальными знаниями в столь сложной и деликатной области, долго пыталась вывести из тупика своего бывшего мужа, практически сделала для этого, всё, что смогла, не считаясь со временем, репутацией, обязанностями матери, деньгами, а сейчас вдруг обвиняешь себя во всех смертных грехах? Что тебя, конкретно, мучит? То, что твои усилия, в итоге, не увенчались полной, блистательной победой? Но не слишком ли ты переоцениваешь свои силы? На твоём пути встали убийцы, и кто ты такая, чтобы подобное преступление предотвратить? Да и сейчас не всё гладко. Что мы знаем? Имя человека, который убил Сашу? Стопроцентно. Известна даже его подельница. Но мы никогда не сможем ничего доказать. Я высказываю тебе не только своё мнение, это выводы людей, которые собаку съели в криминалистике, поверь, денег я не жалел. Что мы не знаем? Имя человека, который изготовил фальшивку? Но разве в ней, в нём главное? Главное, что заказал её Герман. Идея… идея, скорее всего, была Женина. Но ведь это были не пуля, не нож, просто слова. А слова, как известно, к делу не пришьёшь. Что нам абсолютно точно теперь известно? С ноутбука Саши были скопированы совершенно не имеющие отношения к конечному результату девичьи дневники его сестры, её переписка. Зачем? Только для того, чтобы заполучить образчики её стиля, образа мыслей. Хорошо, и что дальше? Можем ли мы позволить себе рассуждать на основании изложенных фактов, о каком-то непомерном злодействе? Нет. Всё, что мы имеем – лишь инсинуации, предположения. Потом с какого-то другого, неизвестного, компьютера была осуществлена отправка нескольких писем в адрес её брата с гневным, обличительным сопроводительным письмом. Вроде как бывшим мужем Сашиной сестрёнки, который до сих пор ни сном, ни духом не ведает вообще ничего обо всей этой истории, а уж тем более о каком-то платоническом романе его жены с его шурином. Причём самое удивительное в этой истории, что если бы ты не скопировала вовремя материалы с Сашиного ноутбука, мы бы вообще до конца дней своих пребывали в полном неведении относительно случившегося. Женя там наверняка давно уже всё подчистила. В общем, чистейший бред, при всём желании я даже не могу тебе его изложить достаточно грамотно, логично. Но результат, как ни странно, ошеломляющ. Кто сказал, что «гений и злодейство – две вещи несовместные»? Ах, Пушкин? Но Пушкин совсем другое имел в виду. Эти две вещи оттого несовместные, что требуют каждая сама по себе предельной концентрации, самопоглощения. И, стало быть, речь здесь не о творчестве идёт вовсе, а о так называемом «идеальном преступлении» («the perfect crime»). Из разряда тех, о которых изначально мечтает каждый преступник, ещё только задумывая своё злодеяние. Вроде как, все попадаются, а вот я настолько умён и хитёр, что не попадусь никогда. Но все попадаются в итоге. Попадётся и Герман. Когда-нибудь. Поскольку злодейство неизлечимо. Однако в данном случае мы с тобой бессильны что-либо сделать. Ты виновата? Ещё раз повторяю: ты сделала всё, что могла. Что ты намерена делать дальше? Написать заявление в полицию? Самой покарать убийц?

Ирина покачала головой:

– Ничего. Ты прав. «The perfect crime». Всё бесполезно. Сашу не вернёшь, а уподобляться этим гадам я не собираюсь. Не говоря уже о том, что в подобной свистопляске я могу потерять ребёнка. Не следует забывать об ответной реакции. Дитятко-то в чём виновато?

Ваганов кивнул.

– Ириша, ты должна понять, что я, как психотерапевт, только начинаю реализовывать себя. Сейчас усиленно переучиваюсь. Диплом получу не раньше, чем через два года. Ну а пока я, как и был, всего лишь психолог и консультант по семейным вопросам. Даже в той новой области, на которую я, с твоей подачи, уже навсегда переключился. Я к тому это говорю, что моё мнение не окончательное, ты могла бы проконсультироваться у настоящего специалиста. И для меня нетрудно с любым авторитетом такую встречу тебе организовать. Не торопись с ответом, подумай. Ко мне лично у тебя есть ещё вопросы?

– Один, единственный, – вздохнула Ирина. – Каким образом этот, невинный вроде бы с виду, удар настолько точно поразил цель? Выходит, я с самого начала была права, и отношения моего мужа с его сестрой, действительно, были самой, что ни на есть любовью, причём с весьма и весьма красочными картинками? И ещё: если бы как-то удалось уговорить Сашу полечиться у хорошего психиатра, могло бы это ему помочь в своё время, как ты считаешь?

– Мне сложно что-либо тебе ответить, – покачал головой Доктор Дима. – Превратить его в обыкновенного, заурядного человека? Это с больными-то людьми практически никогда не удаётся, а здесь, даже если рассуждать чисто теоретически, не означало бы подобное благое действо убить его куда быстрее и вернее, как личность? Ведь вся беда Саши была как раз в том, что он был изначально обречён – в нашем жестоком, несправедливом мире, мире продажной любви и маньяков, извращенцев всех мастей, таким чистым, глубоким людям, как он, просто нет места. Его могла спасти только великая, всепоглощающая любовь. Но требовать такое от Скорочкина… Вадим и так сделал, что мог.

Ирина не смогла сдержать нахлынувшие вдруг на её глаза слёзы:

– Значит, виновата всё-таки я? Господи, пятьдесят тысяч долларов… вот все говорят, что деньги – не главное, вообще – навоз, а как с такой загадкой – я сейчас отдала бы всё, что у меня есть, но в нужный момент их у меня просто не оказалось. Да и знала я тогда лишь цену, но не сам вопрос.

Дмитрий Артемьевич со скучающим видом огляделся по сторонам, затем произнёс с тяжёлым вздохом.

– Ладно, Ирен, давай сначала. Проясним эту тему раз и навсегда. Хоть я и скромничал, говоря, что ещё недостаточно разбираюсь в психотерапии и психоанализе, я решил опробовать свои силы и провести исследование по полной программе. Той трагедии, что произошла. Саша вряд ли тебе рассказывал о своём становлении, детстве. Мне пришлось собирать материалы повсюду, где только можно, главным образом, у его родственников, буквально по крупицам. Конечно, ты поняла уже, сам я участвовал в этом процессе только деньгами, но, как бы то ни было, имею теперь толстенное досье с фотографиями, письмами, копиями документов. Кстати, огромное тебе спасибо за то, что ты предоставила в моё распоряжение ваш с Сашей семейный архив. Торжественно тебе его возвращаю, ну а как итог, я привёз тебе флешку с электронной версией всей жизни твоего бывшего мужа, от альфы до омеги, но сама ты вряд ли в ней разберёшься, лучше будет, если я попытаюсь ещё и прокомментировать тебе её на словах. Ты готова меня выслушать?

Ирина отрицательно покачала головой:

– Нет. Но придётся.

Ваганов, между тем, вставил флешку в гнездо телевизора, висевшего на стене, достал телескопическую указку и приготовился не только рассказывать, но и показывать. Лекционные навыки настолько глубоко укоренились в нём, что он уже не мыслил свои рассказы без использования принципа наглядности.

Наконец все препятствия были устранены, и он ринулся в бой.

– Родители Саши, – начал он со старого, чёрно-белого, снимка, – отца ты хорошо знаешь, но с этой фотографией знакома или нет, не берусь утверждать. Как видишь, они здесь молоды, счастливы, полны надежд, самых радужных планов на будущее. Он очень хотел сына, и даже имя ему придумал: Александр, не знаю уж в честь кого, возможно, в честь Александра Невского или Александра Македонского. Родилась дочь. Ну, дочь так дочь. Хотя и имя оставили, пусть в женском варианте, и воспитание с самого начала назначено было жёсткое, даже немного спартанское. Потом родился сын. В ожидании его отец пребывал в состоянии полной эйфории, однако смерть жены при родах повлияла на него кардинально. Жизнь стала не мила, дети тоже. Потом боль утихла, пришла новая любовь к женщине гораздо моложе его возрастом, но с сильным, сложившимся характером. Скорее всего, её привлекали в женихе его деньги, но не исключено и что какое-то чувство тоже всё-таки присутствовало. Очень быстро на свет появились ещё два ребёнка: тоже мальчик и девочка, сладкая парочка. Мачеха любила только своих детей, к А + А она относилась довольно прохладно буквально с первых дней появления её в их доме, а теперь просто возненавидела. Эту ненависть охотно переняли два новоявленных её отпрыска, да и отец не нашёл в себе силы справедливость в этом вопросе восстановить. Так в некогда благополучной, прекрасной семье появились два изгоя. Их кормили, одевали, развивали, снаряжали для учебы по остаточному принципу.

Встречают, как известно, по одёжке. Соответственно, в школе – насмешки, презрение, изоляция. Что они могли сделать в таких условиях? Только вцепиться друг в друга и, насколько возможно, вдвоём враждебному для них миру противостоять. Естественно, лидером в их тандеме была сестра, естественно, диктат её был полным, брат ни в чём не имел права голоса. Чем он мог ответить на это? Ненавистью? Её и так слишком много было вокруг. Значит, любовью. Он вырастал безвольным, лишённым отцовского, мужского, воспитания, болезненным худосочным мальчишкой, процесс развития его всё больше тормозился, пока парень вообще не впал в полный инфантилизм. Сестра контролировала каждый его шаг, заполняла полностью все его мысли.

Когда сестра повзрослела, она быстро поняла, что прежний ад закончился, и жизнь теперь повернулась к ним совсем другими, куда более привлекательными, сторонами. Если избалованные дети порой вообще не могут приспособиться к взрослому миру, особенно с потерей той ласки и внимания, которыми их раньше окружали, то здесь всё было наоборот. У двух изгоев появилась возможность вырваться из маленького, злобного мирка, в котором они так долго пребывали, на широкий простор. Они использовали любую возможность заработать какие-то деньги, занялись своим внешним видом, сосредоточились ещё больше на учебе. В конце концов, сестра нашла себе неплохую работу, а затем и вполне сносного трудягу мужа. Своё прошлое она ненавидела всеми фибрами души и, как могла, старалась забыть о нём.

Другое дело, брат. Теперь он оказался в полной изоляции, в абсолютной власти своих врагов. Безвольный, лишённый малейшего житейского опыта, он так и не смог порвать связывавшую их пуповину. Его любовь к сестре, несмотря на то, что та стала всё больше отдаляться от него, не только не вошла в нормальные рамки, но приняла характер наваждения. Сестра не собиралась отказываться от брата, но, согласись, она не имела никакой возможности и дальше водить его повсюду с собой по жизни за ручку.

Ирина тихо прошептала, не решаясь поднять голову:

– Значит, в их отношениях не было вообще ничего предосудительного? Даже в платонической форме?

Ваганов глубоко вздохнул, понимая, что их разговор забрёл в самые что ни на есть глухие дебри.

– Ни в малейшей степени. Я уже говорил тебе, твой бывший муж, как человек, уникален. Его братская любовь достойна того, чтобы её даже не в бронзе, а в золоте увековечить. Сестра на такое была не способна. Брат всегда был для неё лишь средством. Она достигла нормальной жизни во всём, и с ним хотела бы обычных, общепринятых, отношений.

Дмитрий покопался в своём кейсе и достал оттуда толстую, красочно оформленную книгу.

– Хочу подарить тебе свой опус. Он так и называется «Инцест». Пользуется сейчас большой популярностью во всём мире, переведён на полтора десятка языков, но на русском, естественно, не издавался. Будем надеяться, что когда-нибудь ты выучишь немецкий. Но, собственно, не думаю, чтобы тебе в такой вопрос имело бы смысл углубляться. Попытаюсь рассказать в двух словах, если получится. Так вот, если исследовать в массе инцестные формы отношений брата и сестры в мире, то чаще всего они возникают после того, как те были разлучены волею судьбы, обстоятельств, и уже в юношеском возрасте встречают друг друга. Там, где полные семьи, обычно складывается так, что воспитанием сына занимается отец, а воспитанием дочери мать, и такой вариант делает в дальнейшем какой-либо инцест совершенно невозможным. Если мать воспитывает сына одна, то бывает, что слишком увлекшись подобным воспитанием, она начинает воспринимать возлюбленное чадо своей полной собственностью, осознанно или неосознанно делая всё, чтобы оградить его от других женщин. Но эгоизм этот руководствуется исключительно инстинктом самосохранения, какой-либо сексуальный вариант здесь напрочь отсутствует. Лишь со смертью матери такой мужчина получает свободу. Чаще всего ему совершенно уже не нужную, и, как результат – он становится добычей какой-нибудь хищницы, которая в итоге испаряется, оставив его без последних штанов, или, в лучшем случае, он находит более или менее приемлемый вариант, но до конца дней своих остаётся подкаблучником. При варианте отец и дочь естественные отношения вполне могут извратиться. В нашем случае зависимость была не физическая, а житейская и духовная, и Александр вполне мог бы выкарабкаться, тем более, если учесть, что ему досталась неплохая, любящая жена (это я о тебе уже говорю), но неожиданная, загадочная смерть сестры вернула его в прежний атавизм. Дальше ты и сама знаешь. До того момента, когда на пике своего торжества, он и получил эту пачкотню. Как можно было такое переварить? Тем более что он настолько глубоко погрузился, и в жизни, и в творчестве, в образ своей обожаемой сестры. Он просто не захотел дальше жить.

Ирина надолго задумалась.

– Да, знать бы мне это раньше, – наконец,

медленно проговорила она. – Честно говоря, Дима, ты меня сегодня совершенно ошарашил.

Она помолчала какое-то время, затем продолжила.

– Конечно, после той колоссальной работы, которую ты для меня проделал, было бы верхом неблагодарности с моей стороны не рассказать тебе о себе подробнее. Ты говорил о депрессии, но я давно её в себе преодолела. Срыв в прошлом, когда я только ещё прилетела в Германию и, после периода бурной деятельности, получила слишком много времени для раздумий, тут же убедив себя в том, что настоящая убийца Саши – я сама. Если бы я не развелась с ним, попыталась понять его именно тогда, а не годы спустя, рано или поздно мы обязательно прорвались бы друг к другу. Да, я опомнилась, но слишком поздно. И хотя всю свою энергию направила потом на то, чтобы спасти положение, что получилось в итоге? Ты говоришь, что я невиновна, сделала всё, что смогла, но кто привёл к Саше трёх её убийц? Я, конечно, собственной персоной. Жила бы она и жила со своим Вадимом, обзавелась ребёнком, и была бы счастлива. Ну, выпихнул бы её Герман из «Красной косынки», ничего страшного, со своими данными Александра тут же устроилась бы в другом месте. Что ты на это скажешь?

Ваганов поморщился, снова потеряв к их разговору интерес.

– Ах, вон что тебя мучило! А может, до сих пор не отпустило? Комплекс несуществующей вины, вины на пустом месте. Я думал…

– Что? – холодно поинтересовалась Ирина. – Что я умнее?

– Нет, просто, что психика у тебя поустойчивей.

Ирина криво усмехнулась:

– Я думаю, достаточно устойчивая, раз я в итоге этот комплекс преодолела.

– Почему ко мне не обратилась? Не хотела быть обязанной? – недовольно спросил Ваганов. – Ведь мы с тобой всё это время регулярно общались по Скайпу, зачем было маскироваться?

Ирина ответила:

– Мне важно было выкарабкаться из всего этого самой. В конце концов, я победила, но проблема полностью не исчезла. За нею пришло чувство эмоциональной зависимости. Я почему-то сочла, что теперь, со смертью Саши, ничто не мешает моему чувству к нему раскрыться в полную силу, завела дневник, регулярно писала ему письма. Впрочем, давай-ка я лучше что-нибудь тебе оттуда почитаю.

Ирина подключила свой ноутбук, затем принялась цитировать:

«Привет, любимый! Прости, но я уже не воспринимаю тебя, как женщину, даже в костюме Багиры, даже когда в который раз пересматриваю диск с твоим неповторимым триумфом в нашем мюзикле. Однако память так ненадёжна! Вот почему я решила завести дневник, в который собираюсь записывать все мысли, связанные с тобой. Я не хочу выкладывать эти блоги в Интернете, почему я должна делиться со всем светом своей любовью?»

«Я пробежала сейчас беглым взглядом записи, которые делала на твоей страничке за последние полгода, получилась целая жизнь. Я вижу, как медленно я выходила из

депрессии, вызванной твоей смертью, как осознавала то, какое огромное влияние ты оказал на меня своей личностью, как готовилась бороться со всем миром, чтобы донести до людей не легенду, не выдумку о тебе, а раскрыть твоё истинное «я».

«С удивлением я обнаружила, как много я от тебя утаивала, а сейчас вообще в полной растерянности. Былое воодушевление спало, и на те памятные события, почти полугодичной давности, я посмотрела вдруг совсем другими глазами. Увидела, в частности, то, насколько смешной я выгляжу, навязываясь тебе со своей любовью. Теперь всё изменилось: именно сейчас, когда, пользуясь тем, что ты далеко, я могла бы приписать тебе любые действия, мысли, я уступаю тебя Вадиму, хотя всегда презирала этого человека. Однако,

приглядевшись поближе к истории твоей жизни, я поняла, что этот человек – единственный, кого ты по-настоящему ЛЮБИЛА. Теперь я воспринимаю тебя исключительно, как отца моего обожаемого сына, бывшего мужа, гениального композитора, танцовщика и вокалиста, а также, надеюсь, моего самого верного и надёжного друга».

Ирина отключила ноутбук и посмотрела на Ваганова.

– Так, троечка блогов навскидку. Ты профессионал, схватываешь на лету такие вещи. Но я могу и это всё тебе скопировать.

Ваганов повеселел:

– Не откажусь, конечно, это очень интересно. И я весьма рад за тебя.

Ирина кивнула:

– Спасибо, а теперь нам не мешало бы

хоть немного поспать. Мне ведь уже через пару-тройку часов снова надо быть на работе.

ГЛАВА 3

– Вы никуда не уедете! Не можете! У вас контракт!

Ирина была сама не рада, что стала свидетельницей столь необычной сцены, но она не могла даже пошевелиться, чтобы уйти, боясь разоблачения. К слову, таким она видела Гюнтера впервые: лицо его, обычно столь благодушное, было не просто красным, а даже багровым. Вот что значит злоупотреблять баварскими сосисками вайсвурст и пить пиво маасами – литровыми кружками.

– Ну и что, контракт? – спокойно

ответила Марина разгневанному немцу, которого вот-вот должен был хватить удар.

– Контракт, значит в первую очередь – неустойку!

«О, господи, Марина, как ты могла покуситься на святое? Тут тебе не Россия!»

– Я оставлю вас без последних штанов.

И тут произошло что-то совсем невообразимое, от чего у Ирины буквально челюсть отвисла. Марина спокойно, без тени эмоций, сняла трусы и бросила их к ногам Гюнтера. Ну тут уж «фрау Кулемзина» поняла, что если она срочно не вмешается, разразится ни мало ни много третья мировая война.

– Стоп! Брейк! – громовым голосом сказала она. – Всё сначала, будем считать, что этот эпизод не удался.

Марина повернулась, но стояла молча, не проявляя никакого желания к примирению.

– Что случилось? – спросила её Ирина и даже испугалась звука своего голоса. Самое смешное было то, что разговор происходил в самом центре сцены, и слышимость была идеальной.

Так и не дождавшись ответа от своей подруги, Ирина повернулась к Гюнтеру:

– Как насчёт того, чтобы продолжить наш разговор в более спокойной обстановке, к примеру, в каком-нибудь кафе?

Гюнтер не возражал. Они примостились в уголке ближайшего ресторанчика. На столике моментально появились сосиски с тушёной капустой (уже не баварские, естественно) и традиционное пиво. Официант, как видно, знал герра Тишбейна, и с минуту расточал ему комплименты за тот великолепный спектакль, о котором он был столь наслышан, и который ему наконец-то повезло, благодаря контрамарке на всю семью, увидеть. Гюнтер был польщён, гнев его понемногу стал утихать.

Ирина поспешила увести Гордееву к уютному диванчику возле дамского туалета. Времени на сантименты не было, поэтому она начала разговор без обиняков:

– Ты решила уехать? В чём причина?

– Маме стало хуже. Я должна быть возле неё.

Ни слезинки, ни даже подобия гримаски, всё тот же холодный, надменный тон. И значит, наглое, беззастенчивое враньё.

– Врёшь! – так и констатировала Ирина.– Я недавно звонила. Маме твоей значительно лучше. Сказывается прекрасный медицинский уход.

– Вру, – согласилась Гордеева. – Вот только ты-то с какой стати лезешь не в своё дело? – Понравилось, что я уже больше полгода за тебя пашу? Ничего, поработаешь сама теперь, не барыня.

– Опять жалкая, примитивная ложь! Могла бы и поднапрячься, придумать что-нибудь более правдоподобное! – вздохнула Ирина. – Ты сама взяла всё в свои руки, меня с первых же дней отстранила, ни к чему мало-мальски важному до сих пор не подпускаешь за версту. Так в команде не поступают. Ладно, хочешь уехать – твоё дело, но как подруге можешь объяснить, почему?

– Мы не подруги, – ничуть не меняя тон, ответила Марина.

– Ах вот даже как? – Ирина сама чуть не побагровела от ярости, как недавно Гюнтер, но успела взять себя в руки. – И с каких это, интересно, пор?

– Считай, что с сегодняшнего дня, – Гордееву было не пробить.

– Сегодняшнего? – недоумённо

переспросила Ирина. – Прости, но что случилось сегодня? Что такого необыкновенного произошло? Кошка драная! Можешь мне объяснить?

Как ни странно, выражение «кошка драная» неожиданно пришлось к месту, Марина сбросила с себя свою дурацкую маску.

– Поможешь мне? – тихо спросила она.

– Я, натюрлихь, майне либе, (Да, разумеется, любовь моя – нем.), – тут же сориентировалась Ирина.

– Мне очень важно знать одну вещь: Ярослав недавно сделал тебе предложение о замужестве, ты отказалась. Почему?

Ирина недоумённо пожала плечами:

– Причём тут Ярослав, непонятно? Могу ответить тебе только то же самое, что сказала ему: потому что молоко на губах не обсохло. У меня теперь и так двое детей на руках будет, спрашивается – зачем мне третий?

– Ярослав не ребёнок.

– Ну так и возьми его себе!

– Ну так и возьму!

Ирина задумалась на какое-то время. Потом успокоилась совершенно:

– Да, дела! Он что, и тебе предложение сделал?

Марина посмотрела на свою «бывшую» подругу с вызовом:

– А чем я хуже тебя?

– Ничем. Даже лучше. Детей нет. В смысле, чужих. Своих-то без проблем настрогаете. И что, ты согласилась?

– Нет, – ответила Гордеева ещё на тон ниже. – Я сказала: подумаю.

– Так. И что надумала?

– Ничего. Пока в затруднении. Может, ты что посоветуешь?

Ирина ухмыльнулась:

– Так ведь мы уже больше не подруги!

– Тем более. Беспристрастное, объективное мнение куда важней.

Дело оказалось серьёзнее, чем Ирина ожидала. Всё, что было до сих пор, на поверку вышло лишь попыткой замаскировать растерянность, даже беспомощность. Человеку надо было в первую очередь дать выговориться, а подруги – не подруги, совсем из другой оперы вопрос.

– Ты его любишь?

– Нет. Ты же сама сказала – молокосос несчастный.

– А того мужичка, которого тебе Дмитрий подобрал?

– Там всё в порядке. Хороший, добрый, обеспеченный мужчинка. Жена недавно умерла от рака, оставила ему двух ребятишек. Любовь? Ну мне ведь не семнадцать лет, чтобы влюбляться с первого взгляда.

– И все жё при таком раскладе я бы выбрала второй вариант. Однако тебе виднее. Ладно, суду всё ясно, – поднялась Ирина, – тебе не кажется, что Гюнтер нас совсем заждался? Во всяком случае, можешь собирать чемодан, я его уговорю отпустить тебя без последствий.

– Постой, – удержала её Марина за рукав. – Можешь мне ещё одну, последнюю, вещь объяснить? Почему Ярослав тебя так ненавидит?

– Потому что я ответила ему отказом. Дважды.

– И что, если я откажусь, он так же возненавидит меня?

– Нет, нисколько. Тебе совершенно нечего бояться в этом смысле.

Гордеева на минуту даже потеряла дар речи. Наконец, процедила сквозь зубы:

– Значит, он всё-таки тебя любит? Именно тебя?

– Ничего не значит, – вздохнула Ирина. – Можешь спать спокойно, Ярослав не любит ни тебя, ни меня. И не полюбит никогда. Мудрик просто устраивает сейчас свою личную жизнь. Как ему кажется, навсегда. В настоящий момент он совершенно искренен. Но едва только он станет богат и знаменит, что, кстати, на мой взгляд, под о-чень большим вопросом теперь, без Саши, он тебя тут же бросит. Найдёт красивую молодуху и начнёт с ней всё сызнова. А на тебя ему будет с самой высокой колокольни наплевать. Когда это произойдёт? Думаю, лет шесть-семь ему вполне будет достаточно для этого. Точнее, тебе, чтобы как следует подготовиться юридически к такому исходу, и не остаться потом на улице с голым задом и двумя детьми. Или тремя? Как, потянешь? Точнее, успеешь? И не пудри мне мозги, ради бога: ты уже всё решила. Любовь, ревность, страсти-мордасти – сама же всё и погубишь. Всех растеряешь, кто тебе дорог, кому ты дорога сейчас. Но я подожду. Семь лет – не такой уж большой срок. Нашу дружбу это только укрепит.

– Это Вилда. А это Сиглинд, переводчица, – Гюнтер расшаркался перед Ириной и счёл необходимым дополнить: – Вилда хороший специалист, но не знает ни слова по-русски, твоя задача всё ей объяснить, показать. Боюсь, что второй Марины из неё не получится, но я согласен и на половину того, что у нас было.

Тут он вспомнил и стукнул себя ладонью по лбу:

– O, main Gott, (Боже мой – нем.) что это со мной? Девочки, простите меня за рассеянность, я забыл, что начинать следует с главного: представить вас друг другу. Итак, это Ирина, бывшая жена и наследница прав великой Александры Кулемзиной. Сиглинд, теперь можете переводить.

Все трое дружно закивали, стали обмениваться улыбками, оживлённо жестикулировать. Тишбейн подождал некоторое время, но видя, что процесс предполагает затянуться надолго, шепнул на ухо Ирине:

– Ирен, прошу тебя, зайди потом ко мне в кабинет.

Ждать Гюнтеру пришлось основательно, но он был само терпение.

– Meine Liebe, ну и как тебе мой выбор?

– Очень своенравна. Практически не слушает никого и ничего, хотя вопросы задаёт постоянно. Такое впечатление, что сама с собой разговаривает. Гюнтер, сладенький мой, где, интересно, ты откопал такую дурёху? Она же тебе палки в колеса будет вставлять при первом удобном случае. Да ещё глазки строит – из кожи вон вывернется, но непременно затащит тебя в постель.

Тишбейн поморщился.

– Ирина, как говорят у вас, русских, не сыпь мне соль на рану. Конечно, такого работника, как Марина мне не найти, я тебе уже этот вопрос прокомментировал, но ты же сама меня уговорила её отпустить.

Ирине было легко с Гюнтером, они понимали друг друга с полуслова:

– Сначала ты отпустил Ярика…

Гюнтер всё-таки не удержался от ворчания:

– Опять эта фраза. Ярик с самого начала

был здесь на особом положении, он объездил практически всю Европу и, надо отдать ему должное, времени даром не терял. Трудно даже перечислить, сколько он видел спектаклей, иные просматривал по нескольку раз, его интересовало даже, как встречают одну и ту же вещь, одну и ту же труппу в разных городах, странах. У меня на него вообще большие виды. Я вкладывал раньше, вкладываю сейчас и буду продолжать вкладывать в него и дальше любые деньги. И уехал он как раз за тем, чтобы дописать новый мюзикл, он мне им все уши прожужжал.

– Я слышала другое… – устало проговорила Ирина.

– Что другое? Нельзя ли конкретнее? – насторожился Тишбейн.

– Он переписывает книгу, которую должны были издать Вадим с Сашей.

Первую версию сделали профессионалы, и сделали отвратительно. Вадима спасло только то, что теперь гораздо целесообразнее было бы построить повествование только от одного, его, имени. И не злись, пожалуйста, если я опять, в сотый раз уже, повторю тебе всё ту же истину: когда ты перестанешь быть большим ребёнком и научишься, наконец, воспринимать правильно нас, русских? Что мы вруны, каких мало, что мы необязательны, ни к чему не можем относиться серьёзно? Только деньги любим получать. Желательно, ни за что. Либо, по крайней мере, за какую-нибудь чистейшей воды халтуру. Понял теперь? В данном случае Ярослав работает не за какой-то жалкий аванс, который ты ему когда-то выдал, а он давно уже его потратил, и не за надежду на какие-то бешеные дивиденды в весьма отдалённом будущем, а за вполне конкретные рублики, еврики – не знаю уж, в какой валюте он договорился получить гонорар. И никаких налогов, Гюнтер, mein Schatz (сокровище моё – нем.), заметь. Чернющая наличка. Знаешь, я уже поняла, почему ты не боишься Вилду. Потому что у тебя на руках, составленный по всем правилам, контракт. И этими вожжами ты её будешь хлестать по её широкой толстой заднице так, что уже через неделю кобылка станет шёлковой. Будет, глядя тебе в рот, внимать каждому твоему слову и незамедлительно все твои указания выполнять. Но Ярик – не немец. Марина пахала тут впятеро больше, чем было предусмотрено по контракту, чем она получала за это денег, а когда осмелилась взбрыкнуть, ты не дал ей ни евроцентика подъёмных, а если бы я не вступилась, то вообще содрал бы с нее практически всё, что она до этого лошадиным трудом заработала. Что, скажешь, я не права?

– Сама виновата, – спокойно ответил Тишбейн без малейших угрызений совести. – Не надо было со мной так поступать.

– Как? – С интересом спросила Ирина. – Как именно она должна была поступить? Ну отказалась бы она принять от Ярика предложение руки и сердца, можешь ты дать гарантии, что через месяц Ярослава не окольцевала бы какая-нибудь засидевшаяся в девках принцесса-уродина с Рублевки? Он ведь теперь знаменитость. Пусть факир на час, но всё же. Извини, но порой я совершенно не понимаю, моё толстопузое солнышко, как ты ведёшь дела. Где-то за медный грош готов удавиться, а где-то всаживаешь «любые деньги» в человека, который может в любой момент наплевать на твой контракт и переключиться на выпечку модных песенок в каком-нибудь продюсерском центре. И ты с него не получишь ни копейки, потому что у него ни копейки за душой и нет. А вот Марина… с Мариной он будет вести себя совсем по-другому, она будет толкать и толкать его наверх, потому что знает, что деньги у них теперь общие. Да, она любит, ревнует, меня так вообще из-за этого пацана возненавидела, однако в нужный момент она не поступит, как с тобой: не снимет трусы и не бросит их к ногам своего обожаемого мальчика, наоборот, сделает всё, чтобы ободрать его, как липку. Так что и сейчас, энгельхен – ангелочек, она трудится на тебя, буржуя-капиталиста, днём и ночью, особенно ночью, чтобы ты свои последние буржуинские еврики не потерял.

– Марина выходит замуж за Ярослава? – удивился Тишбейн. – И он делал предложение тебе?

– Гюнтер, ты в своём родном коллективе дальше своего собственного носа не видишь. Так к делу нельзя относиться. Если ты срочно сейчас не возьмёшься за ум, когда-нибудь ты на этом основательно погоришь.

Оказавшись в своём номере, Ирина с грустью подумала: как так получилось, что вместо друга, любовника, она нажила в Ярике смертельного врага? Ещё больше ей было жаль Гордееву. В аэропорту, перед самым отлётом, Марина проговорилась, что Ярик поставил условие, чтобы они впредь не поддерживали между собой никаких отношений. По всему чувствовалось, что Гордеева и сама с этим была согласна. Но вот чего Ирина совершенно не понимала – как могла Марина так по-дурацки влюбиться. Даже их слёзы при расставании были хоть и искренними, но ничего не значили. Герман, Женя, Саша, Вадим, теперь вот Марина с Ярославом. Кто остался? Гюнтер, с которым ей в самое ближайшее время предстоит выдержать схватку за возможность улететь домой, не захочет же она мириться с участью девочки на побегушках у этой придурочной Вилды? Доктор Дима, который нашёл для себя новый мир и счастлив этим безмерно? Он признался Ирине, что ему остался один только единственный шаг для того, чтобы достичь предела своих мечтаний – жениться на какой-нибудь немке или швейцарке со связями и развернуться уже потом в своей новой ипостаси здесь, в благословенной Европе, на полную мощность.

А что же она сама? Окна? Да, денег вполне хватит на небольшую фирмочку. И что дальше? Смириться с тем, что вся жизнь её теперь в детях? И никакого личного счастья? По крайней мере, на ближайшие десять-двадцать лет? Воспитание, образование – хлопот предстоит полон рот. Что ж, ничего другого ей и в самом деле не остаётся – пусть мужчины сражаются, у женщин своё предназначение.

ГЛАВА 4

– Не начинай, Гюнтер! Мы так славно поработали с тобой, зачем напоследок портить столь удачно сложившиеся отношения? Ты ведь знаешь, я не Марина, в своём положении я в состоянии доставить тебе столько неприятностей, что твоё имя потом будут склонять на каждом перекрёстке. А тебе твоя репутация сейчас дорога как никогда. Я ведь ничего не прошу от тебя – только отпустить птичку на волю. Можешь оставить себе свои вонючие денежки. И разбирайся сам с этой толстозадой сволочью, у меня нет никакого желания тратить драгоценные нервы на разборки с ней, я хочу, чтобы у меня родился нормальный, здоровый ребёнок, и чтобы я сама не заработала в своём цветущем возрасте какое-нибудь осложнение. Мне пора ехать домой, в Москву. Осталось четыре месяца, по всем статьям мне скоро пора в предродовой отпуск, а надо ещё куда-нибудь, хотя бы чисто формально, устроиться на работу.

– У нас, в Германии, такой отпуск наступает чуть позже, как ты знаешь, почему бы тебе хотя бы до этого времени не подождать? И не пришлось бы ничего искать. – Гюнтер набычил шею, ему не нравилось, когда на него в серьёзные моменты так наседали. – Но я не о том совсем. Во-первых, я хочу вручить тебе вот эту скромную коробочку и попросить тебя стать моей женой. Ты можешь отказаться, это твоё право, но я тоже вправе сделать попытку. Я никак не мог решиться, уже почти полгода хожу вокруг да около, но сейчас мне некуда отступать. Мы составим брачный договор по всей форме, ты ни в коем случае не будешь обделена. Твоих детей я буду любить, как своих, они получат всё, что нужно, обещаю: я буду им не просто хорошим, но даже прекрасным, отцом. Если ты хочешь узнать, почему Ирмтрод, моя бывшая жена, ушла от меня, я предоставлю тебе возможность выслушать мнение любой из заинтересованных сторон.

Ирина тяжело вздохнула:

– Гюнтер, солнышко, давай не будем забираться в такие дебри. Начнём с того, что мой ответ – «нет!» Вот от этой точки я готова говорить с тобой на эту тему сколько угодно. Но моё решение не изменится. Никогда и ни за что.

Гюнтер побагровел. Чувствовалось, что он разочарован, обижен.

– Ты даже не попросила времени подумать, – укоризненно пробормотал он. – Виной мой возраст, вес?

– Нет, конечно, – спокойно ответила Ирина. – Причины две. Во-первых – Германия. Ты забыл, что мы живём с тобой в двух совершенно разных мирах. Я не уеду никуда из страны, где я родилась, где живут мои родные, где мне дорога каждая травинка, ты ни за какие коврижки не согласишься жить в России. А болтаться из стороны в сторону – это, уж извини, переливание из пустого в порожнее.

– Так, и второе? – не унимался Тишбейн.

– Ты не любишь меня. А для меня это главное в жизни – найти свою любовь. Без этого я ни семьи, ни счастья себе не представляю. Что, может, я не права?

– Ну, я не семнадцатилетний мальчик, – замялся Гюнтер, – я не могу так: броситься в человека безоглядно, как в прорубь.

– Тем более что один раз ты так уже стукнулся – головой о дно, – согласно кивнула Ирина. – Вот видишь, как со мной всё просто? Чемодан у меня уже собран, осталось решить конкретно, когда ты меня отпускаешь? Завтра? Послезавтра?

Гюнтер был явно не рохлей, он быстро собрал всю свою волю в кулак.

– Что ж, причины обе уважительные, хотя понять тебя я всё равно не могу. Как можно сравнивать Европу и Россию? Здесь столько возможностей реализовать себя, совершенно другие условия для развития детей. Надо бы прежде всего о них подумать.

Ирина угрюмо промолчала. Что она могла ответить? Конечно, её оппонент был по всем статьям прав.

– Ну а любовь… Пришла бы со временем. Ты же ведь совсем не знаешь меня.

Ответом ему было всё то же молчание. Наконец Гюнтер сдался.

– Жаль, – со вздохом сказал он. – Ладно, проехали, начнём решать другие задачи. Это колечко, к примеру. Ты не могла бы оставить его себе на память?

Ирина со вздохом отрицательно покачала головой:

– Нет. Что дальше?

– Дальше? – задумчиво проговорил Гюнтер. – Дальше возникает вопрос: зачем тебе рожать в России, неизвестно в каких условиях, когда ты могла бы сделать это в

Германии? Поверь, я не пожалею денег, устрою тебя в лучшую клинику. Так как? Ты соображаешь молниеносно, думаю, и здесь с ответом не задержишься?

– Ещё бы! – усмехнулась Ирина. – Я, конечно, патриотка, но не до такой степени. Однако я ничего не понимаю: ты странный человек, майн либлинг (мой любимый – нем.), другой бы озлобился в ответ на отказ, а ты, наоборот, щедр сверх всякой меры. Может, у тебя остались какие-нибудь иллюзии на мой счёт? Но я ведь тебя сразу предупредила: я не передумаю.

– Неважно, – пожал плечами Гюнтер. Он уже совершенно успокоился. – Есть ещё третье предложение: я увеличиваю тебе зарплату вдвое против того, что платил Марине, если ты возьмёшь штурвал в свои очаровательные нежные ручки и вернёшь на прежний курс мой кораблик, который болтается сейчас без руля и без ветрил и вот-вот пойдёт ко дну. Сможешь наколдовать такое чудо? Или не по силам задачка?

Ирина задумалась.

– Вилда остаётся? – спросила она, наконец. – Ты знаешь, что она ухитрилась рассориться насмерть с Джолой, вопрос даже стоит: или – или?

– Ну, если Джола слабачка, то через месяц-другой после твоего ухода Вилда всё равно сожрёт её с потрохами. Так что решай сама. В Германии Вилда Раупах – лучшая в нашем бизнесе, нам просто повезло, что она в такой сложный для нас момент оказалась свободной. Есть ещё на выбор: два француза и один канадец. Ну и, естественно, американцы, но там и гонорары другие, да и слишком многое пришлось бы в уже сделанном поменять. Я, конечно, выдержу, но прибыль резко сократится, наше предприятие вполне может закончиться тем, что я останусь на бобах.

Ирина снова задумалась, на этот раз надолго.

– Что ж, – вздохнула, наконец, она. – Будем считать, что я тебя, толстопузика, недооценила. Твой корабль, это и мой корабль. Если наш мюзикл провалится, я предам слишком многих людей. Хоть они и не друзья мне больше, а даже наоборот – заклятые враги, это ничего не меняет в том положении, в каком я сейчас оказалась. Ну а главное – я не могу предать Александру. Ладно, считай, что ты победил. Ничего не поделаешь – мужчины всегда сильнее. По гамбургскому счёту. Теперь слушай мои условия. Первый вопрос: как ты относишься к сексу с беременными?

Тишбейн даже вытаращил глаза от изумления:

– Ну, Иренке, с тобой не соскучишься. Причём тут такие вещи?

– Очень причём. Ты передо мной поставил задачу, что нужно сделать. Я думаю, можно ли и как можно её осуществить. Ну, давай, соображай быстрее. Ты нажил с Ирмочкой своей двоих детей, значит, опыт у тебя какой-то должен быть по этой части. Как-то ты ведь выходил из положения?

– Ирмтрод меня не подпускала к себе, да я и сам особо не рвался к ней в эти периоды. Просто устраивался на стороне. У нас с этим просто.

– Хорошо, – кивнула Ирина, – я всё поняла. Мой вариант выхода: завтра я уезжаю. Ты выгоняешь Вилду, нанимаешь кого-нибудь другого, пусть даже американца, но тогда Джолу нужно будет удержать любой ценой. Вот и всё решение.

– Ладно, – кивнул Гюнтер. – Но, может, ты задержишься на немного и поможешь мне с выбором? Вилду я, так и быть, уволю, чтобы она тебя не раздражала. Кроме того, с меня презент – подарочек. Насчёт выходного пособия тоже можешь не беспокоиться. И… я очень рад, что у нас так удачно всё разрешилось. Эх, если бы не Россия! Пусть даже Польша. Ты не поверишь, как мне жаль!

ГЛАВА 5

– Извини, я тут с одним своим другом-врачом разговаривал. Он мне сказал, что в этом нет ничего особенного – в том, что ты предложила. Обычная практика. Знаешь, я, наверное, кажусь тебе круглым идиотом, но ты ещё не передумала? Не понимаю, конечно, зачем это, но я «за». Вот только ничего, что я такой толстый?

Ирина так и не смогла разлепить глаза. Да и к чему? Всё и так было ясно.

– Либхен, – с лёгкой укоризной нежно прошептала она в телефонную трубку, – ты хоть знаешь, сколько сейчас времени?

– Нет, – простодушно ответил Гюнтер, – сейчас посмотрю. Ага, вижу. Половина третьего.

– Ночи?

– Конечно, ночи?

– Ты так долго пробыл у врача?

– Нет, я просто никак не мог решиться тебе позвонить. Думал.

Ирина зевнула:

– Ну так думай дальше. Надумаешь, завтра утром встречаемся. Но врач должен быть мой, тот, у которого я наблюдаюсь. И пойти к нему (точнее, к ней) мы должны будем обязательно вместе. Всё. Отбой.

Поскольку Гюнтер был педантом и, едва только узнав о беременности Ирины, сразу оформил необходимые документы, все бумаги у неё, в том числе и «муттер пас» – «материнский паспорт» – были в полном порядке. Так что с консультацией не оказалось никаких проблем, уже через двадцать минут у потенциальных жениха и невесты на руках была куча брошюр и даже видеодиск с самым подробным описанием преодоления той ситуации, в которой они оказались. То, что их труппа меняла города, как перчатки, нисколько не влияло на качество медицинского обслуживания, которое Ирина получала, везде оно было стандартным, так как подразумевало, что беременность вполне естественное состояние женского организма, и вмешательство врачей необходимо лишь тогда, когда имеется хоть какое-нибудь отклонение от нормы. УЗИ на каждом приёме у врача, особое внимание к зубам, которые в таком состоянии легко разрушаются, чего Ирина совершенно не знала. Ну и всё в том же духе.

– Так, и что теперь? – с иронией спросил Тишбейн. – Для чего всё это было нужно?

– Завтра наша помолвка. – Ирина была как сжатая пружина. – Только не говори, что ты не сможешь подготовиться к столь важному мероприятию за один только день. Никаких родственников, ограничимся нашим скромным коллективом, кольцо другое – широкое, не такое скромное, как ты мне уже преподнёс. Для солидности можно даже объявить дату свадьбы, скажем, через пару месяцев после рождения ребёнка. Ребёнок твой, ни у кого не должно возникнуть даже малейших сомнений по этому поводу, просто мы до поры до времени столь важный факт скрывали. Секс сразу, в тот же вечер, притвориться тут не удастся, поэтому я так решила – всё должно быть по-настоящему, иначе нас раскусят в один момент. С этого дня отношения не просто двух голубков, но полноценные, практически, супружеские. Ты объявишь сразу же, что я беру в свои руки бразды правления, и мои полномочия будут даже гораздо шире, чем они были у Марины. Я что-нибудь упустила?

– Нет-нет, – с умильной улыбкой ответил Тишбейн. – Но ты уверена, что ты справишься? Мне бы не хотелось разориться.

– Не справлюсь – уволишь, экая важность, – спокойно ответила Ирина. – Кстати, ты ещё не решил, кто для тебя важнее: Вилда или Джола?

– Нет, – посерьёзнел Гюнтер. – Не могу сделать выбор. У меня есть ещё время?

– Когда ты планируешь закончить гастроли по провинции и перебраться в Берлин?

– Полгода. Больше я не продержусь. И ещё потом полгода в Берлине. Мне так и не удалось сделать событием нашу постановку. Я скрываю этот факт, но скоро он станет слишком очевидным. Так и контракт составлен: потом все разбегаются. Я очень рассчитывал на то, что нашей вещью заинтересуется кто-нибудь в другой стране, но пока никаких предложений ниоткуда не поступало.

Ирина подумала, затем кивнула:

– Хорошо, я сама решу, что делать с Джолой и Вилдой. Получается почти год – слишком большой срок, чтобы выдерживать такое противостояние. И вполне достаточный, чтобы загубить любой проект. Следующая страна на твой выбор: Франция или Великобритания?

– Только не Франция, – запротестовал Гюнтер. – Париж и так перенасыщен собственной продукцией. Нам бессмысленно соваться на этот рынок. Англия? Мы не сможем там долго продержаться. Да и американский вариант наступает настолько агрессивно, что всем уже плешь проел.

– И что ты задумал? – настороженно спросила Ирина.

Тишбейн с минуту отмалчивался, ему не хотелось выдавать столь важную тайну, но его загнали в угол, выхода у него не было.

– Прокатиться по Австрии в новом составе, затем продать права Герману Сурдоленко и целиком сосредоточиться на следующем проекте.

– Предатель! – вздохнула Ирина.

Гюнтер пожал плечами.

– Это бизнес, Ирен, ничего личного. Я

много думал, что делать дальше и пришёл к выводу, что пора вовремя остановиться. Я не настолько богат, чтобы идти на столь явный риск. Во всяком случае, не с этой вещью. Так что, помолвка отменяется?

Ирина скривила губы:

– Поздно. Готовь колечко, жадюга. Ты уже обсчитал, сколько ты хотел бы содрать с Сурдоленко?

– Ну, пока ещё рано думать о таких вещах, – замялся Гюнтер.

– Три дня тебе хватит? – с усмешкой спросила Ирина. – Не понимаю, зачем ты юлишь, либхен? Ты же давно определился с суммой.

– Допустим. И что дальше? – с неохотой поинтересовался Тишбейн.

– Дальше? Мы могли бы заключить какие-нибудь дополнительные соглашения. К примеру, если я найду вариант дороже, довесок пополам?

– Идёт, – без колебаний отозвался потенциальный жених. – Но у тебя ничего не получится, предупреждаю. Это не окнами торговать. Кстати, готов вложиться в твою новую фирму на самых выгодных условиях. Я вообще не понимаю, зачем вы у турок нашу технологию покупаете? Не проще было бы напрямую, у нас в Германии?

– Не проще, – холодно ответила Ирина. – Но считай, что твоё предложение меня заинтересовало. Как вариант. Так ты не возражаешь, что я начну переговоры с французами?

– Бога ради! – усмехнулся Гюнтер. – Но все переговоры за твой счёт. Не получится ничего, по-вашему это называется «пустые хлопоты» – горе-переговорщик не получает ничего.

– Ладно, спасибо, что предупредил, –

хмуро ответила Ирина.

Всё сбылось, как Ирина и предсказывала. Даже то, о чём она мечтала, но не слишком рассчитывала. Молоденькая смешливая врачиха на их прошлой консультации упомянула о том, что ощущения от секса в такой период могут быть у женщины уникальны. «Обязательна ли для этого любовь?» – спросила тогда Ирина, на что врачиха с уморительной гримаской отрицательно покачала головой. Тогда Ирина вынудила Гюнтера раскошелиться на микрокурс лекций на эту тему у одного известного специалиста, которого врачиха ей и порекомендовала. Результат превзошёл все ожидания. Если Гюнтер после их первой брачной ночи производил впечатление обожравшегося сметаной кота, то Ирина была тем, что произошло с ней, совершенно парализована. Мозги её недостаточно хорошо соображали, хотя эффект вроде бы должен был быть противоположным. Ирина знала, к примеру, что секс действует на мужчин и женщин по-разному, поэтому мужчинам-спортсменам он категорически запрещён перед выступлениями. А у женщин, наоборот, реакция совершенно противоположная, говорят, в командах ГДР был в своё время даже специальный «тренер» в штате, который обслуживал всех желающих по первому разряду.

«Ладно, посмотрим», – заторможенно размышляла Ирина, обложившись страницами договора с Вилдой, срочно переведённым Сиглинд на русский язык. Ещё во время празднования помолвки Ирина предъявила переводчице ультиматум: либо она держит её сторону, причём бескомпромиссно, либо убирается ко всем чертям. Выбор был сделан молниеносно, Сиглинд сидела сейчас осунувшаяся, не выспавшаяся, но нужную работу выполнила строго в срок.

Конечно, Вилда была сильным противником, ни один мускул на её лице не дрогнул, когда она увидела «невесту» столь хорошо подготовленной. Гюнтер устроился в кресле у окна и присутствовал на предстоявшем сражении чисто номинально. Вилда Раупах и Ирина уселись, наоборот, друг против друга, в любой момент готовые сцепиться в смертельной схватке.

– Я внимательно изучила динамику посещений нашего детища, реакцию на него в прессе, Интернете, – начала, наконец, долгий разговор Ирина, – и обнаружила, что интерес к нему у зрителей, и без того не слишком высокий, с каждым выступлением всё стремительнее падает.

– Либхен, – не удержался от того, чтобы не вмешаться в разговор Гюнтер, – ты преувеличиваешь. Ты же сама присутствовала на всех спектаклях, везде был полный аншлаг. Цветы, поклонники, аплодисменты, что ещё нужно?

– Много чего, – уклончиво пробормотала Ирина. – Но, может, мы послушаем сначала фрау Раупах? Она у нас человек новый, хотелось бы ознакомиться с её взглядом со стороны, и то, что можно было бы сделать для того, чтобы вывести нашу постановку на новый, более качественный, уровень.

– Фройляйн. Фройляйн Раупах, – оскорблено уточнила Вилда и в некоторой растерянности оглянулась на Гюнтера. Ей очень хотелось знать, кто в действительности из двух человек является в проекте главным, сама она так и не смогла пока разобраться в сложившейся ситуации.

Тишбейн, как и было условлено с Ириной, отвёл взгляд в сторону, давая понять своей толстозадой соотечественнице, что вопрос мелковат для него, и он готов вмешаться лишь в самом крайнем случае в сложившуюся ситуацию.

Вилда была слишком резка, высокомерна, чтобы строить разговор по всем законам дипломатии. На что Ирина как раз и рассчитывала.

– Прежде я хотела бы узнать, отразились ли последние изменения на моём статусе и договоре, который был заключён со мной?

Гюнтеру не нужно было особенно разыгрывать смущение, он высказался без обиняков:

– Как вы знаете, фройляйн Вилда, не за горами тот момент, когда фрау Кулемзина станет фрау Тишбейн, так что моё решение передать в её руки все тактические вопросы, связанные с нашим спектаклем является совершенно естественным. На этом позвольте откланяться. У меня очень важная встреча. Но я заранее согласен с любыми уточнениями и изменениями в нашей работе, которые будут приняты.

– Сядь, Гюнтер, – резко осадила его Ирина. – К сожалению, нет никакой возможности разрешить ситуацию без твоего участия.

Тишбейн даже побледнел, никто ещё не позволял себе с ним так дерзко обращаться.

– Во-первых, и договор и статус были выработаны в спешке, а оттого не продуманны и нереальны. Мой ненаглядный котик явно поторопился. Итак, фройляйн Раупах, вы удовлетворены нашим ответом на ваш вопрос?

– Да, вполне, – мрачно ответила Вилда. – Перейдём к делу. Я не стану сравнивать наш спектакль с его американской версией, которая сейчас обкатывается в разных городах США, прежде чем осесть на Бродвее. Там и в самом деле полный аншлаг, и, я полагаю, что в Нью-Йорке они осядут надолго, как минимум на пару лет. Что касается нашей версии, то она сильно проигрывает. В чём конкретно? Слабый вокал, ещё более слабая, буквально анемичная, хореография. Стихи не слишком удачно легли на музыку. Дисциплина хромает, декорации ни к чёрту, костюмы тоже не бог весть что. Но особенно слаба режиссура. Что можно сделать? Закрыть проект на какое-то время, вернуться в Берлин и всё начать заново. Как это преподнести зрителям, нужно подумать. Без специальной мощной рекламной группы нам не обойтись. Смогу ли я одна это сделать? Нет, конечно. Поэтому предлагаю как-нибудь доскрипеть до лета, а потом эту вещь продать. Это в моих силах. Если, конечно, мне не будут мешать, и у вас хватит ума не запросить за «товар» слишком дорого. Если вас не устраивают мои соображения, дальше разговор мне хотелось бы продолжить уже с участием юристов.

Тут Вилда поднялась и, величаво покачивая бедрами, царственно удалилась, оставив своих собеседников с широко разинутыми ртами. Ничего нельзя было сказать, первый раунд она по всем статьям выиграла.

Ирина сделала знак Сиглинд удалиться, а вот своего драгоценного женишка попросила не просто остаться, а даже пересесть к ней поближе.

– В чём дело, Гюнтер? – решила она сразу взять быка за рога. – Ты с самого начала вёл с нами нечестную игру? Ещё утром я пришла к выводу, что Ярик и Марина не просто уехали, а сбежали, как крысы с тонущего корабля. Теперь уже понятно, что им с самого начала было на этот корабль наплевать, а крысой, как ни странно, оказался сам капитан. Да, у нас пока ещё аншлаг в каждом городе, но сколько мы раздаём контрамарок, чтобы заполнить свободные места? Более того, в последнее время появилась статья расходов на так называемую «группу поддержки», проще говоря – клакеров. Мы затыкаем рот журналистам, чтобы они не писали разгромные статьи, поскольку рекламные писать они отказываются. Секс-меньшинства вообще игнорируют наш спектакль. Наши шлягеры практически не поют по-немецки, радиостанции с утра до вечера крутят англоязычные тексты. Я ничего не понимаю, объясни, с какой стороны ни глянь, происходящее выглядит, как чистейшей воды самоубийство.

Тишбейн вздохнул, он не ожидал, что все его ухищрения хоть как-то замаскировать грядущий провал, окажутся вдруг столь легко раскрыты.

– Не обижайся, Ирина, – решился он, наконец, на предельную откровенность. – Я расскажу тебе всю правду, а дальше решай сама. Я понимаю, что ты, как наследница, много теряешь в данном случае на престиже, и согласен на некоторую компенсацию. Надеюсь, не слишком большую. Но было бы ошибкой с твоей стороны делать из меня злодея. Я не виноват. Поставить мюзикл было моей давней мечтой, буквально с самого детства я этим бредил, но я прекрасно понимал, насколько дорого подобное мероприятие может стоить, поэтому ограничивался исключительно театральными постановками. Иногда переключался на туры каких-нибудь знаменитых певцов, музыкантов, потом снова уходил в театр. Меня хорошо знают в Европе, причём как удачливого и толкового продюсера, я много работаю со спонсорами, очень редко вкладываю свои деньги, хотя кое-что мне удалось отложить. Однако совсем недавно я поругался с самым знаменитым нашим режиссёром, не буду называть тебе его имя, оно и так достаточно хорошо известно во всём мире. Мы с ним часто работали вместе, но его очередную постановку я счёл провальной и отказался финансировать. Деньги, конечно, нашлись и без меня, но, хоть и мои предвидения оказались верными, возврата к прежнему так и не произошло в наших отношениях. Я понимаю, он вывернется, и со следующей вещью снова взлетит наверх – таковы наши шоу-бизовские американские горки, я же увидел в этом вынужденном простое возможность воплотить свою долгожданную мечту. Ваш шедевр, говорю это без всякой иронии, продавался буквально за гроши, такую удачу Бог посылает только раз в жизни. Но… у меня не хватило опыта, денег, терпения, нюха, вот так и получилось, что гора родила мышь.

Он посидел, помолчал какое-то время, ожидая, что скажет Ирина, затем продолжил:

– Если бы не уехали Ярик и Марина, можно было бы как-то докарабкаться до финала. Но их отъезд привлёк внимание всей нашей шоу шатии-братии. Нужны дополнительные вливания, и тогда всё успокоятся, но у нас не Россия, здесь всё слишком прозрачно. Если, предположим, я решу заложить дом, об этом тут же станет известно любому и каждому из тех, кому это может быть хоть в какой-то степени интересно. Однако… я не сдался пока, у меня есть план, и ты как раз тот человек, который в состоянии помочь мне осуществить его. Я надеюсь, ты поняла уже, что выход из сложившейся ситуации может быть только один: продать наше замечательное детище Сурдоленко. Вопрос: за какую цену. Да, я уже определился с суммой, которую хочу получить, но мы катимся по наклонной, в конце мая, когда мы закончим сезон, я не получу от него и половины. Что можно сделать? Продать мюзикл сейчас. Вопрос только в том, как конкретно это дельце обтяпать. У тебя были неплохие отношения с Германом, почему бы тебе не сыграть роль предательницы, перебежчицы? Если сумма будет большей, чем я наметил, половина довеска твоя – ты же сама такой вариант предложила. Ты уедешь отсюда, затем вернёшься уже оборотнем, но вместо того, чтобы топить наш корабль, наоборот, сделаешь всё, чтобы создать иллюзию поворота к лучшему. Не хочешь пойти на это сама, можно прибегнуть к помощи Ярика и Марины. Какая разница, к примеру, Ярославу, где переделывать книгу Вадима: здесь или в России? Ну а где муж, там и жена.

Ирина снова глубоко задумалась над словами Тишбейна, затем отрицательно покачала головой.

– Хорошая интрига, – одобрительно ответила она, – однако есть обстоятельства, либхен, которые ты не знаешь. Первое, что потребуют в ответ на твоё предложение Ярик и Марина – убрать меня. Они из-за меня отсюда и сбежали. Мне наплевать, я бы вполне на такой ход согласилась, если бы он лил воду на нашу мельницу. Но что будет после? Эти двое не просто окончательно утопят твой корабль, но и всю оставшуюся жизнь будут держать тебя за одно, весьма чувствительное, место, если сразу не раззвонят на всю вселенную подробности вашего договора. А это уже не только разорение, подмоченная репутация, за такие вещи можно и в тюрьму угодить, хотя я, конечно, не знаю ваших законов.

Гюнтер вновь, как это часто с ним бывало, побагровел. Наконец, он собрался с мыслями:

– Хорошо, и что ты предлагаешь? Кстати, ты так и не ответила, почему ты отказываешься наказать Сурдоленко сама? Насколько я знаю, ты его до глубины души ненавидишь.

Ирина устала сидеть в кресле, спина у неё совсем затекла. Она встала, несколько раз прогулялась по кабинету, затем уселась обратно.

– Сама я могла бы тебе подыграть, но есть обстоятельства, в силу которых я не могу этого сделать. Ты никогда не задумывался, почему так нелепо погиб мой муж?

– Ну, творческая натура, перенапряжение, эмоциональный перегрев, не исключено, что наркотики, – неохотно попытался ответить на вопрос своей невесты Гюнтер, – обычное дело.

– Обычное? – зло хмыкнула Ирина. – И часто среди вас, «творцов», подобные вещи происходят?

– Случаются.

– То есть, не чаще, чем у любых других, не имеющих никакого отношения к творчеству, людей?

– Возможно, и так, – вынужден был

согласиться Тишбейн.

– Мне не хотелось бы, чтобы кто-то знал об этом со стороны, но в данном случае мы решаем слишком важный вопрос. Секрет прост, Гюнтер, моего бывшего мужа убили. Ты, вероятно, знаешь, что сюжет нашего мюзикла во многом навеян действительными событиями, что Саша очень любил свою сестру, до такой степени, что когда она погибла, он решил стать транссексуалкой, то есть, отказаться от своей личности, чтобы продолжить её жизнь. Так вот, сразу после премьеры он получил фальсификат – вроде как её давние письма, в которых она писала о своей любви (причём далеко не платонической, как было на самом деле) к нему. Я знаю пока имена только двух убийц, но был ещё третий. Если бы я не оказалась такой дурёхой и выложила пятьдесят тысяч долларов за кота в мешке, которого предложила мне в своё время невеста, а теперь уже жена Германа, Евгения, Саша осталась бы жить, она был бы предупреждена о фальсификате, со всеми вытекающими отсюда последствиями. Дальше объяснять?

Гюнтер пожал плечами.

– Да, трагическая история, но я не вижу в ней причины твоему отказу, наоборот, если рассуждать логически, ты должна мстить, мстить и мстить.

Ирина усмехнулась:

– Не знала, Гюнтер, что ты такой кровожадный. Но даже, если поступить, как ты советуешь, Герман ведь не дурак. И у меня нет никакого желания войти в клетку со львами, способностями укротительницы, дрессировщицы я не обладаю. Так что давай, либхен, оставим всё, как было. Будем играть по-честному, подлецов и без нас хватает. Я предлагаю тебе заключить договор со мной, а не с Сурдоленко. Сразу хочу предупредить: меня не интересуют те деньги, которые ты уже вбухал в этот проект, но с завтрашнего дня мы полноправные партнёры – вкладываемся поровну, поровну делим и прибыль. Выручка от последующей продажи, кому бы то ни было – тоже пополам.

Гюнтер вскочил.

– Ирина, побойся Бога. То, что ты предлагаешь – грабёж среди бела дня! Подумай вообще, о чём ты говоришь? Кстати откуда у тебя могут быть такие деньги?

– Главным образом, сбережения. Ещё кредит могу взять, квартиру продать. Какое тебе дело? Главное, что о моих операциях никто не узнает, они будут происходить далеко отсюда, в России. А партнёрство наше естественное – мы ведь с тобой, считай, без пяти минут муж и жена.

Тишбейн развёл руками:

– Ладно, надеюсь, ты хорошо подумала, что собираешься сделать?

– Хорошо ли подумал ты? – усмехнулась в ответ Ирина. – Повторяю, теперь никаких довесков, никаких приварков, всё пополам.

– Последний вопрос: что там насчёт фройляйн Раупах? Она остаётся?

Ирина поняла, что настало самое время проявить предельную жёсткость:

– А вот тут, повторяю, предоставь мне право самой решать.

ГЛАВА 6

Ирина внимательно разглядывала свою противницу. Собственно, почему противницу? Отчего у неё создалось такое предубеждение против этой женщины? То, что она в пух и прах разнесла её детище? Но ведь во многом Вилда была права, и по зрелому размышлению Ирине ничего не оставалось делать, как признать свою некомпетентность. Однако паузу нельзя было слишком затягивать. Предыдущая встреча так накалила их отношения, что разговор ничем хорошим не закончится, если начнётся сразу на повышенных тонах.

– Ну что ж, приступим? – спросила Ирина.

Вилда лишь вяло кивнула, выслушав перевод Сиглинд, рассеянно глядя в ведомое только ей одной пространство. Видно было, что она мысленно уже поставила крест на предложенном ей проекте и сосредоточилась сейчас исключительно на том, чтобы с минимальными потерями или, наоборот, с максимальной выгодой, как получится, из него выйти.

Ирине с первых минут стало ясно, почему Вилда пришла без адвоката, как обещала, в этот раз его с успехом заменял расположенный, скорее всего, в сумочке, диктофон. Поймать ненавистную соперницу хоть на чём-то, если получится. А уж раскрутить достигнутое потом особого труда не составит.

Но Ирина тоже пришла не с пустыми руками. Перед ней лежала распечатка не только договора, но и всего предыдущего разговора, который происходил между ними. Причём в двух вариантах: на немецком и на русском языках. О диктофоне она тоже своевременно позаботилась, ещё в прошлый раз.

Ирина внимательно прокрутила в голове напоследок, правильно ли она поступает, во второй раз ставя на кон все свои деньги, с таким трудом ею в прошлый раз спасённые, затем кинулась в предстоявшее сражение, как в омут.

– Итак, ваши условия, фройляйн Вилда?

Такого начала «фройляйн» никак не ожидала. Однако Ирина не дала ей возможности прийти в себя и перестроиться.

– Здесь перед нами договор, который вы подписали. На тот момент, когда вы его заключали, у вас было явно недостаточно информации о нашем проекте, поэтому предлагаю на ваше усмотрение любой из трёх вариантов: мы расторгаем его, без всяких претензий друг к другу; мы оставляем его в таком виде, в котором он сейчас есть; мы вносим необходимые изменения, дополнения, которые ставят целью устранить любые недоделки, которые могли бы помешать вам в вашей дальнейшей успешной работе со мной и моим будущим мужем. Что конкретно вы выбираете?

Вилда поколебалась немного, затем сориентировалась:

– Пусть будет для начала третий вариант. Нельзя ли расписать его поподробнее?

Ирина отчеркнула авторучкой первый пункт:

– Перевод, стихи, я думаю, как и вы – это самое главное. Деньги заплачены, что можно в таких условиях сделать?

– Нанять другого человека. Пьесу тоже придётся переписать, – фройляйн Раупах едва заметно улыбнулась. Ясно было, что она будет теперь ставить самые немыслимые условия, чтобы по полной программе обставить свой уход.

Ирина поставила галочку рядом с озвученным пунктом и спокойно ответила:

– Принимается. Единственное условие:

работа по всем направлениям должна вестись параллельно, то есть, изменения будут вноситься постоянно, может быть, даже самые кардинальные, но шоу должно продолжаться, не прекращаться ни на один день.

– Это невозможно, – презрительно усмехнулась Вилда. – Мы должны, как я уже говорила, полностью свернуть спектакль, как минимум, на полгода, а потом всё начать заново.

Собственно, дальше можно было и не продолжать торг, но Ирина всё-таки решила до конца выдержать намеченную линию.

– Ладно, пойдём дальше. Вокал и хореография. Здесь трудностей гораздо меньше. Певцов и танцовщиков достаточно высокого класса в Германии хватает. Даже избыток, насколько я успела заметить. У вас есть здесь конкретные предложения?

– Да, – кивнула Вилда, уже собравшаяся встать и уйти. – Джола. Джола Тордаи. У меня нет претензий к её таланту и профессиональной подготовке, но есть две вещи, которые делают невозможным её дальнейшее пребывание в труппе: ужасный акцент и манера, совершенно инородная в данном случае, как танца, так и вокала.

Ирина кивнула:

– Ладно, что осталось? «Дисциплина хромает, декорации ни к чёрту, костюмы тоже не ахти». Ну и, конечно, мощная рекламная группа. Все замечания принимаются. Что получается в итоге? Прекратить гастроли, как я уже говорила, совершенно нереально. Вы получаете деньги по сегодняшний день за проделанную прекрасную работу, отдельную плату за консультацию, которую мы от вас получили, на том наш договор предлагаю считать расторгнутым. Если вас не устраивает такой вариант, фройляйн Раупах, и вы хотите отстаивать свои права с помощью адвоката, предлагаю встретиться вновь завтра в этот же час, в этом же кабинете. Хочу только предупредить, что вы гораздо больше потеряете, чем надеетесь выиграть. В частности, гонорара за консультацию вам точно не видать, будем считать её частью той работы, которую вы и так обязаны были выполнять.

Ирина собрала бумаги со стола и сделала знак Сиглинд следовать за ней, вполне удовлетворенная тем, как завершились переговоры. Она прошла мимо Вилды так, как будто её вообще больше не существовало, поинтересовавшись у переводчицы:

– Сиги, можно я вас так буду называть? Сказанное не распространяется на вас. Вы нас вполне устраиваете. Нам предстоит большая работа.

– Я подумаю, – нерешительно произнесла немка, чем изрядно Ирину удивила. Бунт на корабле?

– Конечно, подумайте. Вот только контракт с вами, милочка, составлен по всем правилам, и, предупреждаю, я буду настаивать на неустойке, – ответила Ирина, с трудом сохраняя на своём лице доброжелательность.

Ирина совершенно не готовилась к продолжению разговора с Вилдой. Зачем? Для этого есть юристы и Гюнтер, который своего не упустит. Так что у Сиглинд появилась возможность, наконец, хорошенько выспаться. Поразмыслив, как поступить ей с этой девушкой, выказавшей неожиданную строптивость, Ирина решила, что переводчиц в Германии пруд пруди, а спускать такое младшему обслуживающему персоналу нет никакой возможности. Но, конечно, никаких неустоек. Зачем такие сложности? Стоит ли с такой букашкой церемониться? Всегда можно придраться к какой-нибудь мелочи или просто обвинить человека в непрофессионализме. И пусть она убирается ко всем чертям.

Куда больше Ирину заботило теперь, как выбраться из тупика, в который завели мюзикл Марина и Ярик, а ещё в большей степени Леонид. Виной всему было, прежде всего, дилетантство, незнание основ, особенностей выбранного жанра. И, конечно же, попытка слепого копирования русского варианта, который здесь, в Германии, никак не проходил. Через пару часов кризис-план был набросан, рутинная работа, творчество начнётся потом. Ирина уже собиралась было со спокойной душой лечь спать, как в её дверь негромко постучали.

Открыв, она с удивлением увидела перед собой Джолу.

– Хотелось бы поговорить, – попросила она. – Есть время?

– Конечно, – пожала плечами Ирина, удивившись только одному: они давно уже были с примой на «ты», и лишь языковый барьер мешал им поболтать хоть иногда по душам, чего им обоюдно очень хотелось.

– Я не одна, – смущённо проговорила Джола и выдвинула на передний план Сиглинд. По всей видимости, разговор предстоял серьёзный. Ирина насторожилась, только таких подвижек ей сейчас и не хватало.

– Нет, так не получится, – холодно ответила она. – Фройляйн Сиглинд больше не работает у нас. Она уволена.

Джола ничего не поняла, так как у неё и с немецким-то проблем было выше головы, а уж русский она совсем не знала. Она растерянно посмотрела на Сиги, та ей перевела и, зло фыркнув, тут же удалилась.

Ирина отступила в сторону, приглашая Джолу войти, хотя совершенно не представляла себе, как они будут дальше объясняться.

Джола вошла, вид у неё был совершенно обречённый. Ирина достала бумагу, авторучки, и уселась за стол. Начала с того, что нарисовала на своём листочке жирный вопросительный знак. Хотя могла бы просто спросить: *Was ist los? (Что случилось?– нем.)*, такую элементарщину она давно уже выучила.

Джола нарисовала на своём листочке такой же величины вопросительный знак, а дальше словами, жестами попыталась выведать то, что её мучило: «Я. Что будет со мной?»

– *Alles in Ordnung! (Все в порядке! – нем.). Du bist wunderbar! (Ты великолепна! – нем.)*, – попыталась успокоить Ирина разволновавшуюся венгерку, затем решила, что нехорошо всё-таки обманывать девчонку.

Она написала название трёх городов: Берлин, Вена, Будапешт. Над первыми двумя поставила вопросительные знаки, над третьим – восклицательный.

Джола кивнула, сказала *«Gut!» (Хорошо! – нем.)* и удалилась. Ирина так и не поняла, как их прима восприняла её проект: была ли она довольна или, по крайней мере, удовлетворена, или вообще пошла вешаться. Сама она с полчаса не могла заснуть, коря себя за то, что так пренебрежительно относилась за всё время пребывания в

Германии к своим обязанностям и поклялась себе за рекордно короткий срок подтянуться в немецком.

Ирина усмехнулась, увидев, как Вилда замерла в дверях в растерянности: она пришла одна, в то время как «фрау Кулемзина» уже успела обзавестись новой переводчицей. По одну сторону от неё сидел адвокат фирмы Гюнтера, по другую – музыкальная критикесса, хорошо знакомая фройляйн Раупах не только великолепным знанием материала, но ещё и своей неистощимой стервозностью. Однако Вилда моментально сориентировалась и попятилась назад.

– Извините, фрау Кулемзина. Я вижу, вы заняты, я загляну попозже.

Ирина кивнула:

– Хорошо, только не отлучайтесь

надолго. Пригласите Сиглинд, мы хотели бы с ней в первую очередь поговорить.

Едва Сиги вошла, как её поманил к себе пальцем адвокат. Никакой строптивости не было и в помине, Сиглинд на сей раз была, как шёлковая, уже через пять минут контракт с нею был расторгнут, девушка даже не пыталась протестовать. Она получала деньги за отработанное время и ничего сверх того.

Вилда не стала ждать, как будут развиваться события. Усевшись на стул напротив Ирины, она тут же заявила:

– Фрау Ирина, я внимательно обдумала наш вчерашний разговор, горю желанием немедленно включиться в работу, заранее согласна на любые ваши условия.

Ирина поглядела сначала на адвоката, затем на критикессу и сказала:

– Прекрасно! У кого-нибудь есть вопросы к фройляйн Раупах?

Ответом было благожелательное молчание, после которого пара чинно удалилась.

Выражение лица Вилды тут же переменилось, от покорности она сразу перешла в нападение.

– Зачем вы уволили Сиглинд? – спросила она.

– Не знаю, – холодно ответила Ирина, – может, как партнёрша она хороша, но как переводчица она меня определённо не устраивает. Надеюсь, ответ исчерпывающ?

Вилда зло усмехнулась:

– Вы настолько негативно относитесь к лесбо?

– Нисколько, – покачала головой Ирина. – Не считаю даже возможным выражать здесь какое-то отношение к вашим пристрастиям и личной жизни. Я сама трансвеститка, мой бывший муж, как вам известно, был трассексуалкой, режиссёр нашего мюзикла Леонид Суханов вообще гомосексуалист, вы хотите после этого обвинить меня в гомофобии?

Вилда немного растерялась.

– Как вы догадались о моих, как вы изволили выразиться, пристрастиях? Справки наводили?

Ирина рассмеялась.

– За время создания мюзикла я столько всего насмотрелась, что меня трудно чем-нибудь удивить.

Вилда кивнула:

– А эта расправа с Сиги, что, попытка вывернуть мне руки?

– Нет, конечно. Но я и не собираюсь возвращать её назад.

Фройляйн Раупах некоторое время помолчала в раздумье, затем проговорила со вздохом:

– Может, нам всё-таки пора начать работать?

– Вы принимаете мои условия насчёт того, чтобы все изменения совершать в процессе, не приостанавливая гастроли? – насторожилась Ирина.

– Да, хотя это и очень трудно будет сделать.

– Но возможно. Сколько времени нам может понадобиться, чтобы быть готовыми к выступлениям в Берлине?

– Четыре-пять месяцев, если выложиться по полной программе. Но многое будет зависеть от материального фактора. Как с этим? Чем мы располагаем?

Ирина вздохнула:

– Мне нравится наш разговор, так же, как и ваш образ мышления. У нас есть что-то общее. Я трансвеститка по убеждению, шла к этому долго, в вас чувствую родственную душу, не моё дело, конечно, но мне почему-то кажется, что в лесбо вы предпочитаете активную сторону, то есть, тяготеете к роли мужчины?

Вилда расхохоталась.

– Слушай, Ирен, может, хватит придуриваться? Кстати, тебе не кажется, что нам давно пора перейти на «ты»?

В глазах Ирины забегали искорки, такой поворот в разговоре её более чем устраивал. Они уже не обращали никакого внимания на переводчицу, которая наблюдала за их перепалкой, как будто смотрела какой-то захватывающий фильм.

– Если нужно вернуть Сиглинд, то, собственно… да, кстати, я вас ещё не познакомила.

– Бинди, – протянула ладошку переводчица, прекрасно понимая, что Ирина даже не удосужилась запомнить её имя.

– Вилда, – охотно пожала протянутую руку фройляйн Раупах.

– То, собственно… Бинди я наняла всего только на один день, и место завтра же будет свободно, – продолжила Ирина. – Не в моих правилах разлучать влюблённых.

– Нет, – покачала головой Вилда. – Никакой любви тут нет. Просто секс. У нашей сестры вообще любовь редко встречается, и не дай бог ею заболеть, такие страсти начнутся, что только пух и перья в разные стороны полетят. У меня в жизни главное – работа, подобных отвлечений я не могу себе позволить. Так что Бинди меня вполне устроила бы, при условии, если она согласится работать с нами полный срок и умеет держать язык за зубами. Последнее особенно важно.

Ответ последовал без промедления:

– Работать была бы счастлива, с языком у

меня всё в порядке, или как говорят русские: вода в заднице держится. Но я не играю в ваши игры, это непременное условие. Я… как это у вас называется?

– Джи-джи, – охотно подсказала Ирина.

– Так вот, я полная, тупая, совершенно непроходимая джи-джи. Вас это устраивает?

Вилда и Ирина расхохотались, произнеся практически в унисон:

– O ja, natűrlich!

Вилда радостно потёрла руками:

– Ну, будем считать, что теперь устранены последние препятствия для откровенного разговора. Итак, деньги, Ирина? В прошлый раз ты увернулась в сторону от этого вопроса.

Ирина горестно развела руками.

– Денег нет. Я вчера долго пыталась разобраться в причинах наших неудач, и главной из них нашла то, что виноват во всём Гюнтер, точнее, то, что он замахнулся слишком высоко, совершенно не имея на то средств. Поэтому и купил всё готовое: либретто у Ярика, режиссёрскую версию у Леонида, а они смотрятся здесь, в Германии, как на корове седло. Понимая это, я ставлю на кон свои деньги.

– Интересно, – задумчиво покачала головой Вилда. – Я пока не спрашиваю, как это будет выглядеть конкретно, меня больше смущает другое. Я совсем недавно в вашем коллективе, но уже успела разобраться, что разговоры о твоей грядущей свадьбе с Гюнтером – полная фикция. Родится ребёнок, и через какое-то время ты наверняка умотаешь обратно в Россию. Мне совершенно начхать на это. Но что будет с деньгами?

– Деньги останутся, – спокойно ответила Ирина. – Вот только я не понимаю, дался тебе мой толстопузик, ты что, его хочешь в транссексуалку переделать?

Вилда внимательно посмотрела на Бинди. Та застыла, как изваяние.

– Сотру в порошок, – сквозь зубы тихо пригрозила фройляйн Раупах.

Бинди согласно кивнула.

Вилда повернулась опять лицом к Ирине.

– Допустим, я решила завязать со своим прошлым. В какой-то момент я поняла, что полностью исчерпала себя в нём. Я хочу стать самой обыкновенной фрау, в данном случае, фрау Тишбейн. Kinder, Kűche, Kleider, Kirche (Дети, кухня, наряды, церковь) – знаешь это выражение императора Вильгельма II?

– Конечно. Кто ж его не знает? Только у нас, в России, его почему-то частенько ошибочно приписывают Бисмарку, и сводят к принципу трёх «К» – Kinder, Kűche, Kirche, о нарядиках забывают, видимо, предпочитают женщину видеть либо замарашкой, либо исключительно в костюме Евы.

– Ну так как, поможешь мне?

– Охотно, – кивнула Ирина. – Но только в том случае, если твои намерения искренни. Гюнтер мой друг. Иначе, как ты выразилась, «сотру в порошок».

– Не понадобится. Моё намерение твёрдое, и Гюнтер давно мне нравится. Кстати, как он в сексе?

– Старается, – расхохоталась Ирина. – У вас всё получится, обещаю.

Вилда заметно повеселела:

– Итак, что же нам тогда осталось?

– В основном всё на тебе. Практически, полная свобода действий. Дисциплину я подтяну. Декорации, костюмы… Ну на сколько денег хватит. Сразу предупреждаю, многое из прежней практики отменяется: отныне никаких клакеров, никаких подкупов газетчиков. Платим только за обстоятельные, компетентные разборы. Вот только залы в случае плохой раскупаемости билетов будем наполнять пока за счёт контрамарок, ни одно место по-прежнему не должно пустовать. Что ещё?

Вилда задумалась, хотя больше для вида.

– Ну коли так складываются обстоятельства, то я и сама могла бы вложиться за компанию с вами. У меня есть сбережения.

Ирина обрадовалась:

– Здорово! Тогда встречное предложение: почему бы уже сейчас не начать разрабатывать другие направления? К примеру, Вену и Будапешт.

– Согласна! – хитро улыбнулась Вилда. – Но ты Париж забыла! Скромничаешь или юлишь?

– Ну, это совершенно нереально, – со вздохом проговорила Ирина. – Париж нам не по зубам, абсолютно точно.

Вилда продолжала загадочно улыбаться.

– Ты упустила одно в своих рассуждениях: то, что Вилду Раупах знает вся Европа. Одно твоё слово, и я сегодня же начну переговоры сразу в трёх странах. Дело будет долго длиться, но к чему нам спешить? Кто знает, может, мы в Берлине не год, а два или даже три продержимся?

– Твоими бы устами… – грустно покачала головой Ирина. – Последний вопрос. Самый последний.

– Понимаю, Джола, – с первого слова догадалась Вилда. – Лучшей кандидатуры для Будапешта не найти. А пока начнём не спеша, медленно готовить замену. Вот только никаких кастингов. Я сама буду делать предложения тем людям, в которых я верю. Как бы то ни было, обещаю тебе, уже через месяц и спектакль и труппу узнать будет невозможно. Это будет настоящее немецкое качество. Как, согласна?

Ирина радостно усмехнулась.

– Спрашиваешь! Что можно в таких условиях ещё желать?

ЧАСТЬ СЕДЬМАЯ. РЫЖИЙ, КОНОПАТЫЙ

Валаамова ослица

ГЛАВА 1

– Привет! – Ирина с удивлением вглядывалась в лицо Вадима Сорочкина на экране домофона.

– Привет! – радостно отозвался тот. – Впустишь?

– Конечно. Хотя, признаться, не ждала.

– Сюрприз.

Ирина ничего не понимала, она совершенно зашивалась, собираясь в спешке на презентацию книги Вадима, а тут он сам, собственной персоной. И какой идиот, интересно, в издательстве, придумал такую фишку, чтобы она явилась на столь нудное и суматошное мероприятие не одна, а непременно со всем своим выводком?

Вадим, между тем, уже с порога моментально сориентировался в обстановке и стал помогать Павлу одевать Катеньку.

– Проезжал мимо, – оживлённо болтал он, возбуждённый, – побоялся, что ты либо передумаешь удостоить меня столь великой чести, либо провозишься с детьми, собирая их, и непременно опоздаешь. Кстати, предлагаю не трогать сегодня твой джип, а прокатиться на моём «Вольво».

– Интересно, ты что же, едешь один? Издательство не предоставило тебе охрану? – удивилась Ирина.

– Охрана будет на месте, там, в Доме книги, а пока – зачем нам эти индюки?

– Как скажешь, – пожала плечами Ирина. – Ничего не имею против – «Вольво» так

«Вольво», вот только не понимаю, как я буду потом обратно добираться. На такси?

– Об этом не беспокойся, – улыбнулся Вадим. – Я всё устрою.

Ирина в очередной раз внимательно посмотрела на своего застарелого врага: что-то в нём было такое, чего она никак не могла разгадать. Да и вообще, с какой стати он припёрся? «Проезжал мимо!» Ничего себе «мимо» – крюк на добрых полчаса. Неужели для него её присутствие на презентации, действительно, так много значило?

Наконец, они все четверо уселись в машину, хотя внутри обнаружилось, что их, собственно, пятеро: в угол забилась какая-то молоденькая девчушка, которая тут же с любопытством принялась их разглядывать.

– Это что, твоя девушка? – тихо поинтересовалась Ирина, когда они тронулись с места. – На молодых потянуло?

– Нет, это как раз твоя девушка, – рассмеялся Вадим. – Охрана, о которой ты так беспокоилась. Будет присматривать за твоими «сокровищами», чтобы ты могла чувствовать себя в этот прекрасный вечер совершенно спокойно и раскованно. Зовут Даша. Познакомься.

Ирина обернулась и холодно кивнула. Однако «Дашу» не устроил такой приём, она протянула Кулемзиной свою маленькую ладошку.

– Вы знаете, я так счастлива, – пискнула она. – Первый раз на столь умопомрачительном мероприятии, среди таких знаменитостей. Наверное, и на телевидении засвечусь?

– О, уж в этом можешь не сомневаться, – хмыкнул Вадим. – И в газетах тебя пропечатают, даже в Интернет попадёшь.

Радости девушки, казалось, не было

предела.

– Она хоть что-нибудь понимает в детях, эта пигалица? – зло прошипела буквально в ухо Вадиму Ирина.

– Да, конечно, – поспешил успокоить её Скорочкин. – Элитный детсадик. Воспитательница. Лучшая. Кого ни попадя я бы не нанял. Ну а ты как, есть кавалер? Никого не охмурила, случайно, там, в Германии?

– Спрашиваешь! – наконец, облегчённо улыбнулась Ирина, успев заметить краем глаза, как быстро «пигалица» приручила сначала её Павлика, а затем тут же увлеченно занялась с ним Катериной. Они вроде бы всё захватили: и коляску, и ящик с игрушками, да и Вадим на подарки раскошелился, так что впечатлений «ребяткам» должно было хватить на весь вечер.

У самой Ирины так не получалось, она иногда срывалась, да и вообще жизнь её порой превращалась в самый что ни на есть ад. Надо бы взять несколько уроков, раз уж так удачно сложилось, начертала она мысленно на подкорке в своей голове.

– Германия… – несколько запоздало ответила она на вопрос Вадима, – я была там на высоте. Ярик, Гюнтер, все были от меня без ума. Вот смотри, колечко на пальце так и осталось.

– Может, снимешь? – неожиданно посерьёзнел Вадим. – Пойдут пересуды.

Ирина тоже прогнала улыбку с лица.

– Ты, случайно, не себя имеешь в виду?

– Нет, конечно, – покачал головой Вадим. – Но предложение руки и сердца могу сделать незамедлительно. Колечко, кстати, тоже с собой. Конечно, не такое шикарное, за Тишбейном (я правильно понял?) мне определённо не угнаться. Поверь, я говорю вполне серьёзно. Вообще-то, с ума можно сойти впечатленьице! Дочь у меня совершенная обаяшка, а я только сегодня впервые её увидел.

Ирина фыркнула.

– Что-то я не узнаю папочку-невидимку. Кстати, все твои письма бережно храню. Можешь себе представить, как Катюшка обрадуется, когда прочитает их, став взрослой?

Вадим, к её удивлению, ничуть не смутился, наоборот, рассмеялся, вроде как удачной шутке.

– Прости, время было такое. Горе совсем разум затмило, только сейчас начинаю потихоньку приходить в себя. Да и книга постоянно растравляла душу. Я совсем Ярика замучил, но получил всё-таки то, что хотел. Совесть моя теперь чиста перед

Сашей.

Он покосился на сидевшую в оцепенении Ирину.

– Слышал, ты тоже что-то на эту тему кропаешь. С удовольствием почитал бы.

– Так уж и с удовольствием? – криво усмехнулась Ирина.

– Разумеется, почему бы и нет?

Ирина недоверчиво посмотрела на сиявшую от счастья знаменитость.

– Признаться, не узнаю тебя сегодня. Готовишься обаять весь белый свет? Только на меня-то зачем улыбки без толку тратить? Я ведь тебя как облупленного знаю.

– Нет, не знаешь! – спокойно покачал головой Вадим. – Я себя сам настоящего только недавно узнал. Я, конечно, тебе своей дружбы не навязываю, но просто жизнь удивительная штука: все твои друзья вдруг стали твоими врагами, ну а я, человек, когда-то ненавидевший тебя всеми фибрами своей души, готов положить сейчас к твоим ногам что угодно. Хочешь ты или не хочешь этого, но мы ведь с тобой породнились, у нас общий ребёнок. И я готов, если ты не возражаешь, платить алименты, теперь есть с чего, причём независимо от того, выйдешь ты за меня замуж или нет, позволишь видеться хоть иногда с Катюшкой или не позволишь. Я на всё согласен. Что, удивлена?

Ирина долго молчала, затем тихо промолвила:

– Знаешь, я удивлена другим. Всю жизнь я считала Сашу своей собственностью, готова была одно время даже лесбиянкой стать, лишь бы с ней рядом остаться, и вдруг, в какой-то момент, поняла, что на всём белом свете был только один человек, которого она, действительно, любила. Но ещё больше я удивлена сейчас тому, что человек, которого я всегда презирала, который с отчаянным упорством путался у меня под ногами во всех моих начинаниях, не только и в самом деле достоин такой любви, но и делал всё возможное для предотвращения того, что в итоге произошло. Ну а я, как жизнь показала, при всех своих благих намерениях, вовсе не спасала Александру, а наоборот, медленно, но неотвратимо, вела её к гибели.

Вадим промолчал, совершенно ошарашенный. Наконец, после долгой паузы, он произнёс вымученно, устало:

– Комплекс вины? Глупо. Ирен, ты ни в чём не виновата. Я тоже сначала чуть руки на себя не наложил. Потом всё понял. Просто нам гораздо раньше надо было вот так откровенно с тобой поговорить. Если бы мы объединились… Но, видит Бог, я так ревновал Сашу к тебе! Веришь, совсем с ума сходил!

Ещё на подступах к Новому Арбату, они были остановлены конной полицией, Вадим раздражённо ткнул пальцем в пропуск на ветровом стекле. Кто-то из начальства, как видно, узнал Скорочкина, и дал знак, чтобы их машину пропустили, не забыв, впрочем, что-то кому-то сообщить по рации. Возбуждение Вадима как рукой сняло, он выглядел бледным, настороженным.

– Ничего не понимаю, – пробормотал он себе под нос, – была же договорённость с мэрией. Слушай, может, тебе детей домой вернуть? Ситуация мутная, в любой момент всё может выйти из-под контроля.

– Не дождутся, – сухо ответила Ирина. – Ты же говорил, что мы друзья, а друзей ни в каких «ситуациях» не бросают. Просто мне хотелось бы иметь больше информации. Эти, к примеру, – она показала на байкеров по обе стороны шоссе, – что здесь делают? Они «за» или «против» нас?

– Трудно сказать, – Вадим сбросил газ, по обе стороны его машину взяла в плотное кольцо охрана. – Я же сказал: нам разрешили перекрыть весь Новый Арбат, но издательство, как видно, перестаралось, специально создало ажиотаж: пригласили журналистов всех мастей, оповестили неформалов, да и реклама повсюду шла очень массированная. Однако никто не мог предположить, что соберётся столько народа. Наверное, просто всякого рода нечисть воспользовалась возможностью устроить здесь какое-нибудь очередное грязное шоу.

Из них четверых только Даша была в полном восторге, её совершенно не пугала пёстрая толпа, запрудившая все подходы к

Дому книги. В очереди, стоявшей плотно, в несколько рядов, кого только не было: скинхеды, панки, трансы всех мастей, гомосексуалисты, лесбиянки, даже проститутки. Плакаты, растяжки, на которых чего только не было написано: «Педрилы, вон из России!», «Ирина, Вадим, мы очень, очень любим вас!», «Кулемзина vor ever». То тут, то там от взаимных оскорблений и угроз дело доходило до рукоприкладства, но полиция и плечистые ребята в штатском были настороже, моментально заламывали руки бузотёрам и сажали в специально предназначенные для этой цели микроавтобусы.

– Господи, фанаты футбольные, эти-то что тут делают? – не выдержала, выругалась, отвела душу, Ирина.

Их неожиданно заметили журналисты и ринулись к ним наперерез.

– Вот я дурак, – покачал головой Вадим, – надо было попросить машину с тонированными стёклами.

Кое-как они добрались, наконец, до входа, там всевозможные охранники загородили их как частоколом, сделав своеобразную «коробочку», и дали возможность пройти к долгожданным дверям. Хотя внутри от журналистов им укрыться уже не удалось. Их снимали, задавали дурацкие вопросы, фанаты и фанатки визжали от восторга, ну и, конечно, со всех сторон неслась отборная брань.

Войдя внутрь, Вадим моментально успокоился. Человек, которого Ирина привыкла считать слизняком и трусом, был здесь, как рыба в воде.

– Я переодеваться, – сказал он Ирине, – ты как?

– Идём все вместе, – коротко ответила та

и дала знак Даше, чтобы она не отставала.

Дорогу ей преградил субтильного вида парнишка, приветливо улыбаясь то Ирине, то её детям.

– Я ваш стилист. – представился он. – Нам надо спешить, сейчас «читателей» начнут запускать.

– А как же Вадим? – растерянно спросила Ирина.

– С Вадимом отдельная бригада будет работать, вами я занимаюсь, тоже с командой, меня Андреем зовут. Итак, будем переодеваться? Вы продумали свой имидж на сегодня?

Ирина задумалась на секунду, затем кивнула:

– Да. Если можно, что-нибудь в моём любимом стиле, а ля Коко де Шанель. Только трансовое, осовремененное. Можно даже немножко трэша.

Андрей усмехнулся.

– Легко. Никаких проблем. Начнём с мейкапера.

Когда Ирина вышла из гримерки, она увидела Павла с большим красным носом и другими клоунскими элементами в наряде, коляску с Катериной, щедро украшенную воздушными шарами и плюшевыми игрушками. Даша предпочла костюм «девушки с татуировкой дракона», героини «Миллениума» Стига Ларссона в постановке Дэвида Финчера. Но больше всех Ирину потряс Вадим. Он был просто великолепен, ослепительно красив в своем… женском наряде.

Журналисты уже заняли позиции и начали снимать, записывать интервью, не дожидаясь, пока хлынет поток посетителей. Всё было организовано очень скромно, без излишних наворотов: горы книг на стеллажах, море маечек, постеров и другой рекламы, затем много касс, а за ними, по двум разным углам, Ирина со своими маркетологами, рекламировавшая выпущенные заново огромным тиражом «Ночи с Пантерой», книгу её бывшего мужа, и Вадим, который с азартом и знанием дела «продвигал» уже свою «нетленку».

Ирина смутно помнила то, что происходило дальше. Никогда ещё она так не уставала. Рука онемела от бесконечных автографов, скулы задеревенели от «ослепительных» улыбок. В конце фотосессия, сначала порознь с Вадимом, затем вроде как единой семьей. И интервью, интервью, в которых она не скрывала, что Катенька дочь Вадима, но загадочно усмехалась насчёт возможности их брака. Сам Вадим был неутомим, прощаясь с Ириной, поцеловал её не в щечку, а в губы.

– Созвонимся? – спросил он на прощанье. – Нам с тобой надо о многом поговорить. Но, по всей видимости, не раньше, чем через месяц, не знаю, как с тобой решили, но мой марафон только начинается.

И наконец дом, милый дом… Оставив детей на попечение «девушки с татуировкой дракона», Ирина буквально провалилась в сон.

ГЛАВА 2

– Не рада моему приезду? – Дмитрий не был удивлён, просто констатировал факт.

– Да нет, почему же, наоборот, – пожала плечами Ирина. – Просто не понимаю: у тебя сейчас такой плотный график, зачем было срываться с места, садиться в самолёт, лететь за тридевять земель? Наверняка потерял большие деньги. Ведь есть же Скайп, электронная почта, сотовая связь. Мы и так общаемся с тобой регулярно.

Дмитрий рассмеялся:

– Ирина, не утрируй! Всего-навсего пара выходных в разгар лета, сезон отпусков. Ты же знаешь, как с этим в Европе: люди либо расползаются по разного рода курортам, либо используют любую возможность расслабиться дома, ни на что серьёзное их не раскачать. Просто я с удивлением обнаружил в тебе признаки депрессии, и это меня страшно удивило. Во-первых, для тебя подобное совсем не характерно. Во-вторых, почему именно сейчас, когда у тебя дочь родилась, и такая красавица? Ну и, наконец, в-третьих, когда ваш мюзикл с неизменным аншлагом, невзирая на межсезонье, продолжает идти в Берлине, на Бродвее, осенью должны подключиться ещё две площадки: Вена и Будапешт, даже с Парижем переговоры, насколько я слышал, закончились успешно. То есть, исполнились все твои мечты. Так что, я просто не мог не примчаться. Я стольким тебе обязан в жизни! Стоп! Кажется, я понял, что на тебя повлияло: презентация книги Вадима. Я прав?

Ирина вздохнула:

– Ладно, признаю, я, действительно, веду себя по-свински. Но что ты хочешь? Я осталась совсем одна. Только ты, Вилда и Гюнтер меня ещё как-то поддерживаете. Да, я встречалась с Вадимом, он мне предложил удочерить Катеньку или, по крайней мере, платить на неё алименты. Но я отказалась, хотя уже полгода как без работы, а деньги улетают веером. Я даже согласилась присутствовать на презентации его бестселлера, точнее, представляла переиздание «Ночей с Пантерой» моего бывшего мужа, издательство мне хорошо заплатило. Успех был феноменальный. Огромная очередь у Дома книги, Вадим в женском платье, поклонники и поклонницы просто сходили с ума. Меня тоже неплохо встретили, я даже постоянно двигала там какие-то речуги. Вообще, там были все: Ярослав, Марина, Герман с женой, Леонид, словом, все мои враги, которые когда-то были моими лучшими друзьями. И даже, на какое-то время, смыслом моей жизни. Книга получилась очень сильной, всё-таки в таланте Ярику не откажешь, Вадим смотрелся вообще великолепно, вёл себя со мной очень непринуждённо, полный мир в отношениях, даже предложил мне руку и сердце.

Дмитрий кивнул.

– Понятно, если можно, то хотелось бы отсюда поподробнее. У нас показывали весь этот бедлам по телевизору, но я так ничего и не понял. Какой-то жуткий ажиотаж, побоища, но довольно слаженные действия полиции. Вы, конечно, все держались великолепно.

Ирина пожала плечами.

– Что это было? Обыкновенное шоу. Самые разные люди скинулись, не скупясь, и устроили потрясающий спектакль. Издательство, которое сделало такие продажи, которые ему и не снились, да ещё продало оба бестселлера в несколько десятков стран мира. Другие издатели, которых сейчас очень напрягает то, что бумажные книги почти совсем перестали продаваться, сочли, что им не помешает лишний раз засветиться перед такой широкой аудиторией. Владельцы магазина, которые предоставили свои площади бесплатно, но руки при этом нагрели изрядно. Купленные на корню рокеры, скинхеды, готы, анархисты – других, «неорганизованных», просто на пушечный выстрел не подпустили. Политики, которые показали другую, вроде как совершенно цивилизованную, Россию, где даже такие деликатные вопросы, как нетрадиционная сексуальная ориентация, а в недалёком будущем, глядишь, и однополые браки, решаются демократично, в духе времени.

Что ещё? Я пошла ещё дальше в своём предательстве: посетила премьеру русскоязычной версии нашего детища в Москве, в Театре мюзикла. И там был полный состав. И там все со мной любезно раскланивались. Я даже досидела до конца спектакля, хотя мне нелегко было это сделать после того, что я видела в Германии.

Конечно, Фаиль Ибадов большой талант, но даже с Джолой Тордаи ему не сравниться, не говоря уже о том мальчике, которого Вилда где-то недавно откопала.

Ваганов кивнул:

– Ты о Хорсте Кляйбере? Да, я видел его. Впечатление и в самом деле потрясающее.

– Согласна, – кивнула Ирина, – хотя могу судить только по диску, который мне Вилда прислала. Осуждаешь меня?

Дмитрий поморщился:

– Нет, нисколько. Но я понял другое: ты сделала всё, что возможно, но так и не сумела переломить себя.

Ирина опустила голову и помолчала какое-то время, затем печально вздохнула:

– Ты прав, я прилежно пыталась следовать всем твоим советам, но ничего не могу с собой поделать. Я чувствую себя обязанной рассказать людям правду.

Ваганов не смог сдержать эмоции, разом рухнул план разговора, выстроенный им ещё на подлете к Москве:

– Правду? Ты знаешь, в чём она? Уже всё поняла, во всём разобралась, как когда-то мечтала? Я не о том, что никто не поймёт тебя, Ирен. Ты говоришь о врагах, но тебе ещё только предстоит увидеть их звериные оскалы. Ну а фанаты? Ты хоть представляешь, сколько их по всему миру у Александры Кулемзиной? Трудно сказать, как они поведут себя. Я уже не говорю о людях, которые вложили свои деньги в Сашино имя, и могут запросто их потерять. А о самой Саше ты подумала, нужна ей сейчас твоя «правда»? Я уже не говорю о том, как ты надеешься эту книгу написать? У тебя что, неожиданно уникальный литературный дар открылся? Или опять Ярика собираешься пригласить? Да, он прибежит, несомненно, за хорошие деньги он удавиться готов. Но если дать ему хоть чуть-чуть сверх той оплаты, которую ты назначишь, тут же предаст и продаст тебя с потрохами.

На глазах Ирины появились слёзы злости:

– И что, ты только за этим явился? Ах да, я ведь нарушаю и твоё сытое существование. Ты теперь царь и бог в мире «нетрадиционной сексуальной психотерапии». Зачем приехал? Ты ведь прекрасно знаешь мой характер, я от своего не отступлю. Кстати, я догадалась, наконец, кто написал те злополучные письма…

– Леонид Суханов, собственной персоной. Любовь творит чудеса. У тебя догадки, а я уже давно знаю наверняка. Его попросили для изготовления фальсификата найти какого-нибудь «негра», используя его связи в издательствах. Но он решил: зачем отдавать деньги на сторону, когда он и сам в состоянии выполнить такую плёвую работёнку? Чёрная душа, изъеденная, как молью, изменами любимого «друга». Ты, кстати, знаешь, что Фаиль ему постоянно изменяет, хотя Леонид практически все свои деньги тратит на подарки и подношения ему? Как бы то ни было, но любви своей он до сих пор верен, фальшивки те написал так, что сердце щемит, когда их читаешь. Ты хочешь нанять его? Что ж, он вполне в состоянии справиться с подобной работой, причём ничуть не хуже Ярослава. Кстати, спектакль с Домом книги, о котором ты мне только что рассказывала, именно он режиссировал. И тоже получил за это неплохие деньги. Ты хочешь помириться с ним, уже всё ему простила?

Ирина покачала головой:

– Нет. Никогда. Было трудно решить, но я определилась. Для меня он такой же убийца, как Герман и Евгения.

Ваганов помолчал какое-то время, тщетно пытаясь успокоиться.

– Трудно сказать. Его ведь использовали втёмную. Конечно, он потом обо всём догадался, но что ему оставалось? Рвать на себе волосы? Ладно, я, собственно, знал, что наш разговор бесполезен, и прилетел совсем за другим. Ты вот иронизировала сейчас насчёт «царя и бога». Но я не просто сколотил себе имя, я, действительно, стал в своём вопросе мировой величиной. В прошлый раз я говорил тебе о докторской диссертации, она уже написана, осталось только её защитить. Хотя на Западе, уже будучи кандидатом, я имею право называться и писать в визитной карточке: доктор. Доктор Дмитрий Ваганов.

– Что ж, мне остаётся только позавидовать будущей фрау Ваганов. Может, чаю?

Дмитрий кивнул:

– Почему бы и нет?

Ирина долго копошилась на кухне, не в силах справиться в себе с резкой реакцией отторжения по отношению к Доктору Диме, лениво размышляя о том, что ничего она не хочет знать и слушать, с неё вполне достаточно того, что у неё уже есть. Да, Дмитрий – друг, конечно, но даже другу она не может позволить так глубоко залезть к ней в душу. Особенно сейчас, когда она обессилена, беззащитна, беспомощна, но уже выстроила платформу, благодаря которой надеется выкарабкаться, в конце концов, из того кошмара, в котором неожиданно очутилась. Там, в Германии, она действовала нахраписто, жёстко, но больше по инерции, и лишь вернувшись в Россию, по-настоящему осознала и сам факт гибели Александры и то, что, какие усилия она ни прилагала, она так и не смогла гибель её предотвратить.

Но делать нечего, укрыться, как улитке в раковине, не удастся, нужно пройти ещё через одно, хорошо бы последнее, испытание. Ну а в каком состоянии она из него выберется, и выберется ли, об этом можно только гадать.

– Смотри-ка, что я вижу! Такая выпечка! Неужели ты настолько переменилась, что даже научилась готовить, Ирен?

Ирина зарделась в притворном смущении:

– Ну, жизнь заставила, да и время появилось. Начало Марина Гордеева, ещё в период нашей дружбы с ней, положила, мама мне тоже кое-какой опыт передала, но я на этом не успокоилась: сначала на вечерние курсы ходила, потом взяла несколько уроков у одного известного итальянского повара. Но эту прелесть не я, а всё-таки мама, специально для тебя, приготовила. Так что, прошу! Как я поняла, ты успел проголодаться? Наверное, в самолёте больше заглядывался на стюардесс, чем на то, что они тебе предлагали?

Дмитрий охотно рассмеялся удачной шутке, но в его настроении уже произошёл перелом. Собственно, он узнал всё, что ему было нужно, остальное для него интереса не представляло.

– Ладно, я полагал, что мне понадобится гораздо больше времени. Так что вполне могу улететь сегодня, буквально вечером. В Вену. Меня пригласили туда на научно-практическую конференцию по психоанализу. Что я могу сказать тебе конкретно? Катюша очаровательна, тебе с ней определённо повезло. Но меня особенно потряс Павел. Никакой ревности, так трогательно о сестрёнке своей заботится. Что ещё? Ты хочешь написать книгу? Пожалуйста. Я даже могу помочь тебе. Там, в Германии, я встретил одного парня, у него недюжинный писательский талант. Он и уехал из России в надежде за границей реализовать себя. Но оказалось, что в Берлине шансов у него ещё меньше, чем у себя на родине. Он с удовольствием воспользовался бы возможностью подзаработать, я уже говорил с ним на эту тему, полный энтузиазм. Так что во всех случаях считай, что «призрак» у тебя есть, и очень неплохой. Но я предлагаю тебе другое, куда более интересное, дело. Мне нужен помощник: организовывать лекции, собирать материалы для моих книг, договариваться об их издании, словом мотаться со мной по всему белому свету. Ну а если уж совсем начистоту, то я прилетел главным образом для того, чтобы сделать тебе предложение выйти за меня замуж. Хотя ты их столько уже в последнее время отвергла! О моей любви к тебе ты знаешь, однако, как я уже понял, взаимности мне не видать? И всё-таки, что ты скажешь?

Ирина молча отрицательно покачала головой, затем всё-таки выдавила из себя с большим усилием:

– Нет. Твёрдое «нет». Не обижайся, Димуля, просто я не готова. И вряд ли когда-нибудь буду готова вообще. Мы с тобой живём в совершенно разных мирах. Я знаю, ты мне можешь возразить, что было бы очень неплохо моим чадам выучить несколько языков, получить прекрасное образование, повидать мир, расширив тем свой кругозор до совсем других пределов. Что и мне такое не помешало бы. Но я лучше останусь со своими окнами, да и родители старенькие, зачем им такая дыра в сердце? Ты бы видел, как они счастливы, как светятся их лица, когда они смотрят на своих внуков!

Несмотря на то, что Суханов был готов к отказу, несколько минут он не мог прийти в себя. Лишь с большим трудом взял себя в руки и угрюмо произнёс:

– Что ж, будем считать, что сегодня ты меня излечила. «Шоу должно продолжаться», жизнь тем более, будет смешно, если я, профессионал, жену себе подходящую не найду.

Ирина сделала вид, что пропустила последние слова Доктора Димы мимо ушей.

– Я заранее счастлива за тебя, – с виноватой улыбкой ответила она. – Ты правильно понял, я всегда воспринимала тебя исключительно, как друга. Быть может, лучшего из своих друзей. Что касается «негра», о котором ты рассказывал, то такого добра и здесь, в Москве, выше головы, не вижу никакого смысла в том, чтобы переться к твоему протеже с двумя детьми за тридевять земель. Тем более что любой замысел должен вызреть, и решусь я замахнуться на него не скоро, во всяком случае, не сегодня и не завтра. Так что счастлива была повидаться с тобой. Надеюсь, ты не очень на меня обиделся? Не хотелось бы терять те отношения, которые у нас сложились, они мне слишком дороги, чтобы я могла так просто ими пожертвовать. То есть, я была бы безумно рада, если бы наше общение и дальше продолжилось. Ну и – увидишь Вилду, передай ей от меня пламенный привет. Кстати, она меня тут на свадьбу приглашала, охмурила всё-таки нашего толстопузика Гюнтера. Собственно, кто бы сомневался, с её-то характером!

Она ещё долго что-то говорила, но Дмитрий уже не слушал её, мыслями он был очень далеко.

ГЛАВА 3

– Ну что, доча, опять как принцесса на горошине? Ты так довыбираешься. Я уже со счёта сбилась считать, скольким женихам ты от ворот поворот дала.

Мать, как видно, долго терпела, но, в конце концов, прорвалось.

Ирина взмолилась:

– Мамуля, побойся Бога, не сыпь мне соль на рану. Я до сих пор в себя не приду, что так поступила. Отказать, да ещё в столь категоричной форме, человеку, которого я давно люблю! Два дня всё тряслось внутри, все силы ушли на то, чтобы удержать в себе нежность, восторг, не броситься ему на шею и визжать от счастья, как восемнадцатилетняя девчонка. Но что мне было делать? Наступить на горло его карьере, которой до пика ещё ого-го сколько? Самой разрываться сердцем между ним и вами с отцом, мотаясь, как кое-что в проруби, между Россией и Европой?

Мать покачала головой:

– Не знаю, не знаю. Тебе видней. Всё-таки двое детей. Как ты одна надеешься их вытянуть? Да и Пашке отец нужен, мы ему его не заменим. Ладно, зачем я пришла? Понимаю, как тебе тошно, не хотелось тревожить тебя здесь, в беседке, но там какой-то парень тебя спрашивает, говорит, что прилетел специально издалека, чтобы с тобой повидаться. Ты не сердись, конечно, может, аферист какой, но я его в комнату для гостей пригласила.

Ирина вмиг очнулась от своего сплина.

– Мама, как так можно, совершенно не зная человека! Да он уже, наверное, всю дачу обчистил!

Мать покачала головой, не удержалась даже, чтобы не покрутить пальцем у виска.

– Ириша! Опомнись! Что у нас там красть-то? Золото? Бриллианты?

– Найдётся что. Ворьё сейчас ничем не брезгует.

Зайдя в «комнату для гостей», у которой было полно ещё и разных других названий, Ирина увидела долговязого худощавого парня, рыжеватого, даже с конопушками на лице. Собственно, не парня, молодого мужчину лет под тридцать, скромно притулившегося на уголке дивана с планшетом в руках.

– Вы кто? – спросила она в полном недоумении.

Парень поспешно вскочил и протянул Ирине руку.

– Я – «призрак». Денис Латышев. Друзья зовут меня Дэном. Когда Дмитрий Артемьевич намекнул мне, что есть возможность отличиться, я изучил всё, что смог достать по вопросу, о котором мне предстояло писать, в том числе две книги: Сашину и Вадима. И даже посмотрел мюзикл с Хорстом Кляйбером в главной роли. Ваша история совершенно потрясла меня. Я не мог толком ни есть, ни спать в ожидании звонка от доктора Ваганова. А когда он позвонил и сказал, что вы мою кандидатуру отвергли, даже не зная меня, не поговорив со мной, тут же сел на самолёт и прилетел сюда из Германии. У меня с собой наброски по роману, который я мог бы написать для вас, может, вы всё-таки хотя бы их посмотрите? Понимаете, дело не в том, что я чистый беллетрист и нон-фикшн, то бишь, «нехудожка», не по моей части. В крайнем случае, я могу и перестроиться. Просто из вашей истории лучше всего сделать именно роман. Зачем вам повторять две уже вышедшие книги? Да и реакция негативная, а я уже и сам понял, в чём основная проблема, мешающая вам, да и Дмитрий Артемьевич меня посвятил – будет другой: либо вообще сойдёт на «нет» со временем, либо будет ослаблена до предела.

Ирина была в шоке. Она переводила взгляд с чемодана на колесиках на конопатую физиономию, расплывшуюся в умильной улыбке, на планшет, который «очаровательный незнакомец» держал в руках, и была совершенно парализована, не зная, что ему ответить.

– Ну, если вы сейчас не готовы, я могу оставить вам флешку, посмотрите её на компьютере, – обескураженный её молчанием, тихо проговорил «Дэн». – А я к вам завтра снова подъеду, как-нибудь перекантуюсь в аэропорту.

«На самолёте». «Из Германии». «Перекантуюсь в аэропорту». Ирина, наконец, вышла из оцепенения. Она ещё не очнулась от встречи с Вагановым, а тут этот малахольный.

– На самолёте? Из Германии? Мило, очень мило, – кивнула она. – Что ж, у меня машина, давайте я вас сейчас туда обратно и отвезу! Но только в аэропорт, в Германию далековато будет, боюсь, не сдюжу, не дотяну.

ГЛАВА 4

Ирина лениво повернула голову к матери, когда та закрыла ей солнце.

– Доча, ты не боишься совсем обуглиться, уже и так, как «подарок из Африки».

Ирина сползла в тень с шезлонга и сердито спросила:

– Ма, ты мне лучше скажи, когда этот «подарок из Германии» от нас уберётся?

– Как только, так сразу. От тебя требуется только билет на самолёт. Свои деньги я дам, как только дачный сезон закончится. Не знаю, какой из этого парня писатель, но в огороде он просто незаменим. Типичный трудоголик. Я думаю, так во всём. Вот только прокормить трудно, куда только в него всё вмещается? Но что делать? От тебя-то помощи никакой. Он и вечером без дела не сидит, Павла в английском подтянул, с Катькой, как с родной, возится. Мы тут с отцом твоим даже в свет стали выбираться: в гости к соседям, в город в театр, а один раз и того круче – в ресторане посидели. Да и вообще, с ним есть о чём поговорить, не то, что с твоим Яриком-Мудриком.

Ирина разозлилась.

– Ладно, билет, говоришь? Будет ему билет, в прошлый раз ты меня отговорила, сейчас не получится.

Она решительно направилась к тощей фигурке в панаме, обиравшей смородину с куста, сидя на корточках.

– Поговорить надо, – в Ирине прорвалась давно сдерживаемая ярость. – Fellow me – следуй за мной.

Усевшись дома в кресле-качалке, она тут же начала с места в карьер.

– Ты брал одну книгу. Без спроса. В

Германии такой бесцеремонности научился?

Денис улыбнулся:

– А вам что, жалко? Вы ведь всё равно не знаете немецкий, а мне нужно постоянно практиковаться. Тем более что автор – Дмитрий Ваганов! Самый большой авторитет, со всех точек зрения, в области нетрационной сексуальной ориентации. Да и вообще, как психолог, психотерапевт. В Германии его каждая собака знает. Я очень горд тем, что знаком с ним лично. А для вас он вообще кто? Друг или что-то большее?

– И как? Нашёл что-нибудь интересное, – сухо прервала его излияния Ирина.

– Естественно, – Денис всё больше расковывался. – Это ведь фундаментальнейшее исследование инцеста. От древности до наших дней. Причём с явно выраженной негативной позицией автора. Но особенно меня заинтересовал отрывок, посвященный Александре Кулемзиной. Ёе имя там не упоминается, но история совершенно потрясающая. Она как бы дополнила картину того, что я уже знал, но перевернула всё с ног на голову. Ладно, я так понял, что я завтра улетаю? За целый месяц вы впервые заговорили со мной. Надеюсь, вы выполните своё обещание давнишней давности: довезти меня до аэропорта и вручить билет на самолёт?

– Как, по-твоему, будет иметь успех книга, которую я планировала написать? – Ирина будто и не слышала последние излияния «Дэна».

– Ну, это не «Гарри Поттер», разбогатеть вам точно не удастся, – усмехнулся Латышев. – Но то, что она станет классикой среди очень узкого круга лиц, и что читать её будут и через сто лет, я вам гарантирую.

– А как ты вообще оказался в Германии?

– Ирина как будто специально перескакивала с одного на другое, чтобы сбить с толку собеседника. Да ещё сразу перешла с ним на «ты».

– Обыкновенно, - рассмеялся Денис. – По рабочей визе. Программисты и АйТишники везде нужны. А вообще-то, я родился в Германии.

– Ты? Родился в Германии? И где же? В семье советского «оккупанта»-военнослужащего?

– Нет, не угадали, в семье дипломата. – Денис совсем развеселился. – Да не смотрите вы на меня так! Знаете наверняка ведь присказку: «ну а третий был дурак». Так и с моими родителями приключилось: двое – дети, как дети, ну а третий – во всём неудачник. Теперь вот ещё и «Родину предал».

– Понятно, – холодно проговорила

Ирина. – Ты что-то там про флешку говорил. Она ещё сохранилась?

– Да куда ей деться?

– Завтра утром мы уезжаем. На городскую квартиру.

– Ясно! Ребят с собой забираем?

– Детьми будет заниматься специальная няня, зовут Даша. Из элитного детсадика переманила.

– А, знаю, весёлая такая!

– Откуда подобная информированность?

– Павел рассказывал, как вы классно на презентации повеселились. Между прочим, кусочек из этого в Германии, в новостном блоке, показывали. Так что я эту девушку хорошо разглядел.

– Только попробуй, – тихо, но внятно проговорила Ирина.

– В смысле? – не понял «Дэн».

– В смысле – к ней подкатить.

– Она что, ваша родственница?

– Угадал. Пра, пра – не знаю уж в какой, может быть миллионной, степени – бабушка общая. Евой звали.

– Понятно, – с самым серьёзным видом кивнул Денис.

ЧАСТЬ ВОСЬМАЯ. ДАМОКЛОВ МЕЧ

«Не нужен мне берег турецкий…»

ГЛАВА 1

– Да, встреча, – покачала головой Ирина. – «Гора с горой не сходится, а человек с человеком…».

Она не сомневалась, что встреча Мариной подстроена, и, естественно, не ожидала от неё ничего хорошего.

– И то правда – давненько не виделись, – подтвердила Гордеева. – Как раз с прошлой премьеры в Театре мюзикла, но и там совершенно не было времени поговорить.

– Да и о чём? – в тон ей, с усмешкой поддакнула Ирина.

– Нашлось бы о чём. – Марина и раньше не была красавицей, а сейчас ещё больше сдала в смысле внешности. – Что так смотришь? Неважно выгляжу? Ничего удивительного: ни денег, ни времени. Хорошо, что на таком уровне себя поддерживаю, иначе ведь могут и с работы попросить.

– Что за работа? – больше для проформы поинтересовалась Ирина.

– Всё там же, на фирме у Неволина. Не чураюсь и совместительства. Хватаюсь за всё, сама понимаешь, подобную ораву непросто прокормить.

– И сколько же их у тебя, маленьких «мудриков»?

– Как и у тебя: двое и третий на сносях. Двое пацанов, и одна девчонка.

– Всё, как ты мечтала.

– Издеваешься?

– Нисколько. У тебя был хороший выбор, ты сделала лучший. – Ирину их пустопорожний, с надрывом, разговор всё больше начинал раздражать. Она вырвалась ненадолго из дому, чтобы хоть немного отвлечься, передохнуть. А тут эта «вечная дура».

– Ну а ты как, до сих пор одна?

– Да, сложно с двумя, а теперь, считай с тремя, детьми найти принца. Где-то он там, в своём королевстве, задержался. Всё ленится на лошадь залезть.

Марина усмехнулась:

– Я удивляюсь, как ты Тишбейна упустила. Хороший мужик, причём был без ума от тебя.

Ирина расхохоталась.

– Ну, тут у тебя было куда больше шансов. Не беспокойся, Тишбейн сейчас и без нас с тобой очень счастлив, а главное –

он ведь был на грани разорения, теперь всё, как по волшебству, изменилось. Одна очень энергичная фрау взяла дело в свои руки, и Гюнтер сейчас входит в десятку самых влиятельных шоу-продюсеров Европы. Не думаю, что он нас с тобой, хоть иногда, вспоминает. Разве что, как страшный сон. Я имею в виду, как женщин, так-то я дружу с ними до сих пор, регулярно общаюсь в Интернете. Ладно, Мариша, ты что-то хотела поведать? Выкладывай начистоту. У меня со временем туговато, уж не обижайся. Кстати, как там Вадим?

– Тоже процветает. Работает по верхам. У него сейчас такие связи! Не только в России, практически – по всему миру. Где-то председательствует, где-то что-то возглавляет, владеет фирмами, бутиками, открыл даже свой Дом моды в Париже, постоянно красуется на страницах глянцевых журналов. Всё в одном направлении. Какой-то спонсор-миллионер от него без ума, вкладывает в него сумасшедшие деньги. Герман, Женя и Леонид ему, конечно, в подмётки не годятся, но тоже не бедствуют, уже год, как объединились: пишут сценарии, ставят спектакли для травести-шоу, у них огромная команда, гремят по ночным клубам, корпоративам. Только с мюзиклами ничего не получилось, как раз Тишбейн у них все права и перекупил. Женя, ко всему прочему, довольно успешно пробует себя на телевидении, учится в ГИТИСе. Фаиль Ибадов, как уехал в Америку, так, вероятно, и не собирается оттуда возвращаться. Только Ярик мой оказался не у дел. Суетится, конечно, пропадает бог знает где с утра до вечера, но ни дела своего, ни постоянного заработка не имеет. Так, халтурит, как умеет, но мне с этих халтур практически ничего не достаётся. Да ещё изменяет мне со всякой мелкотой, которая в музыкальном бизнесе трётся. Оттого я и решила с тобой встретиться. Дошла до точки. Может, подвернётся что, имей меня в виду.

Ирина задумалась.

– У меня и самой сейчас нет работы.

– А я слышала, ты в писательницы подалась. Вроде, парень молодой какой-то у тебя в соавторах.

– Подалась-то, подалась, да что толку? Предварительно договором не обзавелась. А животик новый вот растёт и растёт. Вообще всё очень сложно. Целый год пропахала впустую, вложила последние деньги. Один человек вроде бы обещал помочь, но я особенно на удачу не надеюсь. То ли в кризисе дело, то ли с темой я промахнулась. Так что писательницы из меня не получилось, и положение моё ничуть не лучше твоего. Впору у тебя самой помощи просить.

Марина вздохнула, даже всплакнула.

– Да, Ириша, выбирали мы с тобой, выбирали, и довыбирались. Понимаешь, самое страшное, что я осталась в полном одиночестве. И уж тебя, как подругу, если ты, конечно, простишь меня, больше не упущу. Я и встречи с тобой искала, главным образом, чтобы предупредить: заговор там против тебя какой-то составляется, причём нешуточный: книга твоя, хоть и художественная, хоть и не вышла ещё, слишком многих задела за живое, озлобила. А самое страшное в другом: она наносит урон бизнесу некоторых очень влиятельных людей. Оттого и тормоз такой у тебя с ней. Но одним тормозом ты не отделаешься: Герман, Женя, Ярик, Леонид – все против тебя. Мне терять нечего, вполне могла бы с тобой союз заключить. Вдвоём-то легче. Подумай.

Ирина кивнула:

– Ладно. Почему бы и нет?

Марина собралась было уходить, но вернулась:

– Кстати, это правда, что Вадим тебе руку и сердце предлагал?

Ирина пожала плечами:

– Да, было дело. Когда мы ехали на презентацию. Но зачем он мне?

Марина недвусмысленно покрутила пальцем у виска:

– Зачем? Ладно, я дура, ты-то со своим умом как промахнулась?

ГЛАВА 2

Ваганов скорчил недовольную гримасу,

но пройти мимо Ирины, не задержавшись хоть на минуту, он при всём желании не мог.

– Здравствуй, Ирэн! Как поживаешь?

– Не жалуюсь, Димон! Вот узнала, что ты, как ясное солнышко, вдруг в Москву сподобился заглянуть, решила прийти, оживить воспоминания.

– Была на лекции? – с удивлением спросил Доктор Дима. – Ну и как тебе?

– Впечатляет! – односложно ответила Ирина. – Но я, вообще-то, специально тебя искала, выступаю сейчас в роли просительницы: помощи, совета, может быть, даже работы. Много раз пыталась связаться с тобой по электронной почте, Скайпу, телефону, но так ничего и не получилось. Я понимаю, у тебя много работы, не до таких мошек, как я.

– Да, к сожалению, ты права, – кивнул Ваганов. – Время расписано буквально по минутам. Тем более что в России я вообще практически не появляюсь, но пришлось вот консультировать одного толстосума за очень большие деньги, нельзя было ни паблисити, ни гонорар сумасшедший упускать. Заодно и с лекцией подсуетился. А ты, как я вижу, опять на сносях?

Ирина сокрушённо покачала головой:

– Да, совсем не в форме. Токсикоз замучил, постоянно в сон клонит, обленилась невероятно. Старею, наверное.

Дмитрий понимающе кивнул и спросил с любопытством:

– И кто, мальчик, девочка?

– Без разницы. Я специально врачихе сказала, чтобы она мне не говорила. Пусть сюрприз будет. Но, чувствую, Денис победит. Тот ещё дятел. Совершенно неугомонный. Наверное, рыжие все такие. Я уже сейчас в ужасе: вырастет какой-нибудь «вождь краснокожих». Кстати, как там твоя Бинди? Я, как узнала, что ты женился на моей бывшей переводчице, чуть со стула от хохота не упала.

Дмитрий смутился:

– А что Бинди? Чем тебе не нравится Бинди?

Ирина рассмеялась:

– Да нет, извини, конечно. Мне-то что за дело? Главное, чтобы она тебе нравилась. Это же закон природы, мужчинам, особенно в среднем возрасте, нравятся молоденькие. И на каком она месяце, интересно? Кто будет, не спрашиваю, ясно и так, что девочка. Бинди только с виду податливая да скромница, мне ли её не знать?

Дмитрий преодолел, наконец, в себе и обиду и смущение, и вполне искренне поддержал предложенный Ириной добродушно-насмешливый тон.

– Ты ошибаешься, никакого брака у нас не было. Просто потёрлись немного вместе. Ну а когда я понял, что в ближайшие несколько лет моя подруга детьми обзаводиться не собирается, хочет «пожить немного для себя», на том мы и расстались. Других причин не было, девчонка она неплохая, хотя и не годится для работы в том сумасшедшем ритме, в каком я сейчас живу, и который с каждым месяцем только ускоряется.

– Ясно, – кивнула Ирина. – Так до сих пор и мотаешься из стороны в сторону?

– Так и мотаюсь, – с некоторой грустью кивнул Ваганов. – Всё жду, когда докарабкаюсь до вершины, а потом буду почивать на лаврах, но, чувствую, до этого времени ещё очень далеко. Беда в том, что я слишком поздно начал, да и напал на целину. Защитил докторскую, сейчас вот по Америке с курсом лекций прокатиться собираюсь.

Ирина удивилась:

– Как же так? Ты ведь не хотел?

– Да, было дело. Но попался хороший менеджер, меня поддерживает солидный университет. Я, кстати, и защищался в Америке. Просто так вышло быстрее, у меня там неожиданно появилась большая группа учеников. Собственно, ребята быстро учатся, через год вполне смогут меня заменить. Но так даже лучше. Я ведь говорил, что эти два мира очень разные, а на двух стульях я не собираюсь пытаться усидеть. Да и зачем, спрашивается? Я мог бы вообще из одной только Германии не вылезать, столько у меня там работы. Веду приёмы, читаю лекции, пишу статьи, книги. Но занимаюсь любимым делом, так что усталости практически не ощущаю. Кстати, с нетерпением жду выхода твоей книги, слышал, ты её закончила.

Ирина махнула рукой.

– Да, верно, вот только что толку? Слава богу, я вовремя, после нескольких неудачных попыток, поняла, что никто эту вещь не напечатает, и не стала унижаться, её засвечивать. Решила смирить гордыню и обратиться к одному человеку…

– Леониду Суханову, – моментально догадался Ваганов. – И как это конкретно проходило?

– Ну, конечно, нелегко было человеку переломить себя и содействовать изданию романа, в котором тебя, пусть под другим именем, называют убийцей, но он достаточно быстро сообразил, что помочь мне в тех условиях, которые на тот момент сложились, было единственной возможностью для него сделать так, чтобы я его простила. Обмен равноценный, почему бы и нет? Так что книга скоро выйдет, и довольно приличным тиражом. Поступило даже предложение продолжить наше сотрудничество с Денисом, но я отказалась: сопливые мелодрамы, сказочки всякого рода для дурнушек и разведёнок – это определённо не моё. Как я и ожидала, никто не настаивал. Денису быстро подобрали напарницу, а может, и целый гарем, так что он теперь в издательской обойме, как когда-то и мечтал. Ну а ещё наш Рыжик оставил о себе прекрасное воспоминание на память, о котором сам ничего не знает, и в тайну которого я не собираюсь его посвящать.

– Понятно, – кивнул Доктор Дима, – ну, «дети разных народов» – не скажешь, все русские. Получается, «дети разных мужчин». И что же ты собираешься делать дальше, после родов? Опять окнами заниматься?

Ирина помялась немного, затем всё-таки

решилась:

– Собственно, на эту тему, как раз, Димочка, милый, я и хотела с тобой поговорить. Когда-то давно ты предлагал мне отличный вариант стать твоей помощницей, а я сдуру отказалась. Предложение ещё в силе? Я, кстати, не теряла времени даром, с помощью Дениса вышла на третий уровень в немецком и английском языках, даже международные сертификаты имею. Павел тоже очень старался, в чём-то, пожалуй, и превосходит меня.

Ваганов с искренним сожалением отрицательно покачал головой:

– Ирэн, прости, но свято место долго не бывает пусто. У меня хорошо отлаженный конвейер, при моём положении нельзя иначе. Людей очень много задействовано, в самых разных странах, но не на постоянной основе, сейчас практика другая, в основном, на договорах.

Ирина улыбнулась:

– Ладно, я поняла. Не беда, что-нибудь придумаю.

– Не сомневаюсь в тебе, – оттаял Доктор Дима, видя, что Ирина так легко смирилась с отказом. – Кстати, мне давно пора на самолёт, едва успеваю по времени забежать в гостиницу.

– Счастливого полёта! – с трудом выдавила из себя очередную улыбку Ирина, а про себя подумала: «Да, Господи, как же всё-таки меняются люди. Вроде человек был, и неплохой, а сейчас просто важный, набитый индюк. Ничего, переживём как-нибудь».

ГЛАВА 3

Павел с любопытством посмотрел на мать:

– Ну и как? Мои сведения оказались верны? Ты виделась с дядей Димой?

– Да, было дело, – сухо ответила Ирина. – Спасибо тебе. Ты в самое «яблочко» угодил.

– И что, полный облом?

Ирина вздохнула:

– Полнее некуда. Ты уже пообедал?

– Нет, решил тебя подождать. Может, бабушке позвонишь, сообщишь результат, ждёт, наверное.

– Подождёт.

Павел поколебался немного, затем всё-таки решился спросить:

– Слушай, ма, может, ты преувеличиваешь? Неужели нельзя как-то по-другому решить этот вопрос? Есть ведь полиция, друзья какие-нибудь, неужели нас совсем некому защитить?

Ирине изрядно надоели подобные пустопорожние разговоры. «Ахов» и «охов» она и от родителей уже предостаточно наслушалась.

– Друзья? Вот один сразу в штаны наложил. Такие друзья у нас. Тебе кажется, что у мамы мания преследования? Но один раз я не поверила реальной угрозе, и, как результат – твой папа улетел на небеса. Полиция? С чем я сейчас пойду туда? С тем, что «мне кажется», «вроде бы», «будто»? Я хорошо знаю людей, которые взялись за нас, они от своего не отступят. А значит, в полицию мне придётся идти уже после того, как что-то с кем-то из нас случится. Я не могу себе такое позволить, не хочу ни кем рисковать. Ладно, хватит о грустном, пошли лучше обедать.

Павел кивнул:

– Хорошо. Кстати, я Вадима

Геннадьевича, наконец, пробил. Не ожидал даже. Там такие сложности: семь заборов, сто запоров. Вот только встретиться тебе с ним не удастся, он сейчас во Франции, в Париже, живёт.

Ирина насторожилась:

– И что мы имеем, конкретно?

– Да что угодно, даже номер мобильного телефона, – ухмыльнулся сын.

Ирина покачала головой укоризненно:

– Пашка, ты с ума сошёл? Опять взломал что-нибудь? Нас посадят с тобой. Причём, учти, сядем-то мы вместе, а «чалиться» врозь придётся.

– Но ты же сама говорила: «вопрос жизни и смерти». Я так и решил: лучше тюрьма, чем могила.

Аппетит сам собой улетучился. Ирина принялась мерить комнату большими шагами, пытаясь хоть как-то оживить застывшие мозги.

– Слушай, обедай один, – сказала она, наконец. – Я не могу сейчас, наверняка кусок в горло не полезет.

– Ладно, – пробурчал Павел немного обиженно, – я думал тебя порадовать. А ты, наоборот, как вижу, сопли распустила.

– Да рада я, рада, – раздражённо отмахнулась Ирина. – Только уже не верю никому. Просто, чисто автоматически версии отрабатываю. Иди уже! Только не обижайся. Я после разговора с этим индюком, который того и гляди лопнет от любования собственной личностью, никак в себя прийти не могу. Мир обрушился.

Мир обрушился. Ладно, потом об этом. Сначала надо элементарно позвонить. Но не Вадиму, конечно.

– Привет, Леонид! Это Ирина. Как там

дела с моей книгой? Есть какие-нибудь подвижки.

Суханов был бодр, настроен весьма благожелательно.

– Да, могу поздравить, Ирунчик, процесс пошёл, наконец. Ты уж извини, что так долго всё обговаривалось, сама понимаешь, третья вещь на одну и ту же тему… Но теперь дело только за тобой. Понимаешь, ребята не хотят рисковать: вложить огромные деньги в раскрутку, рекламу без стопроцентных гарантий получения хороших дивидендов, на это сейчас никто не пойдёт. Поэтому есть два варианта: либо ты подписываешь договор, как минимум, на пять, а лучше, на десять, лет, как было с мюзиклом, и получаешь гонорар либо единой суммой, и всё на том, либо по принципу роялти – то есть, сумма плюс проценты с продаж. Ёще можно продать права полностью, естественно, гонорар в таком случае будет гораздо больше, но, как я понимаю, на такое ты вряд ли согласишься? Так ты сейчас решишь или тебе надо дать время подумать?

– Подумать.

– Хорошо. Сколько это займет, конкретно? Пару дней достаточно?

– Вполне.

– Вот и ладушки, – обрадовался Леонид. – Я пойду с тобой, могу даже специального, по авторским правам, адвоката пригласить, чтобы тебя не обманули. Если тебя не устроит что-нибудь, скажешь сразу, обратимся в другое издательство, на этом свет клином не сошёлся. Так что, всё решили? Ты довольна?

– Более чем, – ответила Кулемзина.

После разговора с Сухановым, Ирина долго сидела на диване, тупо уставившись в одну точку. Итак, не преувеличивает ли она, и в самом деле, надвигающуюся опасность, не поддаётся ли излишней панике? И почему именно сейчас встрепенулась, ну и главное, конечно – к чему такая спешка?

«Что ж, проанализируем исходные данные ещё раз».

Марина… Действовала ли Гордеева сама по себе или её подослали, конкретность тут не имеет никакого значения. Марина – враг, безусловно. Идти против Сурдоленко для неё со всех сторон самоубийство, а вот вновь, как когда-то, войти в обойму к Герману, хвостом перед ним повилять, задницу ему полизать, да ещё пристегнуть к себе в пару никчёмно болтающегося Ярика – было бы очень неплохим выходом из того положения, в котором она сейчас оказалась. Во всех случаях первый камень уже покатился с горы, так что схода лавины осталось ждать недолго.

Суханов. Улыбчивый клоун был, есть и будет всегда верен себе. Потихоньку завлекает её в ловушку, остался лишь последний штришок. Теперь предельно ясно, что именно он ознакомил с содержанием её рукописи, прежде чем отнести её в издательство, всех недругов Ирины, приведя тем в действие бомбу, вот-вот готовую взорваться. Её прощение нужно ему, как рыбке зонтик. Как она могла предположить, что Леонид пойдёт против Сурдоленко и его команды? Он сам в этой команде, причём не последний там человек. Что означает продать на пять, а то и на десять, лет права на книгу издательству? Только то, что их незамедлительно перекупит Герман, и тогда, в течение обусловленного срока, он может пребывать в полной уверенности, что из столь опасного для него текста не будет опубликовано ни строчки.

Доктор Дима… Ирина всё ещё не могла прийти в себя от шока, который она испытала во время недавней встречи со своим несостоявшимся мужем. Такого от Ваганова она никак не ожидала. Всё, наоборот, представлялось ей в розовом свете. Взаимная любовь, замужество, счастливая супружеская жизнь. Работы непочатый край. Как раз то, что ей в прошлый раз уже предлагали, и от чего она не собиралась отказываться, просто тогда она была не свободна, ей нужно было выполнить задуманное, а теперь, наконец, приспел момент. Отчего же вдруг такой резкий поворот-разворот? Виноват Сурдоленко? Но где Сурдоленко, и где «Дмитрий

Артемьевич»? Уж больно разные у них весовые категории. Хотя… несомненно, с рукописью его тоже ознакомили. И значит, причина одна: боязнь хоть как-то навредить своей карьере, перекосить здание, которое Ваганов выстраивал столько времени и с таким упорством. Внимательно проанализировав положение, в котором находилась сейчас Ирина, «Димуля» посчитал, что она сыгранная карта, и может быть в его положении только тормозом, обузой, но никак не любимой женой и помощницей во всех его начинаниях и делах. А он никак не мог позволить себе каких-либо осложнений, скандалов вокруг своего имени. Лавры Зигмунда Фрейда явно не давали ему покоя, он считал, что не достиг и трети того, что ему ещё предстояло добиться.

Жаль, конечно, но самая большая беда

была в том, что у Ирины в загашнике ничего сверх перечисленного не оставалось. Она не могла уехать одна, и чего-то на чужбине потихоньку добиваться. Не было никаких сомнений в том, что, даже достигнув там, вдалеке, успеха (фантастический вариант), она вернулась бы на пепелище.

Вадим… Кто он ей? Давнишний, заклятый враг. Ну, разоткровенничались пару раз. Но были и мат-перемат, взаимная ненависть. Достаточно в архив электронной почты заглянуть, чтобы оживить самые сочные места в памяти. Но даже если (не менее фантастическое предположение) Вадим отнесётся к ней по-доброму, по-человечески, какую помощь он сможет ей оказать? Сам не захотел больше гнить на фирме Неволина, понять можно. Решил попытать счастья на чужбине, так как в

Москве поневоле пришлось бы войти в зону влияния Сурдоленко, тоже яснее некуда. После долгих мытарств (а как иначе?) повезло, зацепился, в итоге, да не где-нибудь, а в самом Париже. Пусть шестёркой, но в команде, не сам по себе, считай, невероятно повезло. Но даже если он решит сжалиться над ней, снизойти до неё, что он может сделать для её оравы? Вот тут уж точно ничего. И всё же… Больше ей обратиться не к кому – этот звонок последний.

Как ни странно, в мобильнике тут же послышался знакомый голос. Только, естественно, на французском:

– Bonjour, c'est Vadim. Je vous écoute. Qui est-ce?- Le numéro inconnu. (Добрый день, это Вадим. Слушаю Вас. Кто это? Незнакомый номер. – фр.)

– «Только французского мне не хватало», – подумала «бестолковая мама» и ринулась, как в пропасть: – Это я, Вадик, Ирина Кулемзина.

На том конце (в Париже) ошеломлённо замолчали.

«Ну всё, – подумала Ирина, – сейчас запиликает «отбой».

– Понятно, – ответил, наконец, Скорочкин. Естественно, без особого энтузиазма, но, по крайней мере, не задавал глупых вопросов вроде: «Ирина? Никак не ожидал!», «У тебя ко мне дело?», «Как ты нашла меня?», «Как там Катюша?» – Вопрос серьёзный?

– «Жизни и смерти».

– Значит, надолго. У тебя Интернет работает? Может, на Скайп перейдём?

– Хороший вариант, – согласилась Ирина.

Павел тут же подсуетился, хотя уж такой элементарщиной Ирина и сама в достаточной степени владела.

– Привет, – сказала она, наконец, в высветившееся на экране лицо Скорочкина. – Не знаю уж, день у вас или вечер.

– Разница три часа, – с улыбкой ответил Вадим. – Ты хорошо выглядишь.

Ирина покачала головой:

– Да, юмор у тебя всё тот же.

Сам Скорочкин выглядел прекрасно. На писке моды. Его было не узнать.

– Давай сразу к делу, у меня туго со временем, – сказал Вадим.

«Ещё один торопыжка», – с отчаянием подумала Ирина, понимая, что нужно предельно сосредоточиться, и ничего не скрывать.

– Врать не стану, Вадик, я в полном дерьме сейчас, земля горит под ногами. И всё из-за книги, которую я написала. Невинный, вроде бы, романчик в жанре «бумажных слёз», но мало того, что его издавать никто не хочет, но даже в рукописи он вызвал такой ажиотаж, что чертям тошно! И всё из-за того, что я, пусть в художественной форме, рассказала правду о том, как погибла Александра, разворошив тем змеиный клубок. Ответная реакция последовала незамедлительно: все мои враги объединились, чтобы стереть меня в порошок. И это не мания преследования. Тут и сорока на хвосте, небезызвестная тебе Марина Гордеева, новость грозную только что принесла, да и материнский инстинкт не даёт ни минуты на промедление, парализовал мозг совершенно. Причём положение до такой степени серьёзное, что мне не только самой нужно срочно бежать из России, но и детей, даже родителей, с собой увозить.

К долгой исповеди Ирины Скорочкин отнёсся предельно серьёзно, даже отключил смартфон, когда тот вдруг ожил мелодией «Счастье» из мюзикла «Ромео и Джульетта».

– А ты не преувеличиваешь? – спросил он, когда Кулемзина, наконец, закончила своё сбивчивое, эмоциональное повествование.

– Нет, – ответила та холодно, – повторю ещё раз, если бы речь шла обо мне одной, я бы так не паниковала, но удар можно ожидать в любой момент, с любой стороны, то есть, ни предсказать, ни предотвратить что-либо невозможно, я слишком уязвима.

– И то, что Саша не сам погиб, а его убили, ты точно знаешь? Я ведь первый раз слышу о такой версии тех трагических событий.

– Точнее некуда. Я специально, через

Дмитрия Ваганова, нанимала людей, они провели доскональное расследование. У меня на руках все документы.

Вадим на какое-то время задумался, затем наморщил лоб:

– Мне нужно два часа. Понимаешь, я не один, играю в команде, нужно посоветоваться. Не обижайся. Ровно два часа. Думаю, для начала мне хватит.

Ирина со вздохом кивнула. Ещё один трусишка-зайка серенький. «Я не один, играю в команде». Какое дело французской «команде» до российской дохленькой мышки? Наверняка своих забот хватает.

«Ну и Бог с ним!» – Ирина поплелась на кухню то ли обедать, то ли ужинать. Павел ждал её, некоторое время поглядывал на мать искоса, но так и не решился её думы потревожить. Помыл за собой посуду и ушёл в свою комнату.

Мысли, между тем, настойчиво бились в голове, как «птицы о стенку клетки». Кто остаётся? Тишбейн? Да, Гюнтер определённо преуспевает, но кто она, Ирина Кулемзина, ему теперь? Чем она может его заинтересовать? Продать права на мюзикл, уже не на десять лет, а на веки вечные? Могло бы быть достаточно для «толстопузика», но слишком мало для… Вилды. Такая ревность из самых глубин поднимется, что встанет новоявленная фрау, как кобра на хвосте.

И всё-таки, Гюнтер. Точнее, Вилда. Помощь можно просить только у неё. Конечно, есть риск потерять последних друзей, но что делать? Она же решила – отработать все версии, до единой. Чтобы не было потом «мучительно больно».

Из ступора её вывел звонок Ваганова.

– Ирина, прости меня, я, конечно, вёл себя по-скотски, но всё было так неожиданно. Что у тебя там стряслось, я так и не понял?

Ирина уже взяла себя в руки и спокойно ответила:

– Ничего особенного. Просто ищу работу, чувствую, что на окнах я ораву свою никак не смогу прокормить. Вспомнила твой вариант, обсчитала все плюсы и минусы, получилось, что в связи с изменившейся ситуацией он очень даже неплох. Но… кто не успел, тот опоздал, я к тебе не в претензии.

Дмитрий был очень внимателен, выверял практически каждое своё слово.

– Я тут подумал – эмоции эмоциями, но ведь за год ничего не изменилось. Мне по-прежнему нужна надёжная помощница, образно говоря, правая рука, и лучшей кандидатуры мне не найти, особенно, если учесть, что ты теперь можешь свободно изъясняться, без переводчика, с моими издателями и читателями. Да и чувства мои к тебе не потускнели от времени, так что моё предложение насчёт замужества остаётся в силе. Я перенёс свой рейс на завтрашнее утро, может, мне приехать сейчас к тебе и более подробно на эту тему поговорить?

– Нет необходимости, – мягко ответила Ирина, – Считай, я на всё согласна. Ну а что касается утреннего недоразумения, я же не дура. Просто я сейчас, действительно, вся в переговорах по изданию своей книги, нервы на пределе, не хотелось бы отвлекаться, надо как можно быстрее завершить этот процесс, чтобы в самое ближайшее время приступить уже к своим новым обязанностям, коли ты сменил гнев на милость и предлагаешь мне такую шикарную должность. Вот только то, что детей теперь будет трое, тебя не пугает?

– Нисколько. Я во всём тебя понимаю. Даже насчёт книги. Затратить столько усилий, пожертвовать работой, практически всеми своими деньгами и остаться при этом всего лишь бывшей женой Александры Кулемзиной – чрезвычайно обидно. Книга, если её хорошо раскрутить, другое дело. Ты станешь известной, и это уже навсегда. Извини, что я не понимал тебя прежде. Ладно, коли так, жду тебя с нетерпением, держи меня в курсе событий. Отбой.

– До скорой встречи, Димуля! Я так соскучилась по тебе, ты даже представить себе не можешь.

Понятно. Выходит, её положение ещё хуже, чем она полагала. То есть, «коалиция» не просто предоставила Ваганову возможность ознакомиться с содержанием злополучной рукописи, но даже до сих пор поддерживает с ним связь. «Книга, если её раскрутить, другое дело». Теперь Доктор Дима вполне может позволить себе так сказать, не случайно он позвонил ей практически сразу после её разговора с Леонидом. Получается, что всё это время он вёл за её спиной переговоры. Теперь, когда точно известно, что «окаянный» роман никогда не выйдет в свет, все могут быть совершенно спокойны. А для себя он выторговал то, что он увезёт Ирину с детьми из России, и их навсегда оставят в покое.

Ладно, и что в итоге? На Москве свет клином не сошёлся. Затаиться в какой-нибудь глубинке или вообще улететь на край света, к примеру, на Дальний Восток? Те же похороны, но несколько по-другому обставленные: без денег, без связей, обречь и себя, и детей своих на прозябание и безвестность. Родители, наоборот, будут только рады. Всё-таки не чужеземщина, останутся на родине.

Пожалуй, единственный вариант. Вопрос лишь в том, уложится ли она во времени? Если продавать срочно квартиру, дачу, не выручишь и две трети реальной стоимости, а то и на половину суммы придётся согласиться. Ничего, потянем время. Уехать можно всем сразу, а среди риелторов у неё кое-какие ребята надёжные остались, без лишней спешки сделают всё, как надо, не подведут. И здесь нужно в первую очередь с родителями поговорить, может, какие-нибудь родственники, знакомые где-то у них остались, о которых она не знает, а нет, пусть решат сами, где они хотели бы жить.

ГЛАВА 4

Запиликал Скайп. Ирина навела курсор и щёлкнула клавишей. На мониторе тут же возникло хмурое, немного даже угрюмое, лицо Вадима.

– Ну что, ты готова? – с места в карьер начал он. – Разговор долгий предстоит, как у тебя со временем, в достатке?

– Более чем, – так же хмуро ответила ему Ирина. – Вот только, если не возражаешь, я Павла позову. Он у меня теперь заместитель по всем семейным вопросам, в том числе и по части технического обеспечения. Вдруг какой-нибудь сбой произойдёт.

Вадим засомневался:

– Не рано ли? Ребёнок всё-таки.

Ирина пожала плечами.

– Рано. Но никаких других вариантов у меня нет.

– Ладно, давай.

Ирина сходила за сыном. Павел подчинился беспрекословно. С улыбкой до ушей приветливо помахал в экран рукой дяде Вадиму. Тот с трудом выдавил из себя улыбку в ответ.

– Ладно, слушай. Сразу, буквально на следующий день после презентации, я задумался: вряд ли судьба предоставит мне другой подобный шанс, ничего не останется, как гнить до пенсии на фирме Неволина. Взял расчёт, схватился и покатился. Покрутился для начала в Германии, даже с Тишбейном встречался, но там у меня ничего не выгорело. Рванул в Париж, хотя французским, в отличие от немецкого и английского, до сих пор не слишком хорошо владею. Сориентировала меня Вилда, она посоветовала мне заняться одеждой, аксессуарами для трансов. После долгих поисков устроился в русский отдел одной фирмы, занимающейся поставкой товаров для модных бутиков, в том числе и в Москву. Так получилось, что на одной презентации, мы и встретились с Жан-Люком. Он, как увидел меня, буквально задрожал, не отпускал весь вечер. Я удивился: деньги, связи у человека, а он помешался на том, чтобы стать транссексуалкой. Зачитал до дыр «Ночи с Пантерой», ну и, конечно, нашу общую с Сашей книгу. Расспросы, расспросы. На том мы и сошлись. Довольно быстро я понял, что он (редкий случай) на самом деле трансгендер, то есть, «в чуждом теле», но я отговаривал его, как мог от Перехода, пример Саши слишком явственно стоял у меня перед глазами. И в то же время я был потрясён, насколько этот богатый, влиятельный человек несчастен. Он окружил меня такой заботой, вниманием, ухватился за меня, как за спасительную соломинку. Предложил руку, сердце, долю в бизнесе, усыновить или удочерить ребёнка, даже не одного. Вот так неожиданно, с легкой руки нашего нового душки-президента, разрешившего подобный бедлам, я стал гомосексуалистом, то есть «педрилой», как ты нас называешь. То есть, пал окончательно. Презираешь меня?

– Нет, – покачала головой Ирина. – Ты ведь сделал это не из-за денег?

– Нет, конечно, – на глазах у Вадима появились слёзы. – Могу выслать тебе ролик о нашей свадьбе, было фантастически здорово. Однако к делу. Как ты уже поняла, ты, сама того не ожидая, в своей патовой ситуации обратилась как раз по адресу: я в состоянии решить все твои проблемы. Буквально, как добрый фей. Но жизнь – не сказка, Жан-Люк поставил одно условие, на которое ты никогда не согласишься.

Ирина не выдержала, разрыдалась.

– Я уже догадалась. Отдать вам Катеньку.

Вадим смутился, покраснел.

– Ну, ты понимаешь…

– Понимаю. Зачем вам искать ребёнка на стороне, когда у тебя собственная дочь имеется. Ладно, можешь передать своему другу, что я согласна.

Вадим удивлённо взмахнул своими знаменитыми ресницами. Очков (не менее знаменитых) на нём уже не было, по всей вероятности, на линзы перешёл.

– Ты хорошо подумала? – спросил он ошарашенно. – Конечно, ты будешь видеться с дочерью столько, сколько захочешь, можешь вообще быть при ней гувернанткой…

– Вадим, пощади, – сухо ответила Ирина.

– Не сыпь мне соль на рану. Ты же знаешь, я деловая женщина, на попятный не пойду.

– Ладно, – кивнул Вадим. – Тогда всё предельно просто. Как у вас с загранпаспортами?

– У всех в наличии, копии я тебе хоть сейчас могу выслать.

– Тогда вообще нет проблем. Завтра к вам подъедет охранник, он будет сопровождать вас потом постоянно, до самого Парижа. Аэропорт, частный самолёт, пока что вы вылетаете в Турцию. Отдохнете там, как следует, за это время мы сделаем вам виды на жительство, рабочие визы. Ну а дальше всё согласно вашим пожеланиям.

– Есть ещё один вопрос: я беременна. Переманила воспитательницу из элитного детского садика. Если она согласится, можно ей поехать с нами?

– Да, конечно, думаю, Жан-Люк не будет

возражать. Нам всё равно без помощи не обойтись. Как зовут?

– Даша.

– А, ну это та, которую я уговорил помочь тебе на презентации. Могла бы так сразу и сказать.

ГЛАВА 5

– Катенька уснула, я могу идти, Ирина Алексеевна? – спросила Даша, встав в проёме двери.

– Присядь на секунду, – попросила Кулемзина. – Ты как, тайны хранить умеешь, могу я рассчитывать на тебя?

Даша побледнела, примостилась на краешке дивана.

– Что случилось? Я потеряла работу?

Ирина кивнула со вздохом:

– Да, ты уж извини, я сорвала тебя в прошлый раз с тёпленького местечка, но форс-мажор есть форс-мажор. Мы все уезжаем: я, Павел, Катерина. Конечно, я могла бы предложить тебе поехать с нами, но понимаю: родители, бойфренд.

– Неожиданно, очень неожиданно, – сокрушённо пробормотала девушка.

– Да ты не беспокойся, – Ирина пододвинула к себе поближе ноутбук, - расчёт с тобой будет произведён по всем правилам: заработок, выходное пособие, компенсация за потерянное из-за моей проклятой недальновидности место, и даже отдельная плата за конфиденциальность. Неплохой кусочек должен получиться.

– И когда? – всё тем же дрожащим голосом спросила Даша.

– Можно даже сейчас, это не займёт много времени.

– Нет, я в смысле, когда вы уезжаете?

– Первая тайна. Завтра. В принципе, мы можем дать тебе немного времени на раздумье, перешлём документы, ты потом прилетишь одна. Но долго ждать мы не сможем, срок беременности, как ты знаешь, у меня приличный, а Катерина не должна ни на день оставаться без присмотра.

– Так, а куда? – уточнила Даша.

– Вторая тайна, – вздохнула Ирина. Она была вся в напряжении, как натянутая струна. Таких секретов знать никому не следовало, настолько ли она уверена в практически незнакомом ей человеке? – Франция, Париж. Там живёт небезызвестный тебе Вадим Скорочкин, отец Катеньки, к нему мы и улетаем.

Даша улыбнулась, оживилась.

– Ирина Алексеевна, что я слышу? Вы выходите замуж? Так бы сразу и сказали! От всей души поздравляю!

– Третья тайна, – раздражённо ответила Кулемзина. – Но, так и быть, отвечу: Вадим уже женат. И четвёртое: Катю у меня забирают. Так что ухаживать тебе придётся, в основном, за Рыжим Конопатым, неизвестного пола существом, которое вот-вот должно появиться на свет божий. Хотя, не исключено, что первое время, а может, и насовсем, ты останешься с Катей. В принципе, если будет желание, можешь даже перейти впоследствии и на другую работу, карьерный рост в данном случае – не проблема.

– Я согласна, – неожиданно ответила Даша.

Ирина удивилась.

– Ну а как же бойфренд?

– Не о чем особо жалеть. Так себе, ни рыба, ни мясо.

– Родители?

– Я уже взрослая, мне не пятнадцать лет.

– Хорошо, – Ирина приняла обычный для неё деловой вид, – в течение какого срока ты сможешь выправить загранпаспорт?

– Он у меня уже есть. Я прошлой зимой отдыхала в Египте.

Ирина откинулась в кресле. Неужели и здесь везение?

– Завтра сможешь улететь вместе с нами?

– Не вопрос.

– Отлично, только знай, когда будешь собирать чемодан, сначала нам предстоит отдых в Турции.

– Вообще сказка!

– Ладно, считай тогда, что мы обо всём договорились. Тотчас, как придёшь домой, вышлешь ксерокс паспорта и все данные.

Ирина даже не ожидала такой удачи.

Лишь звонок Марины немного подпортил ей настроение.

– Какие новости? – спросила та с интересом.

«Да, ну и нюх у этой сучки!» – в очередной раз поразилась Ирина интуитивным способностям своей вроде как самой закадычной подружки, и бодрым голосом отрапортовала: – Есть вариант, но сразу скажу – я сама по нему уже определилась, так что с решением не задерживайся. Навороченный бутик для богатеньких. В районе Манежной площади. Завтра вечером у меня встреча с хозяином.

– Допустим, – ошарашенно спросила Гордеева. – И кто мы в нём?

– Я заведующая, ты, если на полную ставку, моя заместительница, если по совместительству – бухгалтер. Место не раскрученное, начинаем буквально с нуля.

Если получится, есть возможности карьерного роста. Более подробно могу рассказать завтра поздно вечером, либо утром, послезавтра, чтобы твоих домочадцев не будить.

Марина некоторое время помолчала, но, как видно, клюнула.

– Ты думаешь, я справлюсь?

– А я? – сухо ответила вопросом на вопрос Ирина. – Это ведь не окна втюхивать. Сплошной эксклюзив. Предыдущая команда разорилась.

Марина вздохнула:

– Ладно, я поняла.

Пришла копия паспорта от Даши, Ирина тут же загрузила все данные в электронную почту. Через некоторое время вновь засигналил Скайп.

– Всё получил, – радостно улыбнулся

Вадим. – Кстати, я так жалел, что не решился попросить тебя Катьку мне показать. Сейчас спит уже, наверное?

– Да, разумеется, – ответила Ирина. – Но я тебе сейчас целый фотоальбом загружу. Любуйся, сколько хочешь.

Вадим помялся.

– Слушай, такой разговор явно не ко времени, понимаю, лучше бы на месте о подобных вещах поговорить, но у меня нервы в разброде, не могу удержаться. Скажи, ты окончательно решила не связываться с Сурдоленко и его компанией?

Ирина уже поняла, что Скорочкин имеет в виду.

– Вадик, что ты от меня хочешь? Я женщина. Всё, что могла, я сделала. Даже любимого человека из-за своей строптивости потеряла. Так что спасибо тебе за помощь, ты буквально вытаскиваешь нас из болота.

Гордеева опять звонила, я врала ей, как только могла, но нет никаких сомнений, что послезавтра она к Герману рысью побежит.

– Понятно, – кивнул Вадим, – я боюсь только Жан-Люка. Он меня не поймёт и не одобрит, но… зря Сурдоленко думает, что я когда-нибудь прощу ему смерть Саши. Я знаю, ты мне не союзник, но у тебя наверняка были какие-то намётки, прежде чем ты смирила свою гордыню? Как, не поделишься?

Ирина вздохнула:

– Первый совет – противник тебе явно не по зубам. Отступись от него. Проникнись тем, что он сильнее, как это сделала я. Далее: у каждого человека есть слабое место – свой первоначальный капитал сколачивать Герман начал со съемок порнографических фильмов, с несовершеннолетними в том числе. Конечно, следы здесь надёжно заметены, но раскопать что-то всегда можно. Третье: в любой коалиции есть слабое звено. В данном случае я имею в виду Леонида Суханова. Он по-прежнему гол, как сокол, за любой заработок хватается. И, наконец, Даша. Она не сможет обойтись без России, будет регулярно сюда приезжать, так что и информацию сможет поставлять тебе в полном объёме, и любые твои поручения выполнять.

– Ладно, понял, закругляюсь. До завтра.

«И что же ты понял, Аника-воин? – с горькой усмешкой подумала Ирина. – Ни-че-го».

ГЛАВА 6

Ирина старалась, по возможности, не вылезать днём на солнце, старательно пряталась в тени. Но и в номере сидеть не хотелось. Вот и сейчас она смотрела, с каким удовольствием Даша резвится с Катериной, Павлом, как благоговейно, держась за руки, прогуливаются по берегу моря её родители, и периодически морщилась, когда Рыжий Конопатый толкал её изнутри. Секрета больше не было, стоило только ей появиться на пляже, как какой-то турист, немец-гинеколог, любовно провел ладонью по её животу и одобрительно улыбнулся: «Guter Junge». Господи, сколько она просила врачей, чтобы они не говорили ей пол ребёнка, а тут один наметанный взгляд… и точно в «яблочко». Ирина тут же отправилась к себе в номер, достала последний по времени снимок УЗИ, сомнений никаких не было.

Имя? Ну не Денис же? Пусть будет что-то среднее, к примеру, Жан-Люк. Надо же к своему спасителю хоть как-то подлизаться? Но необходимо обязательно сделать так, чтобы малыш родился во Франции, а стало быть, поскорее убраться отсюда.

Что ждало её в будущем? Одни только надежды, и ничего конкретного. Удастся ли ей, к примеру, уговорить Вадима отказаться бодаться с Сурдоленко? И как он, интересно, собирается делать это из Парижа? Не хотелось бы его потерять.

Насколько прочен союз Вадима и Жан-Люка? С кем останется при их разводе, если он вдруг произойдёт, Катенька?

Конечно, там, в Париже, Герману до неё никак не дотянуться, руки коротки, но сможет ли она достаточно быстро выучить, буквально с нуля, незнакомый ей язык?

Крепко закрепиться на новой работе?

Ох, как не хотелось бы «работать на дядю», даже французского, а организовать свой собственный бизнес!

Возможно ли вообще для неё прокормить ораву, которую она везёт с собой?

Ещё этот кризис идиотский.

И, о, Господи, очень и очень для неё важное! «Не нужен мне берег турецкий…», и Франция мне не нужна. Сможет ли она когда-нибудь вернуться обратно в Россию?

Что говорить о самой, что ни на есть, несбыточной её мечте: «Однажды я встречу…».

Пока стопроцентно невозможно, да и не секрет, что на Западе сейчас больше в моде гражданские браки. Что уж точно не для неё, пусть подотрутся ими.

Как бы то ни было, козырей совсем нет в колоде, только двое мальчишек и дочка на хребте.

«Ладно, как-нибудь будем выкарабкиваться потихоньку».

«И всё-таки, Господи, всё-таки, неужели самое лучшее для меня в прошлом, позади?»

«Нет, нет, не хочу этого!»

Но что она могла сделать? Жизнь не переломить.

Ирина задремала, и в легкой дреме этой ощутила вдруг в себе неожиданную перемену. Серая мышка жалобно пискнула и заметалась отчаянно по сумеречному от сна, сознанию. Ирина с удивлением увидела, как вырастают когти на её руках, да и ладони превращаются постепенно в сильные, чёрные лапы. Спина изогнулась, голова превратилась в морду, а рот в пасть. Ирина осторожно оглянулась вокруг себя, но никто даже не заметил произошедшей в ней перемены.

Она вскочила, несколькими резкими

движениями стряхнула с себя песок, потом прошлась несколько раз туда и обратно вдоль кромки воды. Нет, рано радуетесь, «друзья мои», «никто не забыт, и ничто не забыто». Да, атавизм, конечно, нужно уметь прощать, проявить благородство. Но не получится. Даже с тремя детьми на руках, даже слабой женщине против своры злобных, брызгающих слюной, псов. Всё нормально, главное она сделала – написала свою книгу. Так что её действия за последнее время вовсе не носили характер трусости, как раз наоборот, она была настроена на то, чтобы по полной программе отомстить за своего бывшего мужа. Всё строилось по плану, который она только что, наконец, осознала: сначала раскрутить на полную мощность роман, затем в интервью, если они будут, вроде как нечаянно обмолвиться о том, что сюжет построен на реальных событиях, с реальными прототипами основных персонажей. Ну а затем, уже в связке с Вадимом, настанет время предпринять и куда более серьёзные, конкретные действия.

«Не знаю, Саша, поймёшь ли ты меня, но я не могу поступить иначе».

ГЛАВА 7

Вилда покачала головой, видна была каждая морщинка на её лице, Скайп работал прекрасно.

– Ладно, давай по порядку. То, что тебя обложили со всех сторон, и положение твоё незавидное – не паранойя, но ты сама во всём виновата. Жаль, я не знаю русский, но Гюнтер прочитал твой роман, мнения самые восторженные. Однако в твоей ситуации это минус, а не плюс. Приютить всех вас, сделать вам визы… Почему ты обратилась через голову? Ко мне, а не к Гюнтеру?

Ирина весело расхохоталась, прежней паники уже не было, она была полностью уверена в себе.

– Зачем? Чтобы вызвать совершенно необоснованную ревность? Или ты теперь чистый ангел?

– Поняла. Кстати, каким образом ты так быстро освоилась в немецком? Ещё совсем недавно двух слов связать не могла.

Ирина погладила ласково свой огромный животик и красноречиво постучала по нему пальчиком:

– Не только в немецком. Ещё и в английском. Просто нашёлся хороший учитель. Ну а конкретнее… Понятия не имею. Как-то всё само собой усваивалось.

Вилда, наконец, оттаяла, охотно

рассмеялась незатейливой шутке.

– Ладно, давай по делу. Ты упомянула, что сначала вела переговоры с Вадимом, и довольно успешно, почему же к нам переметнулась?

Ирина вздохнула:

– Там поставили условием отдать им Катерину. Мне сложно решиться. Но если ты откажешь…

– Не торопись, – усмехнулась Вилда. – Мы с тобой ещё не договорили. Ситуация, действительно, патовая. Россия занимает, конечно, не очень большое место в нашем бизнесе, и тем не менее… По сути, ты вынуждаешь сейчас нас с Гюнтером сделать выбор: либо ты, либо Сурдоленко. Так вот, как ни покажется странным, мы выбрали тебя. Но, конечно, если ты согласишься на некоторые наши условия.

– Какие именно? – насторожилась Ирина.

– Во-первых, нам удалось подловить небезызвестного тебе Ярослава. Он сейчас полностью переключился на музыкальный шоу-бизнес, собирается купить пай в продюсерском центре, ну и продал по этому случаю на веки вечные свою часть прав на ваш мюзикл. Речь теперь идёт, соответственно, о твоей части. Ну и, конечно, книга. Переводы, раскрутка, одной тебе всё равно канитель с нею не потянуть. Так что порадую: мы готовы купить у тебя права на неё на любой срок и на любых условиях. Плюс «Ночи с Пантерой», наследник здесь ведь, насколько я понимаю, тоже Павел, твой сын? И, я думаю, с твоим опытом, пора тебе подумать о создании нового музыкального детища. Я не имею в виду пьесу, тексты, музыку, нужна идея, и твоё деятельное участие. То есть, мы решаем все твои проблемы, в том числе обеспечиваем тебя жильём, работой, оформляем все документы, но за это обдираем, как липку. Ты уж извини нас, акул капитализма, но дружба дружбой, а денежки врозь.

– У нас говорят: «табачок»… – хмуро откликнулась Ирина.

– Не поняла, – недоумённо переспросила Вилда. – Что есть «табачок»?

– «Табачок врозь». – Ирина вновь ощутила, как у неё вырастают когти на ладонях. – Хорошо, я согласна. Последний вопрос: как насчёт моей гувернантки?

– Нет проблем, – рассмеялась Вилда и тоже, не менее красноречиво, постучала пальчиком по своему животику. – Не ты одна у нас шустрая. Я от квалифицированной помощи тоже не отказалась бы. Как у неё с языком?

– Подтянем. Смышлёная девочка.

– Ну, тогда совсем всё в порядке. Отбой.

Скорочкин покачал головой:

– Да, подвела ты меня, Ирэн. А ещё говорила: деловая женщина. Не знаю даже, как я буду теперь объясняться с Жан-Люком.

– Легко. Если вы расстанетесь, мне кажется, ты десять раз перекрестишься. Не знаю, какое у других мнение, но мне кажется, что ты вляпался здесь куда похлеще, чем я. Во всех случаях, с Катериной ты можешь хоть завтра начать оформлять все необходимые документы, общаться с ней сколько угодно, участвовать в её воспитании, образовании. Я думаю, из тебя получится неплохой отец.

– Ого! – оживлённо откликнулся Скорочкин. – Значит, ты не возражаешь, что я буду платить алименты своей дочери?

– Наоборот, буду тебе очень

признательна, мне сейчас каждый евроцентик дорог. И ещё, я всё-таки решила с тобой объединиться. Конечно, двое против пятерых – маловато войско, но защита не нападение, будем надеяться, что наши недруги в своей злобе сами себя и утопят. Однако ничего не предпринимай без согласования со мной.

Вадим обрадовался:

– Устраивает такая тактика. А насчёт Жан-Люка… конечно, ты права. Я поздновато понял, в какую попал ловушку, но нужны деньги, связи, гражданство, придётся потерпеть. И ещё: мне почему-то кажется, что рано или поздно мы обязательно с тобой поженимся. Просто пока ещё не созрели для этого.

Ирина не ответила ни «да», ни «нет», благоразумно промолчала.

НОЧИ С ПАНТЕРОЙ

История одного предательства и одной любви

(приквел романа «Багира»)

повесть

не издавалось на родине автора

Не делайте этого. Вот мой совет. Это – самая ужасная, самая дорогая, самая болезненная, самая разрушительная вещь из всех существующих.

После смены пола станет ещё хуже. Проблем прибавится. Вы потеряете контроль над большинством аспектов своей жизни, станете человеком второго сорта. Не делайте этого.

Дискриминация, нетерпимость и насилие, которых обычно так страшатся транссексуалы – не самые опасные вещи, которые могут поджидать вас во время «перехода».

Дени Бантен Берри (1949 – 1998 г. г.)

ЧАСТЬ ПЕРВАЯ. ЖЕНЩИНА БЕЗОРУЖНАЯ

ГЛАВА 1. ДУХОВНОЕ ГЕТТО

Мы вновь, дружно держась за руки, выходим на поклон. Я – прима. Думаю, вряд ли вы способны представить себе, сколько времени я шла к этому, не зная ни сна, ни отдыха, однако, несмотря на все затраченные мной усилия, нет никакой гарантии, что завтра я не скачусь в подтанцовку, а то и вообще окажусь выброшенной за ворота.

Я не вглядываюсь в публику. Что я испытываю? Чувство усталости, облегчения, страха, но никак не восторга. Хотя зал рукоплещет, и у моих ног пусть и не море, но вполне достаточное количество букетов цветов.

Сегодня был хороший зал. Я не

разглядываю его, когда работаю, просто чувствую, лишь немного сдвигая, время от времени, усилием воли, накал страстей из одной стороны в другую, чтобы попасть точно в цель.

Бывают, конечно, очень тяжелые моменты, когда я напрягаю все силы, но ничего не могу сделать против царящего за столиками и на танцполе равнодушия и даже всё более нарастающей враждебности. Я понимаю причины, но они зависят не от меня. Обычно к нам приходят люди, которые знают, куда и зачем они идут. Их не отпугивают, а наоборот, лишь привлекают, установившиеся в нашем клубе запредельные цены, куда сложнее, когда от нас ждут экзотику, феерию, как в каком-нибудь цирке-шапито.

Корпоративщики, просто случайно забредшие люди, которых упустил, не отсеял фейс-контроль. Зал во всех случаях должен быть полон, остальное – моя работа. Конечно, не только моя, но целого коллектива (нескольких десятков людей), состав которого довольно разношёрстен, как по сущностям, так и отношению к тому, что мы все делаем вместе. Однако если выбирать между профессионалами и единомышленниками, я считаю бессмысленной саму постановку вопроса.

Враги в зале, враги вокруг меня. Далеко не случайно я остановилась на столь странном псевдониме: Багира, что в переводе с хинди означает леопард, просто такой в один прекрасный момент увидели меня мои фанаты, поклонники (а их хватает), а за ними и зрители. Я не стала возражать. Наоборот, постаралась максимально вжиться в предложенный мне сценический образ.

Сама себя я называю просто Пантерой, что в переводе с греческого означает «высший зверь», перечитала кучу литературы об этих хищниках, пересмотрела множество фильмов. И нашла много странного. Далеко не каждый, к примеру, знает, что пантер, как таковых (то есть, отдельного вида животных), в природе не существует. Нас, собственно, четверо: Пантера тигрис – всего лишь тигр, Пантера лео – лев, Пантера пардус – леопард, Пантера онка – ягуар. В обиходе чаще всего пантерами называют леопардов, а также схожих с ними барсов и ягуаров. Вся разница в том, что мы чёрные, явление, называемое в природе меланизм.

Причём, что самое смешное: Багира из «Книги джунглей» Редьярда Киплинга, собственно, Багир, то есть самец, однако в русском переводе он почему-то стал самкой.

Этот кульбит не только извращает во многом смысл произведения великого классика, но и создает мне дополнительные трудности в работе, поскольку в зале наряду с моими соотечественниками постоянно присутствуют иностранцы, и как результат, те и другие воспринимают меня по-разному, по-своему. Все это, естественно, приходится учитывать, закладывать в работу со сценаристами, стилистами. Однако я чуть-чуть отвлеклась в сторону.

Итак, «враги в зале, враги вокруг меня»…

Они принципиально разные. Враги передо мной – враги моей сущности. Им наплевать, что я думаю, чувствую, даже, что я умею, делаю. Для них важно лишь то, что я транссексуалка, некое насекомое, присвоившее себе право называться женщиной. Может показаться странным, но именно среди женщин здесь у меня больше всего врагов.

Враги вокруг меня – в основном, завистники. Наверное, так обстоит везде в творческом мире, но мне почему-то кажется, что в среде травести эти чувства особенно обострены. Вот так я и существую – в атмосфере незатухающей ненависти, и я должна, просто обязана, быть хищницей, в другом качестве выжить мне совершенно невозможно.

О чём я ещё забыла упомянуть? О страхе. Уйти домой не одной. Каждый посетитель вправе заказать особое меню, которое нигде не афишируется, но, тем не менее, достаточно хорошо известно среди завсегдатаев: «На голубом глазу». Счёт там идёт на часы, и цены на каждого из нас, артистов, разные.

Полное рабство – перспектива, которая любого может напугать. Ограничения только два: общение может проходить лишь один на один, и «раба» обязательно нужно вернуть к началу следующего представления в том же костюме. Всё остальное… Лучше я промолчу, предоставляю вам возможность включить своё воображение.

Вот сидите вы, скажем, в зале, на сцене оглушительная музыка, огромные экраны, мечущиеся из стороны в стороны лучи прожекторов, на участниках умопомрачительные костюмы, бумажник у вас до отказа набит деньгами, и в голову вам неожиданно приходит какая-нибудь совершенно бредовая идея…

Для нас самих есть лишь одно ограничение: никогда и никому не рассказывать, что с нами было. Гонорар делится поровну с администрацией.

Бесовские деньги, конечно, но, коли уж правила игры изменить невозможно, в незавидном нашем положении – неплохое подспорье.

ГЛАВА 2. МОЯ ПРЕЖНЯЯ ЖИЗНЬ

Я не хочу вспоминать свою прежнюю жизнь. Естественно, она была у меня и, упрятанная сейчас в самые глубины моего сознания, оказывает и будет оказывать до конца дней моих влияние на мою личность. Но я воспринимаю её отныне чисто генетически.

Конечно, странно чувствуешь себя, впервые сталкиваясь с реалией в тридцать с небольшим лет, но что делать с неожиданным подарком Бога, Судьбы, Человека? Отвергнуть его?

Первая моя попытка закончилась Уходом. Ввиду моей полной несостоятельности, и усугубившей её невозможности примириться с неожиданно возникшей пустотой, буквально дырой, в окружающем меня мире. Что же было делать потом? Отказаться от второй?

Походы по чиновникам, психиатрам, стилистам, ну а самое главное – деньги, деньги, деньги. В моём положении нереально было их заработать, я обивала пороги спонсоров, соответствующих организаций поддержки, просто богатых людей. Стыд, гордость – всё было отброшено за ненадобностью, но всё было реально, понятно, и лишь добившись своего, я ощутила шок.

Обычно люди решаются на Переход (Transition) из-за того, что они находятся в «чужом теле» и не хотят оставаться в нём до конца своих дней. Собственно, нет ничего удивительного в том, что Природа иногда ошибается, даёт сбои, преподнося нам те или иные сюрпризы. Наши родители рассчитывали, зачиная нас, что мы сможем прожить до ста лет, и вдруг обнаруживается, что у нас порок сердца; или мы слепы, глухи, немы; или наше постоянное пристанище – инвалидная коляска. Точно так же бывает, когда на вид мы совершенно здоровы, но рождаемся мужчинами, а на самом деле мы – женщины, и наоборот. То есть, рождаемся не просто в «чужом», а даже чуждом нам теле. Что делать в таких случаях? Каждый эту проблему решает сам.

Да, каждый из нас по-своему приходит в тот мир, о котором я хочу рассказать вам, но у меня нет никакого желания повторяться и перепевать то, что вы и без меня легко можете узнать в любом поисковике.

Мой случай особый, он не подходит ни под какие стандарты, однако что это изменило? Я попалась в ту же ловушку, что и все остальные. «Переход» (Transition) казался мне узким и прямым коридором, а цель виделась близкой, как никогда, но я попала в итоге совсем в другой мир, не имеющий ничего общего с тем, о котором я так страстно мечтала. Наверное, так и положено, чтобы наши представления о той, другой, стороне Добра и Зла, не совпадали с тем, что нам предстоит увидеть на самом деле, но легче от осознания этого мне не стало.

ГЛАВА 3. ПУТЬ, КОТОРЫЙ УБИВАЕТ

«Не делайте этого».

Но коли уж вы решились ступить на этот путь, знайте, хоть на нём и нет дороги назад, и вы не можете вернуться, на любом отрезке его вы ещё можете остановиться.

Остаться.

Пансексуалом.

Из всех существующих видов сексуальной ориентации пансексуальная психосексуальность, то есть, предпочтение на психологическом уровне людей определённого пола, без обязательного гендерного влечения к ним, является, пожалуй, самой невинной. Никто не вправе вас осудить за неё. Иногда такие пристрастия формируются или проявляются ещё с детства. Я припоминаю свою первую любовь – девчонку, которую так и называли в нашем дворе – «мальчишницей», за то, что она терпеть не могла представительниц своего пола и всё время проводила среди нас, пацанов. Потом она, правда, влюбилась и преобразилась в одночасье, но бывает, что такое либо остаётся на всю жизнь, либо может возникнуть или проявиться на любом её отрезке: измена со стороны жены (мужа), развод с нею (с ним) – ненависть выхлёстывается в таких случаях очень широко, принимая порой характер временного или устойчивого жено– (муже-) ненавистничества. И это уже в какой-то степени отклонение от нормы, по меньшей мере, пограничное состояние.

Да мало ли что в жизни бывает?

Трансвеститом.

Переодевания, кратковременные перевоплощения в лиц противоположного пола с давних пор очень распространены. Они присутствуют в фантазийных играх супругов, любовников, кого-то забавляют, кого-то возбуждают. Хорошо вплетаются канвой в сюжеты книг, фильмов. Порой даже становятся манией или образом жизни, но такие вещи, как правило, не осуждаются обществом, оно относится к ним в достаточной степени снисходительно.

Гомосексуалом.

Бисексуалом.

Шимейлом.

Интерсексуалом.

Но я эти темы пропущу. Дабы, опять же, не отвлекаться.

«Не делайте этого».

Но уж если выбор всё-таки сделан, и вы решили пройти намеченный путь до конца, остановитесь, задумайтесь в последний раз, хорошо ли вы обдумали свой поступок, всё ли предусмотрели, просчитали в нём?

Что будет, к примеру, если вы в своем новом облике сохраните влечение к тому полу, к которому вас влекло раньше? К примеру, вы стали женщиной, но к мужчинам страстью не воспылали, что тогда вам остаётся? Поменять ориентацию?

Но только ли это проблема? Их тысячи.

«Не делайте этого».

Это решение – самоубийство,

это путь, который убивает.

Убивают.

Гормоны, которые, если вы уж начали ими пользоваться, вам придётся принимать до конца жизни.

Убивают.

Своей травлей окружающие люди, которые воспринимают вас не иначе, как какое-то уродливое насекомое.

В своё время меня глубоко поразил рассказ австрийского писателя Франца Кафки «Превращение», я несколько раз даже перечитывала его, но пыталась понять тогда иносказательно. Никогда не думала, что окажусь в подобной ситуации буквально.

Сюжет его состоит в том, что однажды утром, проснувшись, некий господин Грегор Замза с удивлением обнаружил, что он внезапно, каким-то непонятным образом, утратил свой прежний, человеческий, облик и превратился в странное, непонятное насекомое. Семья долго, с ненавистью и ужасом, приспосабливалась к этому событию, пока герой не умер, тем всё благополучно и разрешилось.

Но мне не хочется умирать.

Убивает.

Одиночество.

В первую очередь своей неожиданностью: вы внезапно оказываетесь совершенно одни, вам не с кем поделиться своими мыслями, никто ваши проблемы не в состоянии понять, да и вообще не испытывает никакого желания знать о них; вы вынуждены слишком тесно общаться с людьми подобными вам, и, как результат, задыхаетесь от их склочных, мелочных интриг.

Вас убивают.

Буквально, физически.

Люди сейчас просто помешались на сексе. Подчас он подменяет, заслоняет для них собой всё остальное.

Секс, секс, секс. Ничто другое так тесно не связано с насилием.

В вашем положении вероятность насилия возрастает во много раз. Так что вооружайтесь. Чем можно. Знанием психологии, газовым баллончиком, электрошокером.

Деритесь за свою жизнь до конца. Помните твёрдо, что насилие убивает не только духовно, вы можете умереть потом от СПИДа, от того или иного вида гепатита.

А значит, забудьте тот пошлый, циничный «совет» и… не «расслабляйтесь».

Вас убивает.

Не только ближайшее окружение, самый страшный убийца – общество. Внешне, после долгих и нудных процедур, ожиданий, заполнения различных бумаг, тестов, бесед, консилиумов, оно идёт вам навстречу. Вы получаете новый социальный статус, новые документы, ничем в своих правах не ущемляетесь, не отличаетесь от других граждан. Но… всё это только юридически.

Фактически вы становитесь и остаётесь до конца своих дней уродом, парией. Казалось бы, вы вправе задаться вопросом: «Почему уродство физическое с некоторых пор уже не является причиной отторжения, даже слово «инвалид» понемногу вытесняется из лексикона, следует говорить «человек с ограниченными возможностями», а отклонение духовное осуждается резче любого порока? Неужели так трудно понять, что это не блажь, а состояние души?»

Жизнь.

Вы должны сознавать, что после Перехода вам никак не стать долгожителем.

Выход.

Перестроить сознание.

Вы должны жить на скорости, по меньшей мере, вдвое, втрое большей, чем обычные люди. И ничего не откладывать на потом. Ваша мораль не должна иметь ничего общего с моралью других людей. Ничего не нарушая, и в то же время, наплевав на многие ложные табу, вы должны в сравнительно короткий срок взять от жизни всё, что только она может подарить вам.

Большинство людей вокруг вас умирают от скуки. Они судорожно суетятся в поисках приключений, каких-то экстремальных ощущений, вы же двигаетесь в совершенно противоположном направлении, вам хочется, наоборот, чего-то обычного, прочного, устоявшегося, экстрима у вас и так выше головы.

ГЛАВА 4. ПРАВО НА СУЩНОСТЬ

Как бы то ни было, я получила новый паспорт, а с ним и другие документы, подтверждающие мой женский статус, на меня распространялись теперь все законы, права, свободы, дарованные нам нашей замечательной Конституцией, но… по сути, я потеряла всё и не получила ничего взамен. Как я уже говорила, я не хотела и до сих пор не хочу умирать, но всё буквально, как внутри, так и вокруг меня, толкало меня со времени моего Перехода, и продолжает толкать до сих пор, к могиле.

В отличие от героя Кафки, я приняла новый облик по доброй воле, но это ничего в нашем с ним положении не изменило: я лишилась сразу жилища, любой возможности заполучить хоть какую-то работу, всех своих друзей, родственников и знакомых. Никто, даже мать, отец, сестра, брат, не захотели меня в новом качестве принять.

Я долго мучилась, находясь в состоянии полной беспросветности, до тех пор, пока не поняла, что могу дальше жить только в обществе себе подобных. И тогда, одна за другой, стали устраняться многие проблемы, которые совсем ещё недавно казались мне неразрешимыми. Я соглашалась на любую работу, на любое жильё, и, в конце концов, их находила. Те люди, среди которых я теперь находилась, с кем общалась, по крайней мере, понимали меня. И, чем могли, помогали. Хотя трудно было назвать это жизнью.

Все дороги в нашем мире, мире гендерных изгоев, ведут в бордель или, в лучшем случае, в ночной клуб. Там я и жила, успешно орудуя шваброй и тряпкой, пока однажды оказалось некем подменить заболевшую девчонку, и меня не позвали в подтанцовку.

Не знаю, что случилось тогда, особенных способностей к танцам в себе я никогда не замечала, однако вечер отработала на вполне удобоваримом уровне. Затем начались уроки и долгий каторжный труд. Главным препятствием был возраст. Да и гормоны, которые я вынуждена была постоянно принимать, особой бодрости мне не придавали.

Собственно, я и не надеялась ни на что на старте моей неожиданной карьеры: чудес, как известно, не бывает. Как бы то ни было, у меня, наконец, появились знакомые и, хоть и не друзья, то, по крайней мере, коллеги по работе. Мы ютились скученно, чтобы сэкономить на оплате, в маленьких комнатушках, но их уже можно было назвать жилищем, давно мне не удавалось досыта поесть, шмотки я обычно донашивала за кем-нибудь из сердобольных посетителей. Но я была счастлива неимоверно. Я до того намучилась в первый год своей новой жизни, что такой расклад меня более, чем устраивал.

Да, Бог – не Микешка, Он всё видит, чудо всё-таки произошло. Я танцевала всё лучше и лучше, но… Вот тут-то я и совершила роковую ошибку. Мне нужно было просто перейти в другой клуб, где меня восприняли бы сразу в новом качестве, а не вызывать бешеную зависть и негодование своим неожиданным кафкианским (только наоборот) «превращением». Хотя в этом плане мне куда больше нравится другая сказка: Ганс Христиан Андерсен «Гадкий утёнок».

Да, да, с одной стороны, я ощутила удивительное чувство уверенности в завтрашнем дне, с другой – впечатление было такое, что отныне и навсегда мне предстоит теперь находиться в банке с пауками. Для тех, кто не знает: любовь и ненависть – два основных чувства, которые владеют тем мирком, в котором я волею судьбы обретаюсь, сопутствовать им может что угодно: ревность, зависть, интриганство, сальеризм, но одного нет точно – равнодушия. Кланы, кланчики, нескончаемые подлянки, интриги, а порой и сражения «стенка на стенку». Как будто в жизни нет ничего другого: простых человеческих радостей, вообще, нормального отношения друг к другу.

Так и получилось в итоге, что, поднявшись по «карьерной» лестнице, я обнаружила, что вокруг меня стало не просто слишком много врагов, но вообще никого другого не осталось. Но к тому времени я уже была Пантерой, хищницей, и быстро научилась ничего не прощать, любому, кто отваживался посягнуть на мою свободу, территорию, незамедлительно давать сдачи.

Свобода… Один неглупый человек сказал: «Самое главное богатство человека – свобода, однако ничто так дорого не обходится нам, как свобода». Но то, что меня вообще в самое сердце поразило: «Свобода выбора, свобода и право быть неравным – свобода меньшинства и право меньшинства».

Мы все в чём-то рабы, что может быть проще, как остаться рабом ещё и в гендерной сфере? И всё-таки, какой же у меня и мне подобных существует выбор? Так и довольствоваться, от рождения до ухода, чужой, чуждой нам жизнью? Или восстать? Перейти в парии, изгои, но исправить ошибку? Нет, нет, не Бога – Природы. Я уже слышу в ответ вражий злорадный смешок: «О чём она? О праве на уродство?»

Итак, что же всё-таки? Уродство? Или свобода, моя, настоящая, не чужая жизнь? Я решила для себя этот вопрос.

ГЛАВА 5. ПРАВО НА ЛЮБОВЬ

У меня ещё оставалось немного времени, и я снова и снова перелистывала страницы своих записей в планшете. О чём можно рассказать широкому кругу читателей, зрителей, понятия не имеющих о моих действительных устремлениях и проблемах? Что вообще может их заинтересовать? Правда? Она слишком горька. От меня же, как на моей работе, ждали юмора, лёгкости, развлечения.

Что же, конкретно, произошло? Одного

чуда Богу почему-то показалось мало, он решил продолжить одаривать меня подарками, и они сыпались теперь, как из волшебного мешка.

Так получилось, что в свете резко, по непонятным причинам, усилившейся в нашей стране гомофобии, один популярный глянцевый журнал решил взять интервью у известной танцовщицы Багиры, с тем, чтобы приоткрыть для своих читателей и читательниц завесу над миром актеров травести вообще, и нас, транссексуалов и транссексуалок, в частности. Причина мне была слишком хорошо ясна: такие дорогие издания, именно в силу своей дороговизны, частенько попадают в «яму», балансируя на грани разорения, так что их владельцам приходится порой идти на любые ухищрения, чтобы сохранить, а если удастся, то даже и приумножить, тираж.

То есть, у меня появился шанс, который даже в сказке вообразить было невозможно. И у меня не было никакого желания его упускать. Прошли, и довольно успешно, сначала «смотрины», затем фотосессия в нашем клубе, теперь мне предстояло выдержать беседу с молодой, но набиравшей в последнее время известность, журналисткой Викторией Островской, и новую фотосессию, уже в моей квартире. Был приглашён даже оператор с одного из расплодившихся в связи с переходом на «цифру», бесчисленных канальчиков кабельного телевидения.

Я очень волновалась, хотя, казалось бы, не должно было быть никаких сюрпризов – мы обговорили все темы заранее. Что даём, о чём умалчиваем. О чём рассуждаем долго, нудно, сколько необходимо, а о чём лишь упоминаем вскользь. Начали, как и решили, с моего сценического псевдонима, поговорили вообще о пантерах, не забыли пнуть, достаточно безжалостно, весьма двусмысленный, изначально неверный, советский перевод «Книги джунглей», о котором я упоминала.

Ни слова про врагов, об «особом меню», тем более.

Далее рассказ о клубе (завуалированная реклама, хозяева не поскупились).

Моя прежняя жизнь, само собой, по моей личной просьбе, осталась за кадром.

Ни слова о том, «что убивает», о «праве на сущность».

Словом, выхолощено было всё, что только возможно.

Что осталось? Коротко о том, как я почувствовала себя в «чуждом теле» и решила переменить свою сущность, рассказы о знаменитых транссексуалках, портреты которых оператор прилежно отснял на стенах моей «берлоги». О том пути, который я прошла, чтобы заполучить свой женский статус.

Снова реклама (клиника тоже решила вложиться), и снова денежки, денежки: разговор о представлении, которое шло сейчас у нас в клубе, костюмах знаменитого на Западе, но малоизвестного в России, отечественного кутюрье. Ну чем это всё можно было закончить? Конечно, только любовью.

– Саша, мы получили очень много отзывов на твоё стихотворение в прозе «Любовь», которое было опубликовано в последнем, по времени, номере нашего журнала. Оно вызвало не только восторг, но и множество споров. В частности, всех, в том числе и меня, поразил весьма неожиданный эпиграф, который ты избрала для него. Так получилось, что практически никто из моего окружения понятия не имеет, кто такой Вильгельм Швебель. Скажи, настолько ли он авторитетен, твой «Вилли», чтобы столь категорично ссылаться на него?

Молодец Виктория! Хорошая подача! Как и всё, что шло в нашей беседе до сих пор.

– Да, я согласна, Вика, как учёный, публицист, Вильгельм Швебель известен сейчас лишь очень узкому кругу специалистов. Однако для тех, кто, как я, увлекается афористикой по самым разным вопросам – этот человек был и, без сомнения, останется навсегда кладезем житейской мудрости, и, я считаю, неплохо было бы, если бы его высказывания были известны гораздо большему, чем в настоящее время, кругу лиц.

– И всё-таки, хотелось бы поподробнее расшифровать хотя бы вот это утверждение:

«Любовь – это клей, которым природа склеивает всё, что, по её мнению, слишком слабо, чтобы выжить в этом мире в одиночку».

Получается, любовь доступна только слабым? Что же остается тогда другим людям: сильным, средним? Жить без любви?

Да, поторопилась я, пожалуй, насчёт подачи. Меня сейчас, наоборот, старательно загоняли в угол. Но не на ту напали.

– Нет, конечно. Суть здесь в том, что у каждого человека, пусть даже самого слабого, есть такие же права, как и у всех остальных людей. В их числе Право на любовь. Я вообще считаю, что самое главное в нашем прекрасном мире – Чувство, а вовсе не Разум, как принято считать многими, а из всех чувств наиважнейшее – Любовь. Нет любви в человеке – ничто не привязывает его к жизни, она теряет для него всякий смысл.

Вика решила напоследок пощадить меня.

– Ладно, остановимся в нашей баталии как раз на этом спорном месте. Пусть нас рассудят читатели. И, разумеется, читательницы. Кстати, Саша, раз уж твой первый опыт был настолько удачен, не планируешь ли ты разместить на страницах нашего журнала ещё какое-нибудь из своих литературных произведений?

Нет, всё-таки, подача. Зря я усомнилась. Мне поразительно везло в тот день.

– Я была бы несказанно рада, если бы мне вдруг представилась такая возможность.

ГЛАВА 6. ГЛЯНЕЦ

АЛЕКСАНДРА КУЛЕМЗИНА (БАГИРА)

ЛЮБОВЬ

(стихотворение в прозе)

Любовь – это клей, которым природа склеивает всё, что, по её мнению, слишком слабо, чтобы выжить в этом мире в одиночку.

Вильгельм Швебель

Любовь...

Откуда она приходит к человеку? Из книг, фильмов, сериалов глупеньких?

Ты слышишь это слово буквально с первых минут, как только начинаешь входить в разум: какая-то песенка застревает в детском сознании и почему-то нравится; родители о чём-то тихо и нежно шепчутся между собой, наклонив головы друг к другу; парень с девушкой идут вместе, держась за руки, и как бы светятся изнутри…

Что ты ощущаешь поначалу, пропуская безотчётно в своё сознание подобные наблюдения?

Иногда интерес, иногда раздражение, чаще всего равнодушие. Практически ничего.

Потому что первое твоё впечатление о любви – восприятие её в широком смысле слова.

Как великое таинство. Как нечто, что всё вокруг объемлет или наоборот – скрепляет, поддерживает собой изнутри весь мир. А может, и то и другое вместе.

Мать, которая тебя обожает, холит, выхаживает, даже бранит и то нежно…

Кошка, тыкающаяся мокрым носом в твою щёку, и слегка пробующая на тебе свои коготки.

Когда всё меняется? Точнее,

добавляется.

Потому что великое великим так и остаётся, оно неизменно, ты всего только начинаешь глубже проникать в него.

И всё-таки, когда именно?

Когда гормоны в тебе созревают и требуют выхода?

Процесс этот не может не сопровождаться у нормального человека природным чувством стыдливости.

У тебя ведь не должно быть, как у животных, всё должно освящаться чувством.

И однажды оно вдруг возникает, это чувство.

Казалось бы, ни с того ни с сего, поглощая тебя целиком, причиняя тебе невероятную боль или, наоборот, одаряя неслыханным счастьем, в зависимости от обстоятельств. А чаще: сочетая в себе и то и другое – неразделимый коктейль.

Первое чувство... оно почти всегда наполовину чужое, а может, и вообще целиком привнесённое, навеянное книгами, фильмами, всё теми же песенками.

Как бы то ни было, ты слишком захвачен им, чуть ли не парализован и поневоле начинаешь анализировать, что же всё-таки с тобой происходит, пока с удивлением не обнаруживаешь, что разум твой бессилен постигнуть подобную загадку, потому что любовь появляется из сердца, а не из головы.

Нельзя приказать себе: этого человека я люблю, а этого – никогда и ни за что любить не буду. Есть что-то вне твоего разумения, бросающее тебя в беспросветность, в бездонную пучину, и ты бессилен противиться этому.

Через какое-то время туман рассеивается, и ты с ужасом и сожалением пытаешься осознать, что же ты успел за период своего ослепления натворить, обнаруживая повсюду вокруг себя лишь обломки того, что некогда составляло собой казавшееся неразделимым целое.

Потом потихоньку зализываешь раны и начинаешь выстраивать всё заново.

Однако гораздо хуже бывает, когда отрезвления подобного не происходит, ты с трудом, но всё-таки выплываешь на поверхность, однако болтаешься потом, как щепка по волнам, иногда всю оставшуюся жизнь.

Так что же такое любовь?

Великое оправдание похоти?

Властная жажда собственности, чтобы всегда, при любых обстоятельствах иметь право сказать: «моё»?

Лучшее из того, что тебе доступно, что украшает твою жизнь?

Когда долго блуждаешь в потёмках, неизбежно возникает желание разобраться.

Любовь…

Ты не скот, и не животное, ты хочешь, чтобы сердце твоё было во всём согласно с твоим разумом.

Ты не желаешь быть во власти похоти, ты хочешь большего, не ведая изначально, но подсознательно всё больше понимая, что, не обременённая мыслями, чувствами, похоть убивает.

И всё-таки, что же такое любовь?

Я смотрела на своё фото в журнале, который перед уходом подарила мне Вика, и не могла поверить своим глазам. Неужели это я? В «глянце»! И даже анонс впридачу: «Интервью со знаменитой танцовщицей Багирой вы можете прочитать в одном из ближайших номеров нашего журнала».

Как же мне повезло! Но я тут же взгрустнула: что я могу дать для этого номера, кроме уже готового интервью? Я опять, в который раз, пробежалась по своим блогам в планшете. Как хорошо, что я не поддалась в своё время искушению выложить их в Интернете! Сейчас они совершенно обесценились бы. Вот когда я стану, действительно, знаменитой, тогда другое дело. Но придёт ли оно когда-нибудь, такое время?

И снова заполнили моё сознание

грустные мысли. Век танцовщицы короток, мой век короче вдвойне. Что дальше? Конечно, мне грех обижаться: за довольно короткий срок я купила однокомнатную квартиру в не самом «спальном» районе Москвы, подержанную иномарку. И всё. Никаких сбережений, скудный гардероб, как сценических, так и выходных платьев, об аксессуарах лучше умолчу. Знаменитая танцовщица! Знаменитая где?

Надо было искать что-то другое. Но что? Нет, нельзя отвлекаться. Есть вполне конкретное задание, и почему бы не сосредоточиться сейчас на его выполнении?

Пожалуй, вот это. «Женщина безоружная», рассказ о том, как после операции я столкнулась с дискриминацией, жестокостью со стороны «сильного пола». Конечно, мысли сумбурные, их слишком мало, но можно оформить, расширить. Что это будет? Пожалуй, эссе. Название вполне подходящее, не стоит его менять.

ГЛАВА 7. «КАК МАЛО НАС, КРЫЛАТЫХ!»

АЛЕКСАНДРА КУЛЕМЗИНА (БАГИРА)
ЖЕНЩИНА БЕЗОРУЖНАЯ

Физиологическое эссе

Часть 1 ЛЮБОВЬ И СЕКС

«Самое главное в этом мире – Чувство, из всех чувств важнейшее – Любовь. Нет любви в человеке – ничто не привязывает его к жизни, она теряет для него всякий смысл. Из любви к Богу, любви к Жизни рождается и любовь к женщине (мужчине), семье, детям, а тогда мужчина (женщина) горы

может свернуть. Любовь – чувство, от которого пылают сразу душа, сердце и тело. Без него недоступно для человека счастье».

Я сделала эту запись в Дневнике очень давно, что с тех пор изменилось?

Я по-прежнему готова подписаться под каждым словом из того, что тогда начертала, хотя очень мало что взяла с собой в новое качество своей личности из прежней жизни. Вот только понимаю я эти слова теперь гораздо глубже. Словно охватила вдруг одним взглядом обе стороны Луны.

И тем не менее, разговаривая с людьми о любви, я была поражена, насколько люди по-разному думают об этом чувстве, хотя в то же время, как страстно они желают о нём высказаться!

Начнём с женщин. Точнее, продолжим о нас разговор.

«Если принять официальную трактовку Христа не как человека, а как богочеловека, то мы должны найти в себе мужество признать, что женскую часть его сущности с креста до сих пор никто не удосужился снять. Так она и висит там распятой. Никогда не забывайте об этом».

Ещё одна запись из сокровенного Дневника.

Что говорить обо мне? Если других женщин долго, буквально с рождения, готовили к грядущей участи, «воспитывали», наказывали, натаскивали, приучали, приручали, то в моей жизни сразу, буквально с первого дня, на меня будто обрушился град.

Я обнаружила вдруг то, что раньше не замечала, к чему вокруг все успели привыкнуть, но что в мгновение ока неожиданно развернулось против меня.

И я оказалась безоружной.

Двойная дискриминация. Как «ненастоящей» женщины, так и женщины вообще.

Нет, снова непонятно. Попробую забраться ещё глубже, и посмотреть на проблему совсем уж издалека.

Человеку со стороны практически невозможно понять, почему большинство людей, решившихся на Переход, скатываются в итоге к проституции.

И здесь причины могут быть самые разные.

Главная беда в том, что жажда любви в

вашем новом гендерном облике многократно возрастает, а шансы обрести её практически устремляются к нулю. Вам хочется иметь постоянную поддержку, ваши чувства настолько обострены, что сами по себе вы не можете существовать, вам неотложно необходимо о ком-нибудь заботиться, доставлять и получать удовольствие и даже наслаждение.

Вы понимаете, что надо действовать, действовать, действовать. И вы рассчитываете, что отправившись в свой любовный поиск, вы найдёте когда-нибудь свой идеал.

Кому-то везёт. Единицам, буквально. В большинстве своём, даже достигнув «рая», вы попадаете в самые разные, порой совершенно неожиданные, ситуации. С удивлением обнаруживая, что столь желанная любовь, достижение своей мечты, не всегда спасают.

Через какое-то время, к примеру, вы убеждаетесь, что с вами живут, вас обожают, но… лишь как экзотическое (нет, нет, уже не уродливое) насекомое, однако кого интересует ваша душа?

«Как мало нас, крылатых!» Действительно, людей, решившихся пройти весь Путь до конца, ничтожно мало, между тем, обрести счастье, семью с обыкновенной женщиной или обыкновенным мужчиной для них практически невозможно. Уже с первых дней, месяцев между вами возникает такая стена непонимания, что вы отчаиваетесь её преодолеть. Ваш любимый мужчина (женщина), тем более, муж (жена), очень скоро начинают ощущать на собственной шкуре те проблемы, которые уже стали для вас

самой (самого) привычными. Хотите, чтобы я напомнила конкретно, какие именно? Работа, родственники, друзья, соседи, просто окружающие вас люди. Нужно очень сильно любить человека, чтобы последовать за ним в подобный ад.

Любить? За что?

Нет, нет, опять слишком близко. Отойдём ещё дальше.

Пытаясь найти себя в окружающем мире, вы должны осознать, что:

во-первых, вы – такие же люди, как все, ничем от них не отличаетесь;

во-вторых, чувство любви вам столь же присуще и доступно, как и всем остальным людям;

в-третьих, нет, и не может быть никакого обособления вас от других людей, и любовь и жизнь для вас и для них – единое пространство.

Но вы должны осознать также и другое, порой практически противоположное:

вы – не такие люди, как все. Мало что-то понять, провозгласить самому, нужно ещё, чтобы и окружающие уверились в этом;

любовь... да, и присуща она и доступна, и даже жажда её обострена в вас, доведена до предела, но та душевная боль, которую вы, в результате своих поисков, будете испытывать, вполне может заставить вас забиться в какую-нибудь уродливую скорлупу, и как можно тщательнее маскировать свои чувства.

Единое Пространство – чаще всего цель, идеал, не более того. На практике сплошь и рядом получается, что и любить вы можете только себе подобных, и жить жизнью кафкианских уродов, которыми видят вас большинство окружающих вас, порой, действительно, подлецов, маньяков и негодяев, которые, тем не менее, будучи уродами невыдуманными, жизненными, смеются над вами и ненавидят вас.

И тем не менее, Единое Пространство, главная ваша цель, то к чему вы постоянно должны стремиться, чего вы всеми фибрами своей души должны желать, добиваться.

ГЛАВА 8. «ТАНЦУЙ, ПОКА МОЛОДОЙ!»

АЛЕКСАНДРА КУЛЕМЗИНА (БАГИРА)

ЖЕНЩИНА БЕЗОРУЖНАЯ

Физиологическое эссе

Часть 2 ВИРТУАЛЬНОЕ И РЕАЛЬНОЕ

Любить? За что?

Задавшись целью написать это эссе, я присматриваюсь к мужчинам так, как будто вижу их впервые. Что можно выделить основным в психологии самца? Высокомерие вида, стремление к лидерству? Увлечённость работой? Непонимание нас, представительниц «слабого» пола?

«Несмотря на явный прогресс в истории феминизма в последнее время, следует отметить, что далеко не все женщины стремятся к равноправию, более того, именно они, в основной своей массе, этот процесс и тормозят».

Ещё одна моя запись. Каюсь, я должна со вздохом признать, что в моих взглядах нет, и никогда не было ни капли феминизма. Семья, дети, как обязательные атрибуты полноценного бытия – в мечтах я не воспринимаю свою жизнь иначе, не хочу видеть её скособоченной, неполноценной, но, так уж сложилась моя судьба, что между мной и тем, к чему я стремлюсь всей душой – пропасть, которая всё больше кажется мне непреодолимой. Что поделаешь: обычно о таких вещах размышляют в молодости, юности, буквально с самого детства, но у меня ведь ничего подобного не было.

Сбываются или не сбываются мечты, в данном случае вторично, но здание будущей жизни во всех случаях выстраивается сначала в воображении. Материал для него берётся отовсюду, откуда только можно.

Но происходит странная вещь. Наши знания о жизни, любви, семье мы черпаем, в основном, из литературы, с экрана телевизора, не подозревая ещё, насколько они, причём заведомо, ложны.

Мы ждём принца, а наши куда более практичные подруги: одноклассницы, сокурсницы, в это время успешно уводят у нас из-под носа хороших ребят, на которых мы и внимания-то не обращали, а они в итоге оказываются как раз самыми надёжными спутниками жизни, заботливыми мужьями.

Ведь то здание, которое мы построили в своём воображении, к сожалению, редко выдерживает испытания жизнью. При первом же соприкосновении с ней, оно то тут, то там, но неотвратимо начинает разваливаться.

В итоге, приглядевшись однажды

внимательнее к себе в зеркале, мы резко снижаем планку, и снова ждём, но и это не помогает. Что остаётся? Брак по расчёту? Но в расчёте этом уже не идёт речь о каком-то сказочном богатстве, как пропускается вообще (всё та же сказочка!) вопрос о любви. В ходу куда более прозаические вещи: пьёт или не пьёт ваш избранник; как он к вам относится; сможет ли по своим материальным возможностям хотя бы двоих детей вытянуть? Но и здесь рулетка. Угадать этот карт-бланш невозможно.

Ну а уж если повезёт, то мы начинаем строить новое здание. Непродуманно, наспех. Нам не нравились, к примеру, отношения между нашими родителями, но приходит время, и мы поневоле, за неимением каких-то других образчиков, начинаем копировать их. То же самое происходит и в наших взаимоотношениях с детьми, когда они у нас появляются. И вот приходит момент, когда и тут мы остаёмся с носом. Что же делать? Ещё раз понизить планку?

Психология мужчины: «Слушай, никак в толк не возьму, как так получается с этими бабами: любим одних, спим с другими, женимся на третьих. И сколько ни раскладывай карты, всё равно не получается по-другому».

Психология женщины, словами одного из героев Милана Кундеры из его сборника «Смешные любови» (не помню дословно): вот возьми наших жён, они все одинаковые, зачем же мы их так долго, тщательно выбирали? Ведь можно было не морочить себе голову, жениться на первой встречной, и получилось бы то же самое.

Любить? За что?

Я опять задаю себе этот вопрос, но смотрю на него уже с другой, противоположной, стороны.

Брак по расчёту? Не для меня. Слишком дорогую цену я заплатила, чтобы позволить себе соглашаться на суррогаты. Любовь? Несомненно! Семья? Только супружество, никаких гражданских браков. Дети? Я уже решила, что никогда не свяжу свою жизнь с транссексуалом. Только с нормальным, полноценным мужчиной, и мне совершенно не интересно, от кого у него будут наши дети. Это его забота. «Практически невозможно»? Я так говорила? Считайте, что я просто примерялась тогда, теперь отрезала.

Мой мужчина должен любить меня прежде всего, как личность, как человека. Размечталась? Останусь в итоге одна? Да, конечно, скорее всего так и получится, но ни на что другое я точно не соглашусь. Я достаточно повращалась в различного рода клубах и сообществах, как в Интернете (Виртуальности), так и в реальной жизни, чтобы разобраться в том положении, где я залипла, как муха.

Теперь другое: искать или ждать? Конечно, со своей профессией – специалистка в IT – информационных технологиях, я могла бы работать пусть не в офисе, а по договорам, фрилансером, и ни в чём не нуждаться материально. Но что дальше? Так и просидеть перед компьютером всю оставшуюся жизнь? Я выбрала другую стезю, стала танцовщицей травести, однако увеличились ли здесь мои шансы?

Выйти замуж за поклонника? Сложно, но реально. И что в итоге? Стать танцующей куклой? Или тем самым экзотическим насекомым, о котором я уже упоминала?

Выбрать кого-нибудь из коллег? В отличие от меня, они знали, куда шли и чего хотели. Большинство из них живёт не просто одним днем, но даже одним вечером или даже ночью. «Танцуй, пока молодой», как поётся в одной песенке. О старости, конечно, тоже надо подумать, так что деньги, деньги, деньги. Мораль: не танцуй за бесплатно.

Где ещё я могу своего избранника встретить? Вернувшись с работы, я долго отмокаю в ванной, понемногу приводя нервишки в порядок, потом задёргиваю на окнах тяжёлые ночные шторы, а проснувшись, снова начинаю собираться на работу, успев посетить по пути, опять же, если есть денежки в кошельке, пару-троечку бутиков или салон СПА.

* * *

Кажется, получилось. Теперь я буду терпеливо ждать. Сначала, когда мои мыслишки проберутся к читателям, потом – как их встретят, найдут ли они отклик хоть в чьей-нибудь душе?

Не думаю, чтобы вам было бы и дальше интересно читать обо мне.

Ну а вдруг? Кто знает?

Расскажу всё-таки ещё две истории: историю одного предательства и историю одной любви.

ЧАСТЬ ВТОРАЯ. ЗМЕИ И АНГЕЛЫ

ГЛАВА 1. В АВСТРАЛИИ

– Прости, но я вынуждена вернуть тебе обратно твоё эссе. К сожалению, оно не прошло. Интервью и то с большим трудом проскочило. Если бы не деньги, которые поступили в качестве платы за рекламу от клиники, в которой ты делала операцию, и от ночного клуба, в котором ты работаешь, вообще бы ничего не было. – Вика продолжала помешивать в чашке с кофе, давно растворившийся в нём сахар и добавила, так и не дождавшись от меня ответа: – У тебя есть враги. Ты знала об этом?

Враги, чем она меня удивила? Я ведь

сама договаривалась и с клиникой, и со своей любимой «Косынкой» о том, чтобы они сделали денежный перевод, сама нанимала фотографа, когда до меня дошли сведения, что интервью со мной в «КрисТине» забраковали. Однако у меня не было никакого желания узнать имя человека, который встал у меня на пути. Как говорится, Бог дал, Бог взял. Мне послали с неба немножечко славы, а затем забрали её обратно, стоит ли убиваться по этому поводу?

– Конечно!

– И как ты к ним относишься? Боишься? Сражаешься?

Что я могла ответить?

– Никак не отношусь. Они мне до Луны, абсолютно. У меня есть поклонники, даже фанаты. То есть, люди, которые разбираются в том, что я делаю. На мнение остальных мне совершенно наплевать. Оскорбления, унижения, ненависть – для меня привычная атмосфера, враги… как можно без них обойтись в моём ремесле?

Вика взглянула на меня так, как будто увидела впервые. Кем я была для неё прежде? Куклой? Тем экзотическим насекомым, о котором я уже не раз говорила? Жрицей любви? Что изменилось? Кукла вдруг заговорила?

– Слушай, как ты живёшь вообще? Сон, работа, репетиции, необходимость постоянно следить за своим имиджем, держать себя в тонусе. А хватает времени на что-нибудь другое? У тебя есть друзья, любимый человек?

Я мрачно усмехнулась.

– Живу? Ожиданием. Друзей у меня

никогда не было. Сколько себя помню, я всегда была отверженной. Но, может, когда-нибудь они появятся? – «Рассказать тебе о своём детстве? Ни за что на свете! Даже не надейся!» – Любимый человек? Все мы о нём мечтаем. Я в том числе.

Любимый человек? Тоже табу. Но чудо произошло, он в моей жизни всё-таки появился. И никогда уже не уйдёт из неё, несмотря на своё поспешное бегство. Да, сердечко моё разбито, но разве лучше было бы, если бы оно так и оставалось пустым?

Буря чувств, которые я испытала, кому они интересны? И кто в состоянии их понять?

До той знаменательной встречи мне было страшно, сейчас больно. Что лучше? В случившейся ситуации я предпочитаю боль.

Став женщиной, я отринула всё, что было в моей жизни до Перехода. Но сразу, одна на другую, стали наслаиваться новые проблемы. К кому отныне я буду испытывать влечение? Кем стану? Уродкой-асексуалкой? Лесбиянкой? Вопрос долго оставался открытым. Когда я бывала блюдом в «сумасшедшем меню», я ничего не чувствовала, кроме отвращения. Сейчас я спокойна – моя гендерная ориентация определилась, я совершенно традиционна.

Вика пощёлкала перед моим лицом пальцами:

– Ау! Саша, ты где? В астрале?

Я отшутилась:

– Да, в Австралии. Здесь много-много диких кенгуру. Давно мечтала среди них побывать.

– Понятно, – сокрушённо покачала

головой Вика, – а как у тебя с мальчиками? Или с девочками? Кого ты предпочитаешь?

– Я же сказала – диких кенгуру, – продолжила отшучиваться я. Мне очень нравилось сидеть вот так в кафе с интересной, реактивной девчонкой, да ещё журналисткой, и просто, расслабившись, о чём-то болтать.

– Слушай, а давай я тебя с кем-нибудь из своих друзей познакомлю? У меня их пруд пруди. Интересные парни!

Я лишь молча, с улыбкой, отрицательно покачала головой.

– Понятно, – со вздохом откинулась на стуле Вика, несколько разочарованная, – значит, всё-таки девочки?

Она задумалась на какое-то время, затем воодушевилась:

– Ладно, так и быть, я согласна на эксперимент. Такой экстрим никак нельзя упускать. Но я совершенно ничего не понимаю в подобных отношениях. Ты меня научишь?

Я посерьёзнела и, как-то резко, сразу, потеряла к нашему разговору всякий интерес.

– Не получится. Я не лесбиянка и не бисексуалка. Врать не стану: у меня есть не просто бойфренд, жених, мы с ним очень любим друг друга. Он у меня первый и единственный, никого другого мне не надо.

Вика даже захлопала в ладоши от восторга:

– Фото есть? Покажи!

Я поколебалась какое-то время. Конечно, у меня было фото, и не одно. Вадим в ту памятную ночь был так пьян, что совершенно не обращал внимания, что я его снимаю. Но лучше было не рисковать.

– Как-нибудь в другой раз. Покажу

обязательно.

Вика ничего не понимала. Ей, конечно, было не привыкать к твёрдым орешкам – и не такие разгрызала, и всё же я постоянно заводила её в тупик своим поведением.

– Хорошо, а как насчёт подруги? Ты настолько поразила меня, что мне теперь без тебя скучно станет жить. Ну так что? Согласна?

Я наморщила лоб, совсем ненадолго, чтобы морщинки не появились.

– Я не против. Вот только как ты себе это представляешь? Я ночная бабочка, ты дневная – вместе нам не летать.

– Придумаем что-нибудь, – отмахнулась Вика. – Главное, чтобы желание было.

Мы ещё немного поболтали о том, о сём, затем расстались, вполне довольные друг дружкой.

ГЛАВА 2. ВИКАЖУР

Я раздвинула тяжёлые ночные шторы, и некоторое время привыкала в тёмных очках к хлынувшему в комнату дневному свету. Затем, с трудом начиная приходить в себя, медленно прошлёпала на кухню. Лениво полистала накопившиеся СМС–ки на смартфоне. Вика, Вика, Вика. Целеустремлённая девушка. Какая-то милая чепуха в текстах, непривычная на фоне той деловой лаконичности, к которой я привыкла. Знакомых у меня практически не было, на работе номер своего телефона я старалась держать в секрете.

Было предложение пообедать вместе, поэтому я не стала ничего готовить, приняла душ и села к зеркалу наводить красоту. Долгий процесс, и с годами меньше времени занимать не станет.

Подруга… Зачем? День у меня обычно забит до отказа. От чего отщипнуть кусочек? От сна? Но он и так слишком короток, а ведь что-что, а недосыпание на лице замаскировать невозможно.

Уже заканчивая макияж, я вдруг услышала сигнал домофона. Кто бы это мог быть? Только визитёров мне не хватало! Так и не очнувшись в полной мере, несмотря на все усилия, от сна, я, позёвывая, поплелась к двери.

Вика! Стресс моментально стряхнул с меня дремоту.

– Открывай! – радостно прокричала в микрофон моя новоявленная подружка, показывая в экран два пластиковых пакета с продуктами.

Так вот, оказывается, что означало предложение: «Пообедаем вместе?» Я нажала кнопку с рисунком ключа и судорожно заметалась по квартире, пытаясь, хоть немного, навести в ней порядок. Что-то удалось, что-то нет. Я знала по опыту, что Вика никогда не расстаётся с фотоаппаратом, это было одним из самых любимых её увлечений.

– Ну как я? Не разбудила?

Я давно уже не завидую людям, которые зарабатывают на хлеб любимым ремеслом, потому что никаких других вариантов в своей жизни просто не представляю. Вика как будто родилась с авторучкой и диктофоном в руках. Легко поступила на факультет журналистики МГУ, до этого ещё школьницей сотрудничала в местной газете небольшого городка, в котором она родилась.

– Надоели кафешки, – сморщила Викажур (Вика-журналистка), как я её мысленно прозвала, войдя, и с любопытством осматриваясь по сторонам, веснушчатый носик. – Может, соорудим в четыре руки что-нибудь домашнее? Ты как в это время? Наверное, ещё только завтракаешь?

– Нет, – с грустью покачала головой я. – Как раз «фриштыкает» «моя светлость» (это из классики. Frűhstűck – завтрак (нем.)) лишь глубоко за полночь, и никогда дома. Обычно после представления мы закатываемся всей честной компанией в какой-нибудь из наших любимых ночных ресторанчиков. Нас там все знают. Болтаем обо всём на свете, чтобы отмокнуть, успокоить нервишки, но слишком не наедаемся, сон будет плохой потом, кошмары замучают. Конечно, у всех по-разному, а вообще-то, большинство предпочитает алкоголь, вроде как нет ничего лучше, чтобы расслабиться, чем пропустить пару стаканчиков виски или какой-нибудь экзотический коктейль типа «Маргариты».

– И ты тоже? – с любопытством уточнила Вика.

– Не угадала, я равнодушна к спиртному. Профессия не располагает. Нужно постоянно быть в форме, иначе быстро вылетишь из обоймы. А куда я потом направлю свои стопы?

Как я и предполагала, Вика постоянно щёлкала своей техникой, да и диктофон наверняка находился постоянно включённым в сумочке, с которой она тоже не расставалась.

– Так что сразу после сна плотный обед, перед выступлением тоже нельзя особо наедаться, иначе придётся потом брюхом трясти, – закончила свою мысль я. – Ну а у тебя как?

Викажур пожала плечами:

– Практически, как у всех. Здесь я ничем особенным не отличаюсь. Да и вообще, моя работа… По сути, я обыкновенная офисная крыска. Встаю рано, перекусываю, чем придётся, поскольку аппетита с утра никакого. Потом, если нет задания, бегу в редакцию. Иногда работаю дома, в тех случаях, когда кропаю какую-нибудь большую статью или очерк. У нас есть ребята, которые и по заграницам мотаются, берут интервью у знаменитостей, потом могут неделями не спеша материал дома готовить, лишь бы получилось занимательно. Лучшие из лучших, бери ещё выше, несколькими языками в совершенстве владеют, обзавелись множеством друзей, знакомых в Америке, в Европе. Перед ними заискивают, во всяком случае, как мне, не хамят. Я больше по репортажикам промышляю, с тобой случайно получилось, бываю иногда на подхвате, когда оказия выпадает.

Я быстро орудовала на кухне, одновременно стараясь поддерживать разговор. Когда есть возможность, я, обычно, прихватываю что-нибудь со скидкой в ресторане нашего клуба, а в основном, готовлю сама.

– И что, никаких перспектив впереди?

– Ну, почему же, можно пробиться. Я ведь породистая собачка, мама с папой тоже в газете работали, по командировкам мотались постоянно. Так что связей у меня хватает, меня как бы жалеют, постоянно предлагают куда-нибудь перейти. Но здесь весело, и платят неплохо, что по нынешним временам тоже немаловажно. Надеюсь, ты того же мнения?

– Насчёт денег? Спрашиваешь! Деньги –

зло, когда их нет. У меня была возможность мудрость этого афоризма до потрохов прочувствовать, когда я несколько месяцев не расставалась с тряпкой и шваброй в руках, с полным отсутствием в обозримом будущем хоть каких-либо вариантов просвета.

Дальше, как я и предполагала, начались расспросы: а это кто, а что означает вот этот снимок? Я нашла в меню проигрывателя увертюру из мюзикла «Отверженные», Вика сразу поморщилась:

– Господи, какое старьё, может, поставишь что-нибудь поновее?

– Ладно, пусть будет Леди Гага, – усмехнулась я. – Устроит тебя?

Викажур неопределённо пожала плечами.

Ещё в прошлый раз Вика цепким взглядом пыталась охватить всё, что только могло заслуживать хоть какое-то внимание в её глазах на моих стенах, но тогда у неё не было времени отвлекаться, сейчас она, наконец, оторвалась по полной программе. Я даже не успевала отвечать на её вопросы.

– Ну, это единственная дочь певицы Шер, Честити Сан Боно. Как видишь, она решила сменить пол, и теперь уже мужчина, Чез Сальваторе Боно. Известная личность. Писатель, актёр, музыкант. Да ты, наверное, разыгрываешь меня? Не знать Чеза Боно! Такая знаменитость! Эти тоже всегда на виду: популярные модели, телеведущие Кармен Каррера, Валентин де Найт, Инес Рау, Дженна Талакова.

Вика качала и качала из меня информацию. Неужели самой лень поинтересоваться? Да и зачем ей это? Самое главное, что я не успела убрать фотографии Вадима, которые красовались повсюду, и это было большой оплошностью с моей стороны.

– А вот тут мой любимый герой, – сказала я, чтобы попытаться отвлечь внимание Вики, – или героиня, не знаю даже, как относиться. Жил-был когда-то очень известный американский разработчик компьютерных игр Даниэль Бантен, и всё у него было «в полном шоколаде»: куча денег, интересный бизнес, всемирная слава, море фанатов, пока в возрасте 43 лет развод с женой, неустроенность в личной жизни, постоянные душевные депрессии, эксперименты с гомосексуализмом, не привели его к идее сделать себе операцию по перемене пола, в результате чего на Земле стало одним мужчиной меньше, и одной, весьма привлекательной, но очень несчастной, женщиной по имени Дени Бантон Берри больше. Она оставила после себя душераздирающие мемуары, в которых до конца дней своих бесконечно сожалела о своём поступке и предостерегала не совершать чего-то подобного других. Пока в 1998 году не умерла от рака лёгких.

– Интересно, – оживилась Вика. – И со всеми так? В смысле, все бывают несчастны? Зачем же они решаются на такие эксперименты?

– Трудно сказать, – пожала плечами я. Кажется, моя уловка сработала. – Традиционное мнение, что нужно быть точно уверенным в том, что ты в «чуждом теле», только тогда Переход не просто поможет преодолеть тебе все трудности и неудачи, но и обрести долгожданную душевную уверенность и счастье. Бывают случаи, когда люди пытаются вернуться обратно в ту гендерность, в которой они пребывали раньше, иногда у них получается, но чаще они лишь усугубляют этим своё положение.

– Ну а с тобой как? – поинтересовалась Вика. – Не жалеешь, не плачешь по ночам в подушку?

– Нет, – ответила я вполне серьёзно. – Мне просто повезло. Хотя риск был, конечно, как и у любого другого человека в моём положении, очень велик.

Я обедала, причём довольно плотно, Вика же без особого аппетита ковырялась в тарелке, но кофе ей понравился, она даже выпила две чашки.

– Скажи, а как у тебя с оргазмом? – Язык у Вики точно был без костей. Да и в умении разговорить, обаять собеседника, ей никак нельзя было отказать.

Я промолчала. К счастью, Викажур тараторила, как заведённая: ни во что не углублялась, не переспрашивала, продолжала и продолжала.

– А как ты вообще заинтересовалась таким необычным вопросом?

Я поняла, что безнадёжно сломавшуюся игрушку опять надо переключить на что-нибудь попроще.

– Знаешь, есть такой древний миф. Об андрогинах. Существах, которые несли в себе не одно, а сразу два начала: мужское и женское. В частности, о них писал в своём «Пире» Платон. Далее следует множество вариантов: вроде, как Бог разделил их надвое, и с тех пор в мире эти половинки, хотя уже много веков прошло, постоянно ищут друг друга. Потом интерес в умах как-то переключился на другой образ – гермафродитов: людей, сочетающих в себе качества и мужчины и женщины одновременно. Уроды, конечно, но с другой стороны – загадка природы. В частности, есть легенда, что у Гермеса и Афродиты был сын Герм-Афродит, так вот он влюбился в какую-то нимфу, причём до такой степени, что даже попросил богов соединить их воедино. Что было и сделано. Ещё я очень люблю Бальзака, считаю его самым великим среди писателей всех времён и народов, и знала, что этот образ волновал его необычайно, он даже написал роман «Серафита», который не вошёл ни в одно из его собраний сочинений, и был переведён лишь сравнительно недавно, о чём я узнала случайно, и тут же его приобрела. Самое интересное, что он была посвящён Эвелине Ганской, возлюбленной, музе, а впоследствии и жене мсьё Оноре, который считал эту спорную вещицу, написанную под влиянием шведского теософа-мистика Эмануэля Сведенборга, о некоем, как говорят в народе: «не корова и не бык, не баба и не мужик», Серафите-Серафитусе, одним из самых значительных своих произведений.

Но пришёл день в моей жизни, когда я неожиданно обнаружила, что я тоже внутри вовсе «не бык и не мужик». К счастью, наука к тому времени далеко ушла, и со времён Платона, и даже Бальзака. Так что, как поётся в одной популярной детской песенке: «Теперь я Чебурашка. Мне каждая дворняжка. При встрече, сразу Лапу подаёт».

Я надеялась, что своей несусветной болтовнёй давно уже усыпила Вику, но не тут-то было: она практически меня не слушала, положившись на диктофон, зато облазила всю мою квартиру вдоль и поперёк, даже нижнее бельё в шкафу на полках перетрясла, перевернула, чуть ли не перенюхала. Такая вот подружка-«дворняжка» у меня появилась – Викажур. И я даже не знала, радоваться мне неожиданному «подарку судьбы» или огорчаться.

ГЛАВА 3. ОБМАНИ-СМЕРТЬ

– Неужели ты не можешь хоть раз расслабиться? – Вика не упустила возможности в очередной раз посмеяться надо мной. – Как можно жить в таком постоянном напряжении? Артурчик, к примеру, просто без ума от тебя, а ты даже поговорить с ним отказываешься.

– Не могу. Я не принадлежу себе, – терпеливо пыталась я вновь разъяснить своей подружке, к которой, непонятно почему, всё больше привязывалась, элементарное-очевидное. – Контракт,

Викуся, в нём каждая деталь прописана. Я не звезда, конечно, всего лишь звёздочка. Не блещу на весь мир, но в определённых кругах знаменитость. К тому же – лицо клуба. Во всех случаях, публичный человек. Кстати, раньше о таких вещах я просто не задумывалась, только, общаясь с тобой, обнаружила.

Мы встречались при каждом удобном случае. Пусть на полчаса, даже на пять-десять минут. Болтали, пили кофе, ели мороженное, кормили голубей. Трудно передать, какое наслаждение я получала от таких, казалось бы, ничтожных мелочей. Вика, несмотря на мои возражения, всё-таки познакомила меня со своими друзьями. Я не была уверена, что они искренни в отношениях со мной, хотя буквально тонула в их лести и комплиментах. Особенно настойчив был Артур. Сын какого-то шоумена с телевидения, он пытался пробиться на эстраду, сделать сольную карьеру, и постоянно расспрашивал меня о технике исполнения отдельных моих номеров. В принципе, этот вопрос всех волновал, у ребят даже были записи всех моих программ, что меня насторожило, но я промолчала.

– Скажи, а вот эта миниатюра, где ты идёшь по тёмному городу одна, на тебя неожиданно нападают хулиганы, а потом ты фантастически дерёшься одновременно с пятью отморозками, мы так и не смогли разгадать, какую оборонительную технику ты использовала, хотя пересмотрели этот эпизод не один десяток раз. И почему он так странно называется: «Обмани-смерть»?

Артур был прилипчив, как банный лист. Для меня не было большим открытием, что молодёжь сейчас не знает самых элементарных вещей, у неё свои ценности, но почему именно я должна была их какому-то сопляку растолковывать? И всё-таки, что мне оставалось?

– Обмани-смерть, Вотрен, Жак Колен, он же аббат Карлос Эррера – у бывшего каторжника, персонажа романа «Блеск и нищета куртизанок» Оноре де Бальзака было много имён. Так что не ищите в моём танце айкидо или карате, тут просто криминальная уличная драка. В ней свои приёмы. Я представила очень сложный вариант, когда противников больше четырёх. В такой схватке практически невозможно победить. Можно драться на три стороны, если за вами стена, на четыре – вы должны быть, по меньшей мере, суперменом, но «пятый лишний» – это уже верная смерть. Пятый всегда найдёт ваше слабое место, выберет не спеша, чтобы вас достать, удобный момент. Оружие – всё что угодно: что у вас есть в карманах, до чего можете дотянуться. Авторучка, пилочка для ногтей, верёвка из капюшона вашей куртки, кисточка для макияжа, шило, ногти, зубы. Да, да, шило, заточка – чем уже лезвие клинка, тем он опаснее, ни один хирург вас потом не спасёт. Что ещё? Подлость, эффективность приёмов не должны знать пределов: коленная чашечка, пах, солнечное сплетение, шея, кадык, любые болевые точки. Если ясно, что нападения не избежать, наносить удар первой. Потом будут адвокаты, пострадавшие, родственники пострадавших, а вот если вы промедлите, не будет вообще ничего. Ну а оптимальный вариант: пройти специальный курс у какого-нибудь специалиста. Их сейчас пруд пруди. Я сказала достаточно?

Ребята слушали меня, разинув рот. Если бы они знали ещё, кто меня консультировал! Человек, две трети сознательной жизни проведший за решёткой. И его слова: «Если понадоблюсь, обращайся!» дорогого стоили.

За каждым из моих номеров стояли консультанты, как правило, из моих самых верных и бескорыстных поклонников, и каторжный труд.

Первым очнулся Артур.

– Прости, но, судя по твоему рассказу, Вотрен – мужчина, а в танце фигурирует женщина. Как так получилось? Ведь ты могла переодеться.

– Ну, будем считать, что тут эпизод из позднего периода жизни Жака Колена. В главе «Последнее воплощение Вотрена» его приглашают на службу в полицию, чтобы очистить Париж от расплодившегося, как вши криминального элемента. И там он уж перевоплощался, как хотел. По сути, это ведь реальный человек, только звали его по-другому – Эжен Франсуа Видок, гнусный тип, который после бурной криминальной биографии, без крохи жалости и сожаления добрых два десятка лет гнобил и истреблял своих бывших подельников и друзей. Кстати, им вдохновлялся не только Бальзак, но и Эжен Сю в «Парижских тайнах», Виктор Гюго в «Отверженных». Но у Бальзака он наиболее близок к прототипу, причём сейчас актуален, как никогда. Чего стоит хотя бы одно из его высказываний: «Надо пожирать друг друга, как пауки в горшке». Вам это ничего не напоминает?

«Хрустальная любовь», если вы помните, начинается с того, как два совершенно незнакомых человека обращают друг на друга внимание в толпе.

Снова и снова тот же эпизод, только

статисты вокруг разные.

Вот эти двое уже в ожидании встречи, ищут глазами один другого.

Их сближение, жесты, па, которыми они знакомятся, представляются друг другу.

Интерес идёт по нарастающей, пока не доходит до кульминации: нескончаемого танца, в котором мешаются самые разные стили, участвуют уже все статисты.

В финале они просто уходят вместе, о чём-то беседуя друг с другом.

Здесь важное значение имеет подтанцовка. Ребята понемногу вовлекаются в чудо неожиданно возникшего чувства, а под конец оттягиваются по полной программе. Нет равнодушных, все радуются случившейся волшебной встрече, мечтают о счастье сами.

«Восторг» – женщина в момент эмоционального взрыва. Выкладывающаяся полностью во всех гранях своего профессионального мастерства танцовщица, на которую все вокруг работают, помогают раскрыться максимально чувствам, которые героиня испытывает. Здесь я хочу особо остановиться на визуальных эффектах: огромные экраны, на них постоянно меняются цветы, драгоценности, великие актрисы всех времён и народов, много чего. Мы широко используем сейчас формат 3D, а экраны расположены уже не только на сцене, а буквально по всему залу.

Я понимала, что мне уже не удастся избежать того, чтобы попасть в ролик и быть выложенной в СоцСетях, мне всё-таки развязали язык, подловили.

ГЛАВА 4. СУКА

Ильяс кинул передо мной флешку, файл с распечаткой и покачал головой:

– Ну ты покойница, Саша! Как это тебя угораздило?

Сначала я ничего не поняла, но уже с первого взгляда на текст мне всё стало ясно. Что оставалось? Я проронила со вздохом:

– Спасибо.

– За что? – искренне удивился начальник службы безопасности нашего клуба.

– За то хотя бы, что ты набрался терпения и не вручил мне эту пакость до выступления.

Галеев немного смягчился, но всё же отвёл взгляд в сторону.

– Саша, ты – королева, без вариантов, я искренне тобой восхищаюсь. Но я обязан был доложить начальству, такое нельзя скрыть.

– Сколько у меня времени? – спросила я, облизнув внезапно пересохшие губы.

– Времени? На что? – удивился Ильяс. – Сашенька, золотце, у тебя нет ни одного шанса. Такие вещи у нас не прощают.

– И всё-таки?

– Меньше суток.

– Поможешь?

– Как? Кто меня слушать будет?

– И всё-таки?

Галеев задумался. Затем пожал плечами:

– Ну, если что-то в моих силах будет сделать, безусловно.

Я еле дождалась, пока доехала до дома. Но и там постаралась не растечься амёбой прямо у порога. Приняла душ, надела халат и только потом, забравшись с ногами на диван, погрузилась в чтение.

Вся моя жизнь до самых потрохов. Думаю, на целый разворот, если учесть весьма красочные фотографии. Типичный заказ по принципу рикошета: жалкая танцовщица – ночной клуб – незримый босс, хозяин нашей «Косыночки». Всё ради его имени, упомянутого один только раз, и то лишь вскользь.

Первое впечатление: прав был Ильяс – речь шла уже не о покойнице, а о трупе. Сомнительно, чтобы после таких материалов меня оставили в живых.

Рингтон арии «Два крыла любви» из мюзикла «Ромео и Джульетта», я судорожно схватилась за смартфон. Галеев, слава Богу!

– Ну что, прочитала? – холодно поинтересовался он. – История простая: мне позвонил редактор «Зеркала», мой хороший друг, попросил подъехать. Показал распечатку, спросил, что с ней делать? Теперь твоя очередь. Что ты можешь поведать навскидку?

Я вздохнула.

– Типичная заказуха. Зашли издалека: сначала тиснули две статейки в «КрисТине», «глянец» есть такой, ну ты их наверняка видел. Затем та же девчонка: Вика – фрилансер, вроде как заинтересовалась мной, предложила дружбу. Выглядело всё очень мило, я, естественно, купилась. Снимки все подлинные, хоть и сделаны без моего согласия, наверняка сама нащёлкала, не подключала папарацци. Статья сшита из трёх источников: моё эссе, вроде как заказанное для очередного номера того же журнала, но впоследствии отвергнутое им, наши разговоры – пустопорожняя болтовня, я всё просеяла – ни одного лишнего слова, но как ни странно, работает, ну и, как апофеоз, наглое враньё, чистейшей воды сочинительство.

– Что ты никак не сможешь доказать… – усмехнулся Галеев.

Я собрала волю в кулак. Мой единственный шанс, получится ли?

– Ну почему же, я ведь не круглая дура, чтобы подписать договор с клубом, не читая его. Поэтому «за базаром следила», все наши разговоры, на всякий «пожарный» случай, записывала на диктофон. Кстати, писали обе, втайне друг от дружки, естественно. Если эту суку прижать хорошенько, идентичность записей вполне убедительный довод.

Галеев задумался, я терпеливо ждала его решения.

– Ладно, – процедил, наконец, сквозь зубы Ильяс. – Будем считать, что от могилки ты отползла. Дальше всё зависит от того, как ты себя поведёшь. Собственно, ты права, одну тебя наказывать было бы нерационально и несправедливо. Надо отследить и накрыть всю цепочку: «подружку» твою, посредника, заказчика. Ну и вытрясти их до потрохов. За подсказку насчёт того, чтобы записи ваши сверить, спасибо. Вопрос, что дальше делать? Оптимальный вариант был бы – не высовываться тебе пока, пусть «эта сучка», как ты её назвала, сама позвонит, проявит инициативу. Думается, она понимает, в какое серьёзное дело вляпалась, но надеется, что за тебя никто не вступится. Уроют тупую фигляршу вроде как за её разоблачения о клубе, тем всё и закончится. Но мы не можем так долго ждать, действовать надо без промедления. Так что придётся тебе всё-таки самой, первой, своей подруженьке весточку послать. Сделаешь вид, что ни о чём пока не подозреваешь, встретишься с ней, главная твоя задача – завлечь её в такое место, где бы вы оказались наедине.

Я уточнила, не взять ли мне с собой диктофон, чтобы уличить Вику? Однако

Ильяс ответил, что девчонка – стреляный воробей, на такой крючок её не подденешь, уж лучше они по-своему с ней поговорят. Расслабься, мол, не впервой.

Что мне оставалось делать? Молиться!

ГЛАВА 5. ДВЕ «СБИТЫЕ ЛЁТЧИЦЫ»

Сказать по правде, я очень сомневалась, что Вика решится на новую встречу со мной, однако выхода другого у меня не было, я понимала, что мне нужно не просто решиться на звонок, но и применить весь свой артистизм в действии. Малейшая дрожь, наигранность в голосе спугнули бы птичку, которую воробьём никак нельзя было назвать, поэтому я старательно гнала все грустные мысли прочь, стараясь не думать о том, что со мной будет дальше.

К моему удивлению, Вика легко клюнула на приманку. Ворона, не воробей, конечно. Мудра, но подвело профессиональное любопытство: хоть статья и закончена, всегда найдутся детали, которые не мешало бы уточнить. Дальнейшее было делом техники, подкатила машина Галеева, я даже не стала смотреть, как «богиню журналистики» запихивали внутрь.

Естественно, меня отстранили от работы, обобрали до нитки, заменили на дублёршу. Однако быстро убедились, что так можно в два счёта всю клиентуру в клубе растерять, тем более что ажиотаж вокруг моего имени и в самом деле возник невероятный (работал, работал «чёрный пиар»!) и, в конце концов, вернули обратно.

Трудно передать мой восторг, когда я

вновь оказалась в своей гримёрке. Жизнь постепенно начала возвращаться в прежнее русло. Меня совершенно не интересовало, что с моей бывшей подруженькой дальше произошло, но она сама мне позвонила. Долго высказывала своё возмущение, что она теперь занесена в какой-то чёрный список, ни в одном издании не принимают её материалы. Ещё что-то про астрономический долг, который на неё повесили и, естественно, счётчик, который уже начал тикать. Пригрозили, что иначе продадут в бордель, либо вообще в сексуальный трафик отправят.

– Зачем так делать? Неужели нельзя было понять – это просто моя работа?

– Ну, у ребят из охраны тоже работа. Ни у кого из них нет к тебе ничего личного, – хмуро отреагировала я. – Ну а если тебе непременно нужно поплакаться, то у меня картина не лучше, я такая же, как и ты, «сбитая лётчица». Машину, квартиру, сбережения – всё конфисковали, то, что на работе пока оставили, ровным счётом ничего не значит, ищут мне замену. Найдут, сразу дадут пинка под зад. Зато я теперь знаю цену настоящей дружбе.

– Ну хорошо, – не унималась Вика, как будто меня не слышала, на мои проблемы ей ровным счётом было наплевать, – я-то ладно, а Артурчика-то за что прессанули? Он ведь сделал тебе хорошую рекламу, выложив ролики с твоими высказываниями в Интернет? Да, «чёрный пиар», но ведь пиар!

Я вздохнула. Ничего-то ты не поняла, «глянцевая идиотка». Даже после драки всё ещё пытаешься кулаками махать.

– Авторское право, что поделаешь. В следующий раз будет знать.

– Авторское право? Да он-то тут причём?

Сама, дура, соловьём разливалась. Никто ведь тебя не пытал!

А это уже провокация пошла. Не дождёшься! Учёные уже!

– И что мне теперь делать? – сделала последнюю попытку выманить меня из норы Викажур.

Я не сомневалась в том, что меня снова пытаются развести, записывают наш разговор на диктофон, поэтому не стала проявлять свою запоздалую мудрость (совиную, всё знает, только спит слишком много).

– Жить дальше.

– Да уж, замечательнейший совет! – зло прошипела Викуся, прежде чем нажать кнопку «отбой».

Ну, а что ты хотела, дорогая? Чтобы я посоветовала тебе уехать в другой город?

Петербург, например.

Соединить первую древнейшую профессию со второй: всех ублажить из тех, кто тебя «окунул», пройдясь по кругу, а в дальнейшем быть у них верной шавкой на побегушках?

Знать наперёд, с кем можно связываться, а с кем лучше воздержаться, в сторону отойти?

Не быть такой жадной до грязных, «крысиных», денег?

Не дождёшься. Жизненный опыт дорого стоит. Набей-ка лучше себе ещё побольше шишек. Да побольней чтобы было. К примеру, хотя бы вполовину того, как больно сейчас мне. Эх, заползла всё-таки змея в моё сердце, долго ещё теперь придётся после неё душевные раны врачевать.

ГЛАВА 6. «ХРУСТАЛЬНАЯ ЛЮБОВЬ»

История одного предательства… В какой-то мере я впала в детство.

Словно не было книг, которые я запоем читала. Пусть небольшого, но выстраданного, выплаканного житейского опыта.

А ведь отнюдь не ангелы меня окружали.

И не было на всём белом свете ни единой живой души, с которой я могла бы поделиться своими проблемами. Даже дневнику я не могла теперь доверять.

Кто-то сказал, что друзьями обзаводятся только в детстве, в лучшем случае, в молодости. Всем остальным: приятелям, коллегам, знакомым, даже если их Бог посылает, до конца не следует верить. Странно, но утверждение это, на ком бы я ни примеряла его, практически всегда срабатывало.

Но почему так? Казалось бы, в детстве у человека и ума-то ещё нет достаточно зрелого, и в людях он не разбирается по-настоящему, а вот на тебе! Может, объединяют общие воспоминания? Школьная скученность, когда знаешь всех своих товарищей до потрохов? И то, что одному никак не выжить – затравят, забьют? Поневоле приходится примыкать к какой-нибудь, той или иной, стае?

Домашний двор – те же условия, порой даже куда более жёсткие, здесь редко идут «стенка на стенку», стараются наносить удары исподтишка: и «семеро одного» бьют, противу всех старинных правил, и «лежачего», и беззащитного, причём чаще всего – ногами. Не только у ребят, у девчонок сейчас, приблизительно, то же самое.

Учёба в институте – та же куча-мала, особенно, если к ней ещё и общага прибавляется. Вот тут мозги уже достаточно соображают, не зевай, выбирай. Заводятся не только дружеские отношения, но и столь необходимые в жизни связи.

Что ещё? Армия? Какие-нибудь экстремальные ситуации?

А в остальном? Правильно сказал Публий Сир: дружба, которая прекратилась, никогда, собственно, и не начиналась.

Что касается меня самой, ясно было одно: полетала я на седьмом небе от счастья, помечтала немного, но зато избавилась от иллюзий: дружбы мне вовек не видать. Что же тогда остаётся? Любовь?

«Любовь – проклятая Богом страна, где ни один поезд не приходит по расписанию и начальники станций в красных шапках – все сумасшедшие или идиоты. Но здесь и сторожа сошли с ума от крушений! Опаздывают все признания и поцелуи, всегда слишком ранние для одного и слишком поздние для другого, лгут все часы и встречи, и, как хоровод пьяных призраков, одни бегут по кругу, другие догоняют, хватая воздух протянутыми руками. Всё в мире приходит слишком поздно, но только любовь умеет минуту запоздания превратить в бездонную вечность вечной разлуки!» Леонид Андреев.

Как ни странно, цитата из классика, когда я прочитала её, не расстроила меня, а даже приободрила. Она помогла мне понять, насколько любовь сложная штука – зависит буквально от каждой, самой ничтожной, мелочи, и найти своё счастье в ней очень сложно, практически, невозможно.

Но… можно. Если вопрос с дружбой был закрыт навсегда, то в любви для меня всё только начиналось. Столь драматическая встреча с Вадимом была первым опытом, несмелым шагом, но она открыла мне то, что я уже отчаялась испытать. Главное, что я поняла: я могу быть счастлива, могу жить полноценной личной жизнью. Причём многое в этой «проклятой Богом стране» зависит от меня самой.

Да и не «проклятая» она вовсе, погорячился классик, просто забытая. Главное – не ждать, не впустую надеяться. Искать именно то, что мне, именно мне, нужно, искать драгоценность, смысл бытия. Иначе непременно сбудется популярный депрессивный афоризм: «всё в мире приходит слишком поздно».

Или, как там у Тургенева?

«Любовь! В ней всё тайна: как она приходит, как развивается, как исчезает. То является она вдруг, несомненная, радостная, как день; то долго тлеет, как огонь под золой, и пробивается пламенем в душе, когда уже всё разрушено; то вползает она в сердце, как змея, то вдруг выскользнет из него вон…»

Нет, подобное явно не для таких изгоев, как я. Зачем мне страдания, у меня и без того их предостаточно. Не хочу змиев, которые вползали бы мне в сердце. Уж лучше пусть будут «сумасшедшие или идиоты», «хоровод пьяных призраков», с такими мелочами как-нибудь можно справиться.

И ещё: в «забытой стране» не даётся всё сразу, здание выстраивается по кирпичику. Так что я с полным правом могла теперь назвать себя богачкой. У меня уже был первый опыт, удачный, неудачный – не важно, мне перепала чуточка счастья. Бесценный дар Бога, который отнять уже невозможно.

И самое важное – я сделала великое открытие: поняла, что любовь – не дружба. Разлука, предательство, разочарование – ей всё нипочём. Она навсегда остаётся в памяти. Навек пронзает сердце. Да и не было в тот, прошлый, единственный, раз ни лжи, ни злобы, ни предательства. Просто появилось счастье и закатилось, как солнышко.

Ну а вообще, если дальше рассуждать – я счастливейшая из женщин, моё положение особенное: мне не надо бегать, суетиться, искать – моё главное преимущество в том, что я всегда на виду. Всё, что от меня требуется – не ошибиться с выбором. И он придёт, мой суженый, куда он денется? Просто нужно быть постоянно начеку, не упустить «волшебное мгновение». Если быть точной: «чудное мгновенье…»

Однажды мельком, совершенно случайно, я увидела Вику. К моему удивлению, ничто в ней не говорило о том, что она «на грани». По всей вероятности, выкрутилась из, казалось бы, безнадёжной ситуации, последовав сразу всем моим невысказанным советам. Денег-то у неё отродясь не было. Ну а так, что ей сделается? Как та лохматая собачонка после случки: отряхнулась и побежала дальше по своим собачьим делам. Интересно, сохранилась ли в ней вообще хоть капля морали?

Как бы то ни было, ни имени посредника, а уж тем более, заказчика мы с Ильясом так и не узнали.

Был парень, которому хотелось сделать себе имя, Вика рассчитывала продать свой опус дважды, заодно заметя следы, но кого он интересовал?

«У тебя есть враги. Ты знала об этом?»

Врагов у меня, как я уже упоминала, всегда хватало, так что: одним больше, одним меньше, какая, в сущности, разница? Хотя, конечно, разница была, и весьма существенная.

ЧАСТЬ ТРЕТЬЯ. ШКОЛА ТАНЦЕВ

ГЛАВА 1. ЧУЖОЙ МОНАСТЫРЬ

Я вышла из клуба и огляделась по сторонам. Как всегда поклонники, цветы, автографы, комплименты, попытки заговорить на разные темы. Не только у меня, но у меня, как обычно, больше. Какое-то время после памятной истории с Викажур, мои коллеги ещё по привычке спрашивали меня: «Ты с нами?», сейчас уезжали молча в наши излюбленные уютные ночные кафешки. Первая привычка, от которой мне скрепя сердце пришлось отказаться. И не только из-за отсутствия денег, а главным образом потому, что очень далеко было потом домой добираться, да и настроение у меня до сих пор никак не налаживалось.

Не находилась точка опоры.

Предательство Вики я давно уже переварила, но моё будущее…

Раньше я двигалась вперёд по инерции, ни о чём не задумываясь. Зачем себе голову лишними проблемами забивать? Сейчас, казалось бы, самым важным было как можно скорее отыграть утраченные позиции, но стимула прежнего не было, я всё больше понимала, что мне нужны куда более основательные перемены в жизни, чем те, что со мной произошли.

Однако осознание этого пришло ко мне в самый неподходящий момент. Всё, что я так долго выстраивала, развалилось, у меня не было теперь ни кола, ни двора, ни гроша за душой.

И тем не менее… чем объяснить? Вот в таких, казалось бы, совершенно невыносимых условиях, как ни странно, исчезла вдруг психологическая клетка вокруг меня, куда-то испарился комплекс неполноценности. Я больше не казалась себе экзотическим кафкианским насекомым, стала ощущать себя такой же, как все люди вокруг, и мне отныне плевать было на то, как они меня воспринимают.

И тем не менее… нельзя ли поконкретнее? Ведь рано или поздно из клуба мне всё равно придётся уйти. Возраст. Не откровение, конечно, всего лишь старая песня на новый лад, но сейчас она звучала для меня совсем по-другому.

Зачем ждать? Имело куда больший смысл поискать другие варианты заранее. Но какие именно? Открыть школу танцев? Создать журнал для нетрадиционалов в Интернете? Да их и так пруд пруди. Хотя, конечно, конкуренцию ещё никто не отменял.

Далеко не сразу я обратила внимание на

одинокую фигурку с букетом синих ирисов в руке. Меня как током ударило. Я уже садилась в такси, и вдруг столь неожиданная встреча. Как видно, Вадим не попал в клуб: то ли охрана отсеяла, то ли денег у человека не хватило на билет. Он так и не решился ко мне подойти, пришлось самой проявить инициативу.

– Здравствуйте, Вадим. Не видела вас сегодня в клубе, как так получилось?

«Ирис» покраснел, пожал плечами:

– Меня не впустили. Никак не могу понять почему. Одет слишком просто? И вообще, как так можно? Одним взглядом решать: достоин ты или нет «столь высокой чести»?

– Да, вы правы, – с сочувственной усмешкой кивнула я, – казалось бы, столько веков прошло, а мир не меняется: всё та же затёртая до дыр истина про свой устав и чужой монастырь.

Вадим промолчал. Он не знал, как к моим словам относиться: как к издёвке или всего только чёрному юмору?

Между тем, таксист, который частенько подвозил меня домой, вышел из машины, чтобы ускорить процесс.

– Карета подана, – сделала приглашающий жест я, – вас подвезти?

– Да нет, я лучше на своей «ласточке» доберусь, – поспешил отказаться Вадим. – Вы езжайте, Саша, вам ведь к завтрашнему (пардон, сегодняшнему) дню как следует выспаться нужно. Я всего лишь хотел ещё раз представление посмотреть и несравненную приму поздравить. Кстати, как у вас с выходными, бывают? Можно было бы сходить в ресторан.

Я сразу поняла, что плакал горючими слезами мой сон сегодня, заплатила неустойку шофёру, не забыв принести ему глубокие извинения.

– Ресторан, так ресторан, зачем откладывать. Хотя я предпочла бы вариант поскромнее, мы обычно после работы «зависаем» в каком-нибудь круглосуточном кафе. Казалось бы, после такой интенсивной нагрузки ни о чём другом не мечтаешь, как сразу провалиться в объятия Морфея, но на самом деле нервы настолько после представления бывают напряжены, что сначала их хоть немного нужно в норму привести.

– Почему же вы тогда проигнорировали сегодня приглашение своих коллег? – удивлённо спросил Вадим. – И где ваша шикарная «Бэха семёрка» (BMW 7)? Неужели в ремонте? Я думал, такие машины не ломаются.

– Ломаются, всё ломается, – уклончиво

ответила я. – Но предлагаю не уклоняться слишком от темы. Здесь недалеко, на чём поедем? На вашей «ласточке» или поймаем такси?

Мой кавалер смущённо пожал плечами:

– Ну, если мой «коняка» вас не разочарует, то зачем тратиться зря, кормить «бомбил»-дармоедов? Тем более, учитывая, что ночь на дворе – могут ободрать как липку.

Вернувшись от охранника, которому я отдала букеты – ещё один мой маленький бизнес, я с недоумением посмотрела на «Жигули пятёрку» Вадима. Давненько я на таком драндулете по ночной Москве не фланировала. Как я ни пыталась скрыть, Вадим заметил мою гримаску и, как видно, обиделся. Хотя ирисы его я оставила.

– Да, вы правы, конечно, давно пора бы

сменить авто, но я привык. Не хочется предавать испытанного друга.

Я благоразумно промолчала, пристегнулась, и стала сосредоточенно объяснять, как проехать к «Пересвету» – у этого «умника» даже навигатора не оказалось.

Мы иногда украдкой посматривали друг на друга. Я никак не могла осознать, что со мной происходит. Совсем недавно я и мечтать не могла, что мы с Вадимом когда-нибудь хоть краешком глаза увидимся, а тут вдруг полный покой, граничивший с равнодушием. Чем объяснить? В принципе, такое случается – когда люди бывают на седьмом небе от счастья при первой встрече, а при второй могут пройти мимо, даже не взглянув друг на друга. Но только не со мной. Скорее, я просто внутренне сжалась, было очень обидно, что повторный шанс выпал мне так не вовремя, в столь тягостный период моей жизни. Да и со стороны Вадима я не наблюдала особого воодушевления.

Поразмыслив немного, я решила, что мне нет никакого смысла притворяться, что-то приукрашивать, а уж тем более – скрывать. Расположившись в кафе, где меня все знали, здоровались со мной, с недоумением посматривая на моего «доблестного рыцаря», который пришёлся здесь явно не ко двору, я неожиданно, совсем как та старуха с её неожиданной прорухой, взахлёб стала выкладывать всю правду о своих последних приключениях.

О Вике, о «Бэхе», о том, что в любой момент могу вылететь из «Косынки». Замена мне практически уже найдена, хозяева просто решили подождать до нового представления: зачем лишние деньги тратить на переделку костюмов, дополнительные репетиции, да и вообще – клиент, он ведь непредсказуем. Ещё о том, что мои поиски, не работы даже, а нового смысла жизни, пока не принесли никаких результатов. Ясно было, что танцовщицей меня уже никуда не возьмут, в нашем мире не одобряются подобные перебежки, выкаблучивания. Если только в другой город переехать? Но куда? В Петербург?

Вадима из нежданно-негаданно свалившейся ему на голову исповеди особенно потрясли мои столь резко изменившиеся жилищные условия. Да, что делать, мне пришлось поселиться аж в Новой Москве, то есть, за пределами МКАД, конкретно, в городе Щербинка. Мы жили там вшестером в трёхкомнатной квартире, даже на отдельную комнату денег у меня пока не набиралось. Шумы ближайшей стройки не затихали с раннего утра до глубокого вечера ни на минуту, репетировать, разминаться тем более было негде. Радовало лишь одно: то, что хоть мы и вылетели на обочину, оказались все лузерами, изгоями, среди нас не было людей отчаявшихся, спившихся, да и вообще, «чужих». Два гея, трое обычных ребят, из моей подтанцовки, ну и, конечно, я, «леди Багира».

Как я ни выворачивалась наизнанку, мне не удалось разбить стену отчуждения, неожиданно воцарившуюся между нами. Я понимала: зря, пожалуй, я трясла сейчас соплями в своих признаниях, кому интересны чужие проблемы? Хотя, в принципе, шла я на это осознанно. Дело было даже не в том, что мне хотелось показать себя в крайней степени унижения, то, что я тля и вообще ничего собой не представляю – у меня не было никакого желания увидеться когда-нибудь ещё раз с сидевшим сейчас напротив человеком. Не принц, да, конечно, обыкновенный бухгалтер, но, главное, что он был не из «наших» и даже ближайшего к «нам» окружения, и сколько бы я ни распиналась сейчас перед ним, что он мог понять из моих заморочек? Лучше бы не приходил вовсе, у меня, по крайней мере, осталось бы в неприкосновенности воспоминание о той волшебной ночи и о человеке, который мне её подарил.

– Ну что? – улыбнулся Не Принц, когда мы вышли на улицу. – Теперь в Щербинку?

– Нет, – отрицательно покачала головой я. – Слишком далеко. Ни вам, ни мне нет смысла мотаться туда и обратно. Лучше отвезите меня, если вам не трудно, обратно к клубу. Вообще-то, не положено, но, может, удастся скоротать остаток ночи в гримёрке.

Доставив меня к «Косынке», Вадим помахал мне рукой на прощанье:

– Пока, увидимся ещё!

Я промолчала. Как, интересно? Мы даже не обменялись телефонами. А, да и бог с ним!

ГЛАВА 2. ДЖАНГЛ ТАНГО

Обычно я сплю довольно крепко, однако в ту ночь оказалась разбужена необычным сном, который был настолько явственным, что я могла вспомнить в нём потом мельчайшую деталь. Мы сидели в кафе, вдруг заиграло танго, и Вадим пригласил меня танцевать. Меня, Багиру! Было немного смешно смотреть на своего кавалера в его мешковатом костюме, очках с большими диоптриями и ботинках совершенно не подходивших для столь сложного танца. Больше всего я боялась, что он отдавит мне ноги.

Однако ничего подобного не произошло. Уже по тому, как меня уверенно взяли за талию и крепко сжали ладонь, я поняла, что партнёр мне попался достойный.

Ах, как жаль, что я была не в своей прежней квартире, я непременно встала бы сейчас и повторила все свои движения от начала и до конца. Не поленилась бы надеть для этого своё лучшее платье.

Пиджак Вадима развевался в разные стороны, я была в его руках, как гуттаперчевая кукла. Посетители смотрели на нас, затаив дыхание, не понимая, что происходит. Откуда вообще мы взялись? А я пребывала в таком восхищении, что мне хотелось обойти все наши любимые кафешки и продолжать, продолжать наш танец до бесконечности.

Боже, как тяжело мне было лежать неподвижной и притворяться спящей. Во мне звучала феноменальной красоты музыка, складывались сами собой слова в чудесные строки. Конечно, надо было встать и, осторожно пробравшись в ванную, записать на каком-нибудь клочке бумаги то, что перехлёстывалось сейчас во мне через край, но неожиданно я вновь уснула.

А утром всё забылось, исчезло в ворохе пустопорожних звонков и житейских мелочей, и это была невосполнимая потеря. Остался лишь букет синих ирисов на тумбочке перед моей кроватью.

Я не пыталась вспомнить, что со мной произошло, мне было сложно разобраться в своих чувствах. Но впечатление было на редкость отвратное. Меня продолжало изводить отчаяние, а нужно было собраться и взять себя в руки, зрителю было наплевать на мои переживания.

Так снова потянулись однообразные, угнетавшие своей неопределённостью, дни. Пока однажды в клубе, перед репетицией, я не решила восстановить тот танец из своего сна. Вспомнить я его решила через движение. Оживляла в памяти, как мы двигались с Вадимом, и сами собой возникали на губах музыка и слова, я потихоньку их напевала. Наш гитарист, уже пришедший на работу, некоторое время молча, с улыбкой, наблюдал за мной, а затем попытался воспроизвести на своей «EPIPHONE» захвативший меня мотивчик, чтобы начать аккомпанировать мне. Однако у меня не было никакого желания делать достоянием широкой публики свой бриллиантик, и я скоренько убралась в свою гримёрку.

Там я быстро записала то, что мне удалось вспомнить, и мелодия уже не покидала меня. Потом, при каждой удобной возможности, я постепенно приводила в порядок текст, пока не родилась неплохая вещица, которую я напевала, лишь когда оставалась с собой наедине, продолжая хранить её в самой глубине своего сердца. «Танго джунглей», «Джангл танго». В который раз хочу поблагодарить тебя, Редьярд! Я у тебя в неоплатном долгу.

Приблизительно в то же время меня

стали изводить совсем другие воспоминания. Я медленно, до мельчайших подробностей, восстанавливала в памяти нашу первую встречу с Вадимом, пересматривала без остановки его фотографии. Но всё же была очень удивлена, когда он мне позвонил на смартфон.

– Привет, это я, Вадим, не узнала?

Голос был такой же спокойный, как и в прошлый раз, а вот во мне вдруг всё перевернулось.

– Узнала! Почему бы и нет? – ответила я, стараясь, насколько возможно, оставаться невозмутимой. – Номер из пиратских баз данных узнал?

– Не-а! Не угадала, – Вадим не обратил никакого внимания на мой холодный тон, – фанаты твои подарили.

– Подарили? – скептически усмехнулась я. – Представляю, в какую сумму тебе такой подарочек обошёлся.

– Понятно, – вздохнул «милый мой бухгалтер». – Я сегодня не вовремя. Ты явно не в настроении. Но уж потерпи, мне нужно тебе одну вещь передать, не хотелось бы дожидаться окончания представления. Ты когда приходишь на репетицию? Я подъеду к клубу. Если рано, то, в крайнем случае, отпрошусь. А то в прошлый раз я чуть было не проспал на работу, да и потом никак не мог сосредоточиться над своей цифирью.

Передать? Что?

Я никак не могла понять, и еле пережила эти несколько часов до нашей встречи.

ГЛАВА 3. КЛЕТКА ДЛЯ ПАНТЕРЫ

Вадим передал мне небольшой свёрток и тут же уехал, уже в гримёрке я медленно развернула его. Лаконичность присутствовала на высшем уровне: только ключ и адрес, нацарапанный на клочке бумаги. Ещё несколько часов неизвестности. Но и их я кое-как перетерпела.

Квартирка с высокими потолками и скрипучими полами в центре Москвы. Длинный широкий коридор и три комнаты, сравнительно большая кухня. Как видно, здесь когда-то была коммуналка. На одной двери надпись, нацарапанная всё тем же корявым почерком: «Леди Багира», но когда я толкнула её, она оказалась запертой. Очередной сюрприз. Как видно, мой доблестный идальго был на них большой мастер. На другой двери была ещё более короткая надпись: «Вадим». Я не стала заглядывать в комнату, было и так ясно, что Мастер Загадкин после напряжённого трудового дня без задних ног спал. Ну и, наконец, надпись «Саша». Господи, какой же там был бардак! Но, тем не менее, присутствовали старый диван, застеленный свежим бельём, кустарной работы платяной шкаф. Что мне ещё было нужно? Я сходила в ванную, затем нырнула под одеяло и тут же провалилась в глубокий сон.

Когда я отверзла очи утром и прошлёпала в приготовленных мне тапочках по коридору, моего соседа уже не было, укатил на работу. На кухне был приготовлен завтрак и, снова лаконичность, никаких записок с пояснениями. Из завтрака мне ничего не подходило, и я его отправила в ведро для мусора. Ну откуда человеку знать, чем питаются танцующие пантеры? Заглянула в холодильник, мышь там, конечно, не повесилась бы, нашла что пожевать, но для хищницы ничего подходящего не нашлось.

Пришлось одеться абы-как и отправиться в ближайший универсам.

День прошёл в готовке и обустройстве моей комнатёнки. Так продолжалось несколько дней, буквально до выходных. В субботу мы, наконец-то, с Вадимом увиделись. Я долго думала, принять ли мне протянутую руку помощи, потом решила: а есть ли у меня другой выход? На своей прежней квартире я больше не появлялась, просто попросила своих ребят перевезти мои вещи по новому адресу, однако хозяйничать в выделенной мне комнате на полную катушку я так и не решилась, сложила свой хлам в углу, ожидая, когда решится моя дальнейшая судьба.

Сегодня предстоял трудный день, день переговоров. Вадим понял, что я уже встала, но не торопил меня, ожидая, когда я приведу себя в порядок, кашеварил на кухне. Конечно, мне не хотелось представать перед ним в расхристанном виде, но и время у меня было расписано до предела. Слава богу, с обедом я позаботилась заранее, всё набрала, даже на двоих, на всякий случай, в нашем ресторанчике, ничего не надо было готовить. Ну а уж мой рыцарь мог поступать, как ему заблагорассудится. Суббота – ответственнейший день в нашем клубе, приходят самые упёртые завсегдатаи, поэтому репетиции мы не устраиваем, даём себе время немного передохнуть, чтобы потом выложиться по полной программе.

– Ну что, поговорим? – спросила я, когда Вадим заглянул ко мне, услышав, что я включила музыку.

– Хорошо, – кивнул он, – только давай лучше перейдём на кухню, а то у меня давно уже кишка кишке бьёт по башке.

Я согласилась. Стол ломился от самых разнообразных яств. Мы ещё не знали вкусов друг друга, тем более, не выработали единый стиль.

Вспомнилась поговорка из далёкого детства: «Когда я ем, я глух и нем». Мы долго молчали, не находя с чего начать. Наконец Вадим решился:

– Ты помнишь, как я был потрясён в прошлый раз, когда узнал, в каких ужасных жилищных условиях ты оказалась? Так вот: мне захотелось тебе помочь.

Я была словно натянутая струна.

– Да ничего, – пожала я плечами. – Потери понемногу компенсируются, деньги копятся, я набрала уже на отдельную комнату, тоже в «трёшке», опять со своими, но ближе к центру. Так что ты зря беспокоился. Я привыкла все свои проблемы решать сама.

Вадим словно и не слышал меня.

– Квартира досталась мне от родителей, место престижное, поэтому меня постоянно достают своими предложениями риэлторы, хотят на мне подзаработать, ну я и не стал вкладываться в ремонт, так и жил, ничего не меняя, долгие годы. Будем считать, что сейчас, благодаря тебе, у меня, наконец, появился хороший повод привести свинарник, который ты несколько дней лицезрела, в порядок. Я надеюсь, тебе подходит такое предложение? Начать предлагаю с самого для тебя важного – со студии. Комнату для неё я выбрал самую большую из трёх. Ну а дальше видно будет, сразу всё мы просто не потянем.

Я задумалась. Вопрос о собственной квартире казался для меня теперь лёгкой дымкой на горизонте, всё равно речь могла идти только о съёме, и здесь был далеко не самый плохой «арендный» вариант.

– И в какую сумму мне такая комната обойдётся, – осторожно поинтересовалась я. Цены я приблизительно знала, и понимала, что столь престижный район мне пока просто не по карману. Кредит, рассрочка, сколько я ни прикидывала в голове, ничего реального не вытанцовывалось.

– Нисколько, – сухо ответил Вадим. – Считай, что я твой горячий поклонник, решил помочь тебе в трудную минуту, как только ты встанешь на ноги, тогда и вернёмся к этой теме.

Я угрюмо промолчала. Мы опять вступали на скользкую почву, вопрос неизбежно должен был упереться в характер наших будущих отношений. И мой «милый бухгалтер» всё больше представлялся мне не таким уж «простым». Внешность частенько бывает обманчивой, на сей раз у меня сложилось твёрдое убеждение, что я лоб в лоб встретилась с танком.

Однако… допустим, я откажусь, что дальше? Я поставлю жирный крест на своём будущем с любимым человеком, и мы разбежимся навсегда. Без вариантов. И тем не менее, пантера вдруг раздражённо заметалась во мне, причём с каждым разом всё сильнее и сильнее. Клетка, её никак не устраивала клетка.

Я соглашаюсь, и что в осадке? Я в любой момент могу съехать, разорвать наши ещё не начавшиеся отношения, передумать, просто уйти по-английски. И где же, в таком случае, клетка?

– Ладно, пусть будет по-твоему. Рассрочка. Я погашу свой долг потом. Надеюсь, процент будет не грабительским?

А что ещё мне оставалось сказать?

– Тогда вперёд! – Вадим открыл ключом волшебную дверь и скомандовал непререкаемым тоном: – Закрой глаза!

Я зажмурилась и ступила в неизвестность.

Голые стены. Абсолютно голые стены. Сюрприз так сюрприз! Как видно, Вадиму изрядно пришлось постараться, чтобы содрать обои, выровнять шпателем неровные места.

Голые стены. Чем больше я смотрела на них, тем больше мне нравилась моя будущая хибара. Но что делать дальше?

Я недоумённо посмотрела на Вадима. Он негромко кашлянул. Из-за моей спины неслышно возникла стройная, как тростиночка, молодая рыжая девчонка с короткой стрижкой, в синей кофточке и тугих, обтянутых джинсах.

– Соня, – протянула она мне маленькую сухонькую ладошку. – А я вас знаю. Вы Багира. Отлично танцуете, между прочим, видела один раз.

– Спасибо, – с благодарностью приняла я неожиданный комплимент.

– Ну как, нравится? – спросила девчонка, разводя руками и показывая мне то, что существовало пока только в её воображении.

– Ещё как! – незамедлительно отреагировала я. Вадима с нами рядом словно и не существовало. Но он не обиделся, поспешил ретироваться.

– Я позволила себе только одно самостоятельное решение, – сказала Соня. – Заменила деревянные окна, кстати, изрядно прогнившие, на пластиковые. Престижной немецкой фирмы, три стекла.

Она достала из заднего кармана джинсов зажигалку и щёлкнула ею.

Я увидела три отражающихся огонёчка, и тут же добавила:

– Да, но нужны ещё плотные, очень плотные, портьеры.

Соня оживилась:

– Разумеется, как же без них! Но вы уверены, уже сейчас, какой цвет вам точно нужен? Ведь многое ещё может измениться в процессе!

– Нет, конечно, – почему-то счастливо усмехнулась я. – Такой уверенности у меня даже на горизонте не просматривается.

– Тогда предлагаю начать с потолка. – В глазах моей новой знакомой забегали огонёчки азарта. – Вариантов море, но, на мой, взгляд, в данном случае лучше всего подойдёт подвесной Armstrong. Как говорится, скромненько, но со вкусом. Никаких люстр, убранная подсветка. Если вас такое предложение устраивает, завтра же он будет стоять на месте. У меня специально оборудованный седан, могу провезти вас по всем строительным рынкам. Кстати, вот тут вы, в отличие от портьер, уже сейчас можете сделать выбор: принт в формате 3D – рисунок, который будет на самом верху.

Я немного полистала каталог – красота была неописуемая. Резвящиеся дельфины, многоуровневые водопады, и – самый писк: ночной Париж с Эйфелевой башней посередине. Всё сверкало, сияло, манило. Я помялась немного:

– Я не хозяйка, нужно с Вадимом согласовать.

Мой кавалер словно и не уходил никуда.

– Выбирай сама. Я предупредил Соню, что мы очень занятые люди, полностью полагаемся на её вкус. Мастеров она тоже своих подгонит. От тебя требуется только эскиз или пальцем ткнуть, куда душа попросит, в предложенном каталоге, а уж что и как делать, не наша забота.

Когда мы остались одни, я спросила Вадима:

– И к чему вдруг такие купеческие замашки? Как я понимаю, дороговизна тут невероятная?

Вадик пожал плечами:

– Мне просто повезло. Можно, конечно, всё было сделать самому, но я косорукий, да и потребовалось бы взять отпуск. Если связываться с различными отделочными, строительными фирмами, можно даже к гадалке не ходить: сделают всё вкривь да вкось, плюс ещё нервы будут мотать с утра до вечера. А Соня – уникум, она нарасхват в Москве, я всех своих знакомых измучил, прежде чем нашёл человечка, который меня с ней свёл. Уже совсем отчаялся, но помощь пришла с неожиданной стороны: выручил Игорь Неволин, хозяин моей фирмы. Он позвонил в пару мест своим знакомым ребятам в шоу-бизнесе, и те устроили волшебство, очевидцем которого ты только что стала . У Сони Кригер заказы на год вперёд расписаны, а тут, как будто фея волшебной палочкой махнула: явилась, словно из воздуха, вот она я, чего изволите? Фантастика! Конечно, сыграло свою роль и ещё одно, немаловажное, обстоятельство: делать студию для знаменитой Багиры – для Сони большое паблисити, так что она заинтересована в данном случае в тебе не меньше, чем ты в ней.

– И всё-таки, Вадим, не увиливай, тут работы, по самым минимальным расценкам, на полмиллиона, а я и так в долгах, как в шелках.

Вадим взгрустнул.

– Твоё решение! Ты вправе отказаться. Я просто думал, что мы будем жить вместе. А тогда какие между нами счёты?

Впервые лоб в лоб.

Я благоразумно промолчала. Тем более что мне давно пора было собираться на работу.

– Хорошо, – сказала я, наконец, – ты хотел ещё раз побывать в нашем клубе? Как насчёт сегодня? Обещаю: устрою на самом видном месте. Кстати, можешь и Соню с собой прихватить, если, конечно, она выкроит время в своём графике.

ГЛАВА 4. ЧЁРНАЯ ЛЕА

Пожалуй, Соню я пригласила не случайно, надеялась хоть как-то Вадима ею замаскировать. Но слух о нём разнёсся моментально, как в джунглях.

«Багира больше не одна!»

«Неприступная Багира сдалась на милость победителя!»

«Бедная девочка, что ждёт её впереди, а вдруг её любовь не взаимна?»

Я не слышала слов, но читала их совершенно отчётливо на лицах своих коллег.

«Эй, эй, посмотрите на бойфренда Багиры, где она откопала такого урода!» – визгливо кричали обезьяны-бандерлоги. Ну а как иначе? Они ведь постоянно восхваляют себя: «Мы велики! Мы свободны! Мы достойны восхищения! Мы достойны восхищения, как ни один народ в джунглях! Мы все так говорим, значит, это правда!»

«А что за герла, интересно, притащилась с ними? Любовь втроём?» – вторил им, ехидно усмехаясь в растопыренные усы, тигр

Шерхан.

Соня без умолку болтала, ничего, из мной перечисленного, не замечая. Она видела только феерию: красочные костюмы, необыкновенные световые эффекты, великолепно подобранный звуковой ряд, мастерство танцоров. Они были для неё единым ансамблем, равно, как и для Вадима, совершенно ошеломлённого увиденным зрелищем, хоть он и видел его во второй раз.

Ну а я… Сегодня я танцевала только для них двоих. И пусть сколько угодно измываются мои «друзья» над тем, как одет мой кавалер, над его смешными, «жабьими», очками, я люблю его в любом виде, и ни слова не скажу ему, что не мешало бы изменить что-нибудь в своём внешнем облике, даже не намекну. А вдруг он обидится? А вдруг я своими замечаниями унижу его? Нет, меньше всего на свете я хотела сейчас такими вещами рисковать.

Я вспоминала, какой шок я испытала, заглянув на минуту в комнату Вадима. Три стены в ней были забиты книгами – коллекция его отца, а вот четвёртая… увешана моими фотографиями, афишами, портретами, рисунками, коллекцией автографов, цитатами из моего дневника. Какие-то мелкие игрушки, которые меня просто просили подержать недолго в руках. Даже те два глянцевых журнала, в которых мне удалось поучаствовать, и то присутствовали на почётном месте. Ясно, что достались они Вадиму не просто, покупал за солидные деньги. Ох уж эти мои фанаты! Ни стыда, ни совести у них нет!

Ещё я посматривала на своего лобастого «бойфренда» и поражалась его напористости. Он знал, что прежде всего нужно любой женщине: уютная, просторная клетка, которая называется «дом». И чтобы в этой клетке всё было: добротная, безотказная бытовая техника, красивая мебель, и ещё много-много очаровательных мелочей. Ну а если она ещё и артистка, то обязательно гримёрная, студия. Иначе её не удержать. Улетит птичка!

И всё кричало во мне, перекрывая вопли вокруг меня: «Багира больше не одна!»

Я была настолько переполнена эмоциями в тот день, что у меня с трудом хватило сил, чтобы раздеться, и тут же рухнуть в постель.

Зря я, конечно, так сделала, только перебила себе сон. Уже через пару часов я очнулась и поняла, что буду теперь долго ворочаться, перебирать в памяти какие-то мелочи, считать овец, вообще всю живность, которая только есть на свете.

Совершенно измученная, через какое-то время, я всё-таки встала: решила посидеть лучше немного на кухне, соорудить себе лёгкий салатик, заварить некрепкий чай. Дверь в комнату Вадима была приоткрыта, однако когда я заглянула в неё, его не оказалось на месте. Студия была также пуста, как и утром, на кухне тоже никого. Я не на шутку всполошилась, никак не могла понять, что случилось. Наспех оделась, взяла ключи и захлопнула за собой дверь.

Однако и на улице никого не было. Быть может, мой рыцарь обиделся, что я не взяла его с собой на посиделки? Ребята в этот раз меня приглашали, их очень заинтриговал мой спутник, однако я, как обычно, отказалась.

Мысли не унимались. Куда же он всё-таки делся? Может, решил посидеть немного в нашем любимом кафе? Но машина стояла на месте. И тут меня неожиданно кольнула догадка: Соня, кто же ещё? Они так мило болтали друг с другом весь вечер, немудрено, что решили и дальше продолжить общение. Что ж, почему бы и нет? В конце концов, Вадим свободный человек, а отношения между нами уже сложились, как дружеские.

Посидев немного на лавочке, я решила вернуться. Жизнь есть жизнь, дружба тоже неплохо, ведь, в принципе, Вадима можно понять. И лишь когда я, наконец, дошла до двери в квартиру, меня осенило: крыша! Хотя, с какой, собственно, стати? Он ведь не Карлсон. Может, у меня самой что-то в голове протекло? Но как бы то ни было, я вызвала лифт, и уже через пару минут поднялась на верхний этаж. Замок, действительно, был открыт.

Мне не понадобилось долго искать,

Вадим и в самом деле сидел у самого края, в глубокой задумчивости, обхватив колени руками и упершись в них подбородком. Я подошла и молча села рядом. Вадим лишь слегка кивнул в мою сторону.

Мне не надо было ничего объяснять, я сразу всё поняла. Мои глаза поискали удобное место, куда можно было упасть, там, внизу. Любовь не просто давалась моему рыцарю, она ковалась, ломала привычные представления, перегородки, и исход трудно было предсказать. До сих пор?

Вадим словно прочитал мои мысли.

– Это всё в прошлом, – усмехнулся он. – Сегодня я праздную начальную точку отсчёта в моей новой жизни.

Разрушилось последнее препятствие между нами. Мы говорили и не могли наговориться. То, что происходило, нельзя было назвать иначе, как общение душами. Когда женщина и мужчина достигают таких сфер, где они как бы сливаются воедино, и две половинки делаются вдруг единым целым.

Я сетовала на то, что знаю, как мало мне отпущено времени, и давно уже веду счет на месяцы, а не на годы, как другие люди. О том, какое важное значение играют в моей жизни цветы, танцы, музыка, поэзия. О том, как я ненавижу «прозу жизни», теперь вот ко мне пришла любовь.

А он лишь усмехнулся в конце и сказал: «Я знаю, Леа», поразив меня в самое сердце. Каюсь, в своих прошлых размышлениях я кое-что утаила. К примеру, то, что в «Книге джунглей» Багира точно была представлена, как чёрный леопард. «Чёрная Леа» – очень узкий круг почитателей знал меня под таким, сокровенным, именем. Как оно могло к

Вадиму просочиться? Опять через фанатов? Но так или иначе, между нами не было больше тайн.

Мы взялись за руки, спустились вниз, и мир остановился.

ГЛАВА 5. «БОЖЕСТВЕННЫЙ ЗАКОН»

Я открыла глаза, надела очки от солнца и потянулась за пультом. Клик – и медленно поехали в разные стороны портьеры, загораживавшие окна. Снаружи была прекрасная погода.

Ещё три клика, не спеша – одна за другой загорелись подсветки. И вот он, наконец, ночной Париж, так высоко под потолком, чуть ли не в самых небесах.

Я всё-таки не удержалась, хоть и сильно

рисковала: записала своё «Джангл танго» в одной самодеятельной студии. Ещё один клик, и полилась музыка.

Был будний день, Вадим ещё до моего возвращения убежал на работу. Я встала, и как была, голышом, прогулялась по нашей квартире. Как много в ней изменилось! Как и в наших отношениях, представлениях друг о друге. Всё пело и танцевало во мне: «Багира больше не одна!»

«Берите от любви то, что трезвый человек берёт от вина, не становитесь пьяницей. Если ваша любовница верна и чистосердечна, любите её за это; если этого нет, но она молода и красива, любите её за красоту и молодость; если она мила и остроумна, тоже любите её; и, наконец, если ничего этого в ней нет, но она любит вас, любите её. Не часто встречаешь любовь на своём пути».

Альфред де Мюссе, последний из романтиков, которого сейчас многие незаслуженно забыли. Но меня уже не устраивал тот минимум, который он здесь описал. Сам он в любви купался, один его роман с Жорж Санд чего стоит. Сегодня и мне открылось то, что раньше не могло пригрезиться даже в самых смелых мечтах.

«Любовь – неизъяснимое таинство. Несмотря на тяжёлые цепи, несмотря на пошлость, несмотря на всю мерзость, которой окружают её, несмотря на целую гору извращающих и искажающих её предрассудков, под которой она погребена, несмотря на всю грязь, которой её обливают, – любовь, стойкая и роковая любовь всё же является божественным законом, столь же могущественным и столь же непостижимым, как тот закон, который заставляет солнце сиять в небе».

Спасибо тебе, Альфредушка! Этими словами ты подарил мне ещё одну, третью, жизнь.

«Божественный закон!» Только сейчас я по-настоящему получила право петь, писать, рассуждать о любви: когда она пришла ко мне.

И теперь мне уже не страшны были ни время, ни любые внешние обстоятельства, чтобы полностью, во весь голос, реализовать, выразить себя.

СОДЕРЖАНИЕ

www.ingramcontent.com/pod-product-compliance
Lightning Source LLC
LaVergne TN
LVHW020646110826
845149LV00012B/1925